CONTIGO EN EL ÉTER

Olivie Blake es escritora y amante de las historias, muchas de las cuales tratan sobre temas fantásticos, paranormales o sobrenaturales, aunque no siempre. Sus obras suelen girar en torno a lo que significa ser humano (o no) y a las interminables e interesantes complejidades de la vida y el amor. Ha sido colaboradora destacada en *Witch Way Magazine* y, actualmente, es autora de la serie gráfica *Alpha*; las antologías *Fairytales of the Macabre, Midsummer Night Dreams* y *The Lovers Grim*; y de las novelas *Los señores de la muerte, Una venganza para mi enemigo, Contigo en el éter* y la trilogía **Los seis de Atlas**. Vive y trabaja en Los Ángeles. Puedes conocer más sobre ella en www.olivieblake.com

Código BIC: FA | Código BISAC: FIC019000
Diseño de cubierta: Jamie Stafford-Hill

CONTIGO EN EL ÉTER

OLIVIE BLAKE

Traducción de Natalia Navarro Díaz

Argentina · Chile · Colombia · España
Estados Unidos · México · Perú · Uruguay

Título original: *Alone with you in the Ether*
Editor original: Tor Books, Tom Doherty Associates
Traducción: Natalia Navarro Díaz

1.ª edición en **books4pocket** Octubre 2025

© 2022 *by* Olivie Blake
Publicado en virtud de un acuerdo con Tom Doherty Associates gestionado por International Editors' Co. Barcelona
All Rights Reserved
© de la traducción 2023 *by* Natalia Navarro Díaz
© 2023, 2025 *by* Urano World Spain, S.A.U.
López de Hoyos, 92, Planta Baja Derecha – 28002 Madrid
www.umbrieleditores.com
www.books4pocket.com

ISBN: 978-84-19130-76-1
E-ISBN: 978-84-19413-62-8
Depósito legal: M-18.867-2025

Fotocomposición: Urano World Spain, S.A.U.

Impreso por Novoprint, S.A. – Energía 53 – Sant Andreu de la Barca (Barcelona)

Impreso en España – *Printed in Spain*

A tu viejo yo
de mi viejo yo.

UNA HIPÓTESIS

Había algunos días, sobre todo al principio, en los que Regan intentaba identificar el momento en el que las cosas tomaron un rumbo hacia una colisión inevitable. Días que se habían vuelto muy importantes para ella, más de lo que deberían. Teniendo en consideración que Aldo fue quien alteró las formas y los caminos de su pensamiento, probablemente fuera su culpa que ahora ella lo considerara todo en términos de tiempo.

Su hipótesis era bastante elemental: había un único momento responsable para cada secuencia posterior. Regan no era igual de entusiasta de las ciencias que Aldo, y tampoco una genio como él, pero su visión de la causalidad era bastante metódica. Todo era una consecuencia que emergía formando ondas de un punto fijo de entrada, y había convertido en un juego (posiblemente se lo había robado a él) exponer la génesis a partir de la cual brotaba todo.

¿Comenzó en el momento en el que Aldo la miró a los ojos? ¿Fue cuando pronunció su nombre o cuando le dijo cuál era el suyo? ¿El instante en el que ella le dijo «no puedes sentarte aquí»? ¿O no tuvo nada que ver con él? ¿Pudo ser ese momento el producto de algo que comenzara días, semanas e incluso vidas antes?

Con Regan, todo se reducía a lo sagrado. Entre las visitas guiadas, le gustaba deambular por sus lugares preferidos del Instituto de Artes, que solía seleccionar coincidiendo religiosamente con su humor. Eso no significaba que gravitara específicamente hacia el arte religioso; a menudo buscaba que sus deseos privados coincidieran con el dios (que a veces era Dios, pero no siempre) adorado a través de un marco pulido. En las primeras pinturas católicas buscaba el asombro. En las obras modernas, la elegancia. En las contemporáneas, la intensidad de la disrupción. Las deidades habían cambiado a lo largo del tiempo, pero el acto de la devoción no. Ese era el tormento del arte y la idolatría perpetua de su creación. Por cada sensación que podía conjurar Regan, había un artista que había sufrido hermosamente lo mismo.

Las divagaciones eran una conclusión inevitable, una constante, como diría Aldo, pero ese día la sala de armas no. Cuando Regan decidió en el pasado visitar la sala de armas, lo hizo por lo sagrado del propósito, no había frivolidad en su elección. Sí existía en cambio la ironía de la paz; carcasas vacías de armas, muros rojos estridentes, fósiles de conquista. Le recordaba a una época en la que las personas seguían infligiendo violencia cara a cara, y eso le ofrecía una sensación paradójica de gratificación. Era íntimo porque no lo era. Era religioso porque no lo era. Era hermoso porque, en el fondo, era retorcido, despiadado y feo, y, por lo tanto, reflejaba una parte masoquista de la propia Regan.

Su decisión de ir a la sala de armas ese día implicaba Significado: tenía el efecto dominó de la Consecuencia, cósmicamente. Pero ¿cuál había sido entonces la causa? ¿Conoció allí a Aldo porque el destino había intervenido o porque poseían ya formas similares de reflexión? ¿Fue planeado, dios descendiendo ante ellos, o se debió a que ella estaba libre en el mismo lugar en el que él estaba libre y ambos buscaban inevitablemente estar ocupados?

¿Importaba dónde empezó e importaba dónde acabaría? Sí, importaba mucho, porque todo era una consecuencia de algo y, por lo tanto, lo que sucediera con ellos estaba de algún modo predestinado, o no, no importaba en absoluto, porque los comienzos y los finales no eran tan importantes como los momentos que podían haber sucedido o los resultados que podrían derivarse. O lo eran para conocer toda la historia, para mirar atrás y ver su forma por la periferia; o no era nada porque las cosas en su totalidad eran menos frágiles y, por ello, menos hermosas que lo que se encontraba dentro de un marco.

Al final Regan conocería la respuesta. Al girar una esquina, reconocería que no se trataba tanto de la cuestión de cuándo había sucedido todo, sino más bien de la rendición a partir de la cual no había vuelta atrás. Siempre era una cuestión de tiempo al final, igual que lo había sido al principio.

Porque, por una vez, en un momento de todo o nada, habría alguien más en el universo de Regan y, a partir de ahí, todo sería como era, aunque ligeramente distinto.

PRIMERA PARTE

ANTES

El día anterior no fue especial. Solo fue especial por lo poco especial que fue, o tal vez por lo poco especial que se volvería pronto. Las cosas siempre eran raras en retrospectiva, una curiosa consecuencia del tiempo.

Aldo, a quien llamaban con menos frecuencia por su apellido, Damiani, y con menos frecuencia aún por su nombre de pila, Rinaldo, se había liado un porro cinco minutos antes de su episodio de meditación en silencio. Lo giraba entre los dedos, mirando el vacío.

> **IMAGEN:** el aire de esa tarde tiene la calidad fresca y aclimatada tan solo propia de Chicago durante aproximadamente una semana a mediados de septiembre. El sol brilla en el cielo y las hojas del árbol que tiene encima están tranquilas.
>
> **ACCIÓN:** ALDO se lleva el porro a los labios, saturando el papel del cigarro.

El porro no estaba encendido porque Aldo estaba pensando. Había salido a este parque para sentarse en este banco para resolver algo, y llevaba ahí sentado diez minutos, nueve y medio pensando, cuatro liando el porro y ahora unos buenos treinta segundos fumando de mentira. Siempre le había parecido que la memoria muscular era la clave para desbloquear cualquier puerta que no se abría. Para él, el acto de resolver algo era igual de supersticioso que cualquier cosa.

ALDO mira al público. Al darse cuenta de que no pasa nada, aparta la mirada.

La mecánica de su ritual era simple: llevarse el porro a los labios, inhalar, exhalar, bajar la mano. Esta era la fórmula. Él comprendía las fórmulas. Se llevó el porro a los labios, inhaló y exhaló la nada.

UNA BRISA se mueve entre las hojas de los árboles.

El pulgar derecho de Aldo daba golpecitos en su muslo al ritmo de *En la ruta del rey de la montaña*, de Grieg,

Pista de audio.

y contagió enseguida al resto de sus dedos. Tamborilearon en los vaqueros ajados, impacientes, mientras la mano izquierda seguía con la falsa acción de fumar.

Aldo pensaba en grupos cuánticos. Específicamente, hexágonos. Creía firmemente que el hexágono era la forma más significativa de la naturaleza, y no era puramente por su entusiasmo por la *apis*, comúnmente conocida como abeja, pero sí guardaba algo de relación. Muchas personas no eran conscientes de la cantidad de grupos de abejas que había. El abejorro era lento y lo bastante estúpido como para dejarse tocar, un detalle dulce, pero no interesante.

EL NARRADOR, UN HOMBRE DE AVANZADA EDAD Y ARTRÍTICO EN POSESIÓN DE MUCHOS LIBROS: Interrumpimos tu escrutinio de los pensamientos intrusivos de Aldo Damiani para aportar un apunte académico necesario. El magnífico Kurt Gödel, un lógico del siglo xx y amigo de Albert Einstein, creía que una trayectoria continua de «conos de luz» hacia el futuro conllevaba que siempre podía regresarse al mismo punto del espacio-tiempo. La tesis esencial de Aldo Damiani es que estos conos viajan de forma metódica, tal vez incluso predecible, por caminos hexagonales.

Hexágonos. Grupos cuánticos. Simetría. A la naturaleza le gustaba el equilibrio, en especial la simetría, pero en raras ocasiones la conseguía. ¿Con qué frecuencia creaba perfección la naturaleza? Casi nunca. Las matemáticas eran distintas. Las matemáticas tenían reglas, finitas y concretas, pero seguían funcionando. El problema y la emoción del álgebra abstracta era que Aldo había estado estudiándola en profundidad durante más de siete años y podía seguir estudiándola siete millones más sin entender prácticamente nada. Podía pasar vidas infinitas estudiando las bases matemáticas del universo y el universo seguiría sin tener sentido. Podía nevar en dos semanas, podía llover, y entonces este parque no estaría a su disponibilidad. Podían arrestarlo por no fumar o morir en cualquier momento, y entonces tendría que hacer su ejercicio de pensamiento en la cárcel, o no hacerlo, y el universo quedaría sin resolver. Su trabajo nunca quedaría concluido, y eso era trágico, estimulante, perfecto.

A la hora de siempre,

EN EL BOLSILLO DE ALDO: una vibración que hace que el público se toque de forma instintiva el bolsillo.

llamó su padre.

Aldo se metió el cigarro en el bolsillo y sacó el teléfono.

—¿Sí?

—Rinaldo, ¿dónde estás?

Había una respuesta larga y otra corta, y Masso querría las dos.

—Trabajando.

—¿En la universidad quieres decir?

—Sí, papá. Trabajo en la universidad.

—Umm. —Masso ya lo sabía, pero la pregunta era otro ritual—. ¿En qué piensas hoy?

—Abejas.

—Ah, ¿lo de siempre, entonces?

—Sí, algo así. —No había nunca una forma sencilla de explicar en qué estaba ocupado. Era agradable que su padre preguntase, pero los dos sabían que cualquier cosa que dijera Aldo se le escapaba a él—. ¿Todo bien, papá?

—Sí, sí. ¿Cómo te sientes?

Había una respuesta correcta a esta pregunta y muchas, muchas incorrectas. Esta pregunta, al igual que los grupos cuánticos, no era más sencilla por más veces que la formulara. En realidad, cuanto más repasaba los escenarios, más variables cambiaban. ¿Cómo se sentía? Antes estuvo mal. Volvería a estar mal. Se repetía en ciclos y fluctuaba igual que lo hacía el tiempo. En dos semanas llovería, pensó.

EL VIENTO aumenta ligeramente, sus tentáculos se cuelan entre las hojas.

—Estoy bien —respondió.

—De acuerdo.

Masso Damiani era chef, padre soltero y un guerrero, en ese orden. Masso pensaba con frecuencia en el universo, igual que hacía Aldo, pero de forma distinta. Masso le preguntaba al universo cuánta sal echarle al agua hirviendo, o si esta parra o aquella le daría la fruta más dulce. Él sabía cuándo estaba hecha la pasta sin necesidad de mirar, probablemente gracias al universo. Masso tenía el don de la seguridad y no necesitaba ninguna superstición.

La madre de Aldo, una mujer dominicana alegre, demasiado joven para la maternidad y también demasiado guapa para permanecer mucho tiempo en un lugar, nunca había estado muy presente. Aldo pensaba que, si ella hubiera pedido algo al universo, probablemente hubiera obtenido lo que deseaba.

—¿Rinaldo?

—Estoy escuchando —dijo, aunque lo que quería decir de verdad era «estoy pensando».

—Umm. ¿Has ido al museo?

—Tal vez mañana. Hoy se está bien en la calle.

—¿Sí? Está bien. Inusual.

SILENCIO.

Masso carraspeó.

—Dime, Rinaldo, ¿qué hacemos hoy?

Aldo torció ligeramente la boca.

—No tienes por qué seguir haciendo esto, papá.

—Ayuda, ¿no?

—Sí, por supuesto que sí, pero sé que estás ocupado. —Aldo miró el reloj—. Allí es casi la hora de comer.

—Pero tengo dos minutos. Más o menos.

—¿Dos minutos?

—Por lo menos.

ALDO murmura para sus adentros, pensando.

—Bueno —dijo Aldo—. Puede que hoy estemos en el mar.

—¿En qué año?

Aldo reflexionó.

—¿Cuándo fue la Guerra de Troya?

—¿Alrededor... del siglo xii a. C.?

—Sí, eso.

—¿Estamos luchando?

—No. Nos marchamos, creo. De travesía.

—¿Qué tal el viento?

—Suave, sospecho. —Aldo volvió a sujetar el cigarro entre los dedos y le dio vueltas despacio—. Puede que pasemos un tiempo en el mar.

—Supongo que tendré que averiguarlo mañana entonces.

—No hay por qué, papá.

ALDO dice esto cada día.

—Cierto, puede que no.

También MASSO lo dice cada día.

—¿Cuál es el plato del día hoy? —se interesó Aldo.

—Setas. Ya sabes que me gusta señalar la estación con trufas.

—Te dejo que te pongas con eso entonces.

—De acuerdo, buena idea. ¿Vas a volver?

—Sí, tengo clase pronto. A las tres.

—Bien, bien. ¿Rinaldo?

—¿Sí?

—Eres brillante. Dile a tu mente que sea amable contigo hoy.

—Vale. Gracias, papá. Disfruta de las setas.

—Siempre.

Aldo colgó y se metió el teléfono en el bolsillo. Desafortunadamente, hoy no había respuestas. Aún no. Tal vez mañana. Tal vez al día siguiente. Puede que no las hubiera en meses, años, décadas. Por suerte, Aldo no era de esa clase de personas que lo necesitaba todo «ahora mismo». Era algo que, en el pasado, frustraba a otras personas de su vida, pero ya se había deshecho de la mayoría de ellas.

Miró su moto por encima del hombro,

DETALLE: una Scrambler Ducati de 1969.

que se movía fácilmente entre el tráfico y los peatones, y por lo que sabía Aldo, también en el tiempo y el espacio. No entendía por qué había gente que prefería tener un coche antes que una moto, a menos que se opusieran a la posibilidad de sufrir accidentes. Él se rompió una vez el brazo y le quedó una cicatriz en el hombro.

Si fuera una de esas personas de «ahora mismo», probablemente se hubiera montado en la moto y hubiera conducido directamente al lago Míchigan, y probablemente por eso era mejor que no lo fuera. Aldo era una persona de «tal vez mañana», así que volvió a meter el cigarro en el bolsillo y agarró el casco del banco.

ALDO se levanta e inspira profundamente. Piensa en los hexágonos.

Giros, pensó. Uno de estos días doblaría una esquina y habría otra cosa al otro lado, algo muy parecido a esto, pero ciento veinte grados diferente. Hizo un *pivot* de boxeo a la izquierda, lanzó un gancho con la izquierda y luego dio una pequeña patada a la hierba.

Tal vez mañana todo fuera diferente.

⁂

Regan, por otra parte, había empezado el mismo día incorporándose en la cama.

IMAGEN: un dormitorio. Los zapatos están extraviados. Las prendas de ropa están desperdigadas. Lo que ha sucedido aquí no lo aprobaría ninguna madre.

ACCIÓN: REGAN mira el reloj con los ojos entrecerrados, y marca un abismal 02:21 p. m.

—Me cago en la puta —exclamó Regan en la habitación.

A su lado, Marc se giró con un gruñido y logró, con una enorme dificultad, emitir una serie de sonidos masculinos inteligibles. Regan imaginó que se trataba de una versión de «disculpa, cielo, ¿qué quieres decir?», y respondió:

—Voy a llegar tarde.

—¿A qué?

—Al condenado trabajo, Marcus —contestó, sacando las piernas de debajo del edredón y poniéndose en pie, tambaleante—. Eso que hago de vez en cuando, ya sabes.

—¿No tiene el Instituto esos…? ¿Cómo se llaman? —gruñó Marc, pegando otra vez la cara a la almohada—. Ya sabes… esas cosas de la radio. Para la gente que no puede leer los letreros.

—¿Las audioguías? —Regan se llevó una mano a la sien. Su cabeza condenó con entusiasmo sus malas decisiones con un dolor agudo—. Yo no soy una audioguía con piernas, Marc, soy guía. Por sorprendente que te parezca, la gente puede darse cuenta de que no estoy presente.

LA NARRADORA, UNA MUJER DE MEDIANA EDAD CON UNA INTOLERANCIA AGUDA A LOS SINSENTIDOS: Charlotte Regan tiene un grado en historia del arte y probablemente diría que se ha aventurado en el arte ella misma, lo que es, en muchos sentidos, un eufemismo. Se graduó en la universidad como la mejor de su clase, y no fue una sorpresa para nadie, excepto, tal vez, para su madre, que consideraba que ser la mejor de un programa de artes liberales era el equivalente a ser la ganadora de un concurso de perros. Charlotte Regan no era, entre otras cosas, como su hermana Madeline, la mejor de su promoción en la facultad de medicina, pero esto, por supuesto, no es relevante para el tema que tenemos entre manos.

Aunque había muchas cosas por las que Regan era #*afortunada*,

LA NARRADORA, DESAPROBADORA: Está siendo sarcástica.

la primera de ellas su pelo, que era característicamente perfecto, y su piel, que normalmente era resistente a las consecuencias de su estilo de vida. Hablando en términos de genética, estaba hecha para despertarse tarde y salir corriendo. Un poco de máscara de pestañas y tal vez un poco de colorete rosa en los pómulos para hacer que pareciera un poco menos deshecha. Se puso uno de sus vestidos de tubo negros y unas bailarinas planas y se retorció el anillo de Claddagh en el dedo. Después agarró los pendientes que le había robado a su hermana después de la graduación en la universidad: los pequeños granates con forma de lágrima que daban la impresión de que le sangraban las orejas.

Se detuvo para mirar su reflejo con cierta ambivalencia. Las ojeras estaban empeorando notablemente. Por suerte, su madre le había pasado sus genes de la eterna juventud asiática y su padre le había dejado un fideicomiso que hacía que la gente se lo pensara dos veces antes de rechazarla, así que daba igual si se había quedado dormida o no. Regan se puso la identificación con su nombre en el pecho y solo se pinchó el pulgar una vez al hacerlo. Contempló el resultado final en el espejo.

—Hola —dijo, esbozando una sonrisa—. Soy Charlotte Regan y hoy seré vuestra guía en el Instituto de Arte.

—¿Qué? —preguntó Marc, adormilado.

La noche anterior tuvieron sexo con resultados moderadamente satisfactorios, aunque a Marc no se le ponía especialmente dura cuando consumía tanta cocaína. Pero al menos había vuelto a casa con él. Al menos había vuelto a casa. Hubo un momento en el que pudo haber decidido no hacerlo, cuando un extraño que había en la esquina del fondo de la habitación pudo haber sido una elección más interesante y ella pudo haberse adelantado hacia él pavoneándose. Tan solo habría bastado una carcajada susurrante, un tímido «Llévame a casa, Desconocido», y ¿no habría sido muy sencillo? Había un millón de posibilidades de que Regan no hubiera vuelto a casa, de que no se hubiera acostado con su novio, de que no se hubiera despertado a tiempo para ir a trabajar, de que no se hubiera despertado.

Se preguntó qué hacía ahí, contemplando esos fragmentos de vidas no vividas. Tal vez existía una versión de ella que se había despertado a las seis y había ido a correr junto al lago, aunque lo dudaba.

No obstante, era agradable pensar en ello. Significaba que seguía teniendo creatividad.

Calculó que esta versión de ella contaba con quince minutos para llegar al Instituto de Arte y, si creyera en las imposibilidades, lo habría creído imposible. Afortunada o desafortunadamente, creía en todo y en nada.

Tocó las lágrimas de sangre de los pendientes y se volvió bruscamente para mirar la forma de Marc bajo las sábanas.

—Igual es mejor que rompamos —le dijo.

—Regan, son las siete de la mañana —respondió Marc con voz ahogada.

—Son casi las dos y media, idiota.

Él levantó la cabeza, con los ojos entrecerrados.

—¿A qué día estamos?

—Jueves.

—Eh… —Volvió a enterrar el rostro en la almohada—. Vale, sí, Regan.

—Podríamos… no sé. ¿Salir con otras personas? —sugirió.

Marc rodó en la cama con un suspiro y se incorporó sobre los codos.

—¿No llegas tarde?

—Aún no, pero llegaré tarde si tú quieres. —Sabía que no querría.

—Los dos sabemos que no te vas a ir a ninguna parte, cariño. Tienes todas tus cosas aquí. Odias las molestias. Y tendrías que volver a utilizar condones.

Regan puso una mueca.

—Es verdad.

—¿Te has tomado tus pastillas? —le preguntó.

Ella se miró el reloj. Si salía en cinco minutos, probablemente lo consiguiera.

Consideró todo lo que podía hacer en cinco minutos. *Esto no funciona, no soy feliz, ha sido divertido...* ¿Cuánto tardaría? ¿Treinta segundos? Marc no lloraría, y eso era algo que le gustaba de él, así que no sería una molestia terrible. Tendría después cuatro minutos y medio para recoger las cosas importantes y meterlas en una mochila, aunque en realidad solo necesitaba dos minutos para eso. Y le quedarían otros dos minutos y medio. Ah, treinta segundos para las pastillas, siempre se olvidaba de ellas. Cinco segundos para agarrarlas, pero unos veinte para contemplar los frascos. ¿Qué podía hacer con los dos minutos restantes? ¿Desayunar? Eran casi las dos y media. Desayunar quedaba descartado, hablando en términos de tiempo, y, además, no estaba segura de que pudiera comer todavía.

El movimiento en el reloj le sugería que sus cinco minutos para marcharse habían descendido a cuatro. Tenía un terrible problema con el tiempo a menos que recalculara, reorganizara. Que cambiara sus prioridades.

—Tengo que hacer una cosa —dijo de pronto, dándose la vuelta.

—¿Hemos roto? —le preguntó Marc.

—Hoy no —respondió ella. Tomó los frascos naranjas, que estaban, como siempre, junto al frigorífico, y se dirigió al baño. Soltó las pastillas y se subió al lavabo; levantó una pierna para apoyar el talón encima del mueble de mármol y deslizó la mano por debajo del tanga sin costuras mientras desbloqueaba el teléfono con la mano libre. Nunca le gustó el porno, le parecía... terriblemente carente de sutileza. Prefería el misterio, lo ansiaba como si fuera una droga, por lo que abrió una nota protegida con contraseña en la pantalla.

LA PRIMERA FOTO es una imagen con grano de una mano masculina anodina debajo de una falda corta, colocada de forma lasciva entre las curvas suaves de los muslos femeninos. La segunda es una imagen en blanco y negro de dos torsos femeninos muy pegados.

Esto valía la pena, determinó Regan. Esta era la mejor decisión. Podría haber acabado con la relación, sí, pero en lugar de ello contaba con estos cuatro minutos. No, tres y medio. Pero conocía bien su cuerpo y sabía que solo necesaria tres como mucho. Eso le dejaba al menos treinta segundos.

Con el tiempo que le restaba, podría hacer algo muy Regan, como meter las bragas en el bolsillo de la chaqueta de Marc antes de darle un beso para despedirse. Él las encontraría esa tarde, probablemente mientras se codeaba con algún ejecutivo trajeado, y en ese momento se escabulliría al baño y se haría una foto del pene para enviársela. Seguramente esperaría recibir algo a cambio, pero con toda probabilidad ella estaría durmiendo. O tal vez no habría vuelto a casa. Todo un misterio, su futuro. Las posibilidades eran fascinantemente mundanas y, así y todo, completamente infinitas; qué euforia.

Se corrió, disfrutó de la sensación, y suspiró.

Cuarenta y cinco segundos.

REGAN agarra el frasco de pastillas y no dice nada. Piensa en cuánto tiempo pasará hasta que vuelva a sentir algo.

Aldo se estaba sacando el doctorado en matemáticas puras, lo que suponía una gran variedad de cosas dependiendo de con quién hablara. Los desconocidos solían mostrarse impresionados con él, aunque de un modo más bien poco creíble. La mayoría de las personas pensaban que estaba de broma, pues la gente como él no solía decir las palabras «estoy sacándome el doctorado en matemáticas puras» sin ironía. Su padre estaba orgulloso de él, pero lo estaba a ciegas, pues se mostraba apabullado por la mayoría de las cosas que había hecho o dicho Aldo durante la mayor parte de su vida. Otras no eran en absoluto sorprendentes. «Eres un cerebrito, ¿eh?», solía decir el camello de Aldo, que siempre le preguntaba sobre las probabilidades de ganar esto o aquello, y aunque Aldo le recordaba que las estadísticas requerían una aplicación práctica, por ejemplo, las matemáticas aplicadas, su camello se limitaba a encogerse de hombros, a preguntar algo sobre la vida en el espacio exterior (Aldo no sabía nada sobre la vida en el espacio exterior) y a darle lo que le había solicitado.

Los alumnos de Aldo lo detestaban. Los que de verdad tenían talento lo toleraban, pero el resto, los estudiantes que daban cálculo para satisfacer los requerimientos de sus estudios, lo odiaban de verdad. Él no pensaba mucho en el porqué, y eso probablemente formara parte del problema.

Aldo no era un comunicador especialmente bueno tampoco. Por eso empezó a tomar drogas; fue un niño nervioso, después un adolescente deprimido y, más tarde, durante un periodo breve de tiempo, un adicto total. Con el tiempo había aprendido a guardarse sus pensamientos para sí mismo, lo que cumplía fácilmente siempre que dividiera su actividad cerebral en categorías. Su mente era como un ordenador con muchas aplicaciones abiertas, algunas titilaban en el fondo. La mayor parte del tiempo, Aldo no daba la impresión de estar escuchando a los demás, una sospecha que solía ser correcta.

—Funciones exponenciales y logarítmicas —anunció sin preámbulos al entrar en la clase mal iluminada

IMAGEN: un aula de universidad.

y con la necesidad habitual de escaparse por las ventanas. Llegaba exactamente un minuto tarde y, como regla, nunca llegaba antes. Si se presentaba con antelación, tendría que interactuar con sus alumnos, algo que ni él ni ellos querían hacer—. ¿Ha tenido alguien algún problema con la lectura?

—Sí —respondió uno de los estudiantes de la segunda fila. No le sorprendía.

—¿Para qué se usa esto exactamente? —preguntó otro del fondo de la clase.

Aldo, que prefería no ensuciarse las manos con ejemplos, odiaba esa pregunta en particular.

—Trazar el crecimiento bacteriano —contestó. Las funciones lineales le parecían banales. Se usaban, sobre todo, para simplificar cosas a un nivel básico de comprensión, aunque había pocas cosas en la tierra que fueran claras. A fin de cuentas, el mundo era naturalmente entrópico.

Aldo se acercó a la pizarra blanca, que odiaba, aunque al menos era menos sucia que una de tizas.

—Crecimiento y descomposición —añadió, dibujando una gráfica antes de anotar «g(x)» al lado. Hablando en términos históricos, esta lección podría resultarles extremadamente frustrante a todos ellos. A Aldo le costaba concentrarse en algo que requiriese tan poca atención de su parte; por el contrario, a sus estudiantes les costaba seguir su hilo de pensamientos. Si el departamento no recibiera tanta presión para contar con profesores cualificados, Aldo dudaba que hubiera ascendido a profesor. Su tiempo como aprendiz fue menos que estelar, pero, por desgracia para todos (él incluido), Aldo era brillante en lo que hacía.

La universidad lo necesitaba. Él necesitaba un trabajo. Sus estudiantes tendrían que adaptarse, igual que él.

Para Aldo, el tiempo en el aula solía transcurrir a paso de tortuga. Lo interrumpían mucho con preguntas que, según la política universitaria, él no podía calificar como estúpidas. Le gustaba resolver problemas, sí, pero enseñar le resultaba más tedioso que desafiante. Su cerebro no se aproximaba a las cosas de un modo fácilmente observable; se saltaba pasos sin querer y entonces se veía obligado a retroceder, normalmente al oír el sonido de un carraspeo molesto a sus espaldas.

Sabía que para alcanzar un nivel básico de aprendizaje era necesaria la repetición (el entrenamiento en boxeo había sido parte de su rehabilitación autoinfligida, así que conocía la importancia de ejecutar el mismo ejercicio una y otra vez hasta que le dolía la cabeza y tenía las extremidades ateridas), pero eso no le impedía lamentarlo. No le impedía querer salir del aula, girar la esquina y tomar una dirección totalmente distinta.

Teóricamente hablando.

En la primera visita del día había una pareja mayor, dos mujeres de veintitantos, un puñado de turistas alemanes y lo que

Regan determinó de forma furtiva (había convertido en una costumbre buscar anillos, estuviera o no interesada) que era una pareja casada en mitad de la treintena. El marido la estaba mirando, pobre. Conocía esa mirada y ya no le halagaba de forma especial. De adolescente empezó a aprovecharse de ella y ahora simplemente la almacenaba con sus otras herramientas. Destornillador, pincel, escala de saturación, la atracción de hombres no disponibles; estaba todo en la misma categoría de funcionalidad.

Este esposo en particular era guapo, más o menos. Su mujer tenía una cara bonita, pero corriente. Probablemente, el marido, un buen partido por su trabajo práctico vendiendo seguros (según suponía Regan), se había fijado en la mezcla de rasgos chinos e irlandeses de ella y le había parecido exótico. En realidad, Regan podría ser la combinación genética de la mitad de los ocupantes actuales del Instituto de Arte.

—Estoy segura de que muchos de ustedes reconocerán la obra de Jackson Pollock —comentó, señalando el cuadro *Arcoíris gris* que tenía detrás.

LA NARRADORA, UNA ADOLESCENTE QUE APENAS ESTÁ PRESTANDO ATENCIÓN: La obra *Arcoíris gris,* de Jackson Pollock, es básicamente una superficie negra cubierta de manchas de óleo grises y blancas con otros colores debajo. Es abstracta, o algo así.

—Una de las características más remarcables de Pollock es lo táctil que es —continuó Regan—. Les animo a acercarse para contemplar la profundidad de la obra de cerca; las capas de pintura tienen una solidez distintiva que no encontrarán en otra parte.

La Esposa se acercó, animada por la sugerencia de Regan, y los demás la siguieron. El Marido se quedó atrás, a la vista de Regan.

—Es increíble que llamen arte a esto, ¿eh? Podría hacerlo yo. Lo podría hacer un niño de seis años. —La mirada del Marido se movió hacia ella—. Seguro que usted podría hacerlo mucho mejor.

Regan estimó que tenía un pene de tamaño medio y, aunque no era necesariamente un problema, probablemente sí lo fuera que él no supiera qué hacer con él. Una pena, era muy guapo. Tenía un rostro agradable. Supuso que estaba infelizmente casado con su amor de la universidad. Pensaría que se trataba de su novia del instituto, algo relativamente común en personas que tenían su acento de Minnesota, pero este hombre parecía haber florecido con retraso. Se fijó en las marcas suaves de acné que tenía en la frente, un detalle que probablemente pasaran por alto la mayoría de las personas, pero que todo el mundo habría visto cuando iba a décimo curso, y también Regan.

Tenía dos opciones. Una, podía tirárselo en el baño. Esa siempre era una opción y había que tenerla en consideración. Sabía dónde encontrar privacidad si quería, y él parecía haber tenido uno o dos deslices ya, por lo que no habría que aliviar su conciencia.

Por supuesto, si lo que Regan quería era un pene mediocre, era deplorablemente fácil de encontrar sin tener que elegir *este* pene mediocre. El hecho de que ella fuera la elección de él con tantas cosas en el museo en las que podía fijar su atención decía más de él que de ella.

Podrían ser diez minutos divertidos. Pero se había divertido más en menos tiempo.

—Jackson Pollock recibió una gran influencia de la pintura en arena de los navajos —dijo con la mirada todavía fija en la pintura—. Con arena, el proceso es tan importante como el producto final —explicó—, más en realidad. La arena puede dispersarse en cualquier momento. Puede desaparecer en cuestión de horas, minutos, segundos, por lo que el proceso es un momento de catarsis. La reverencia está en producir arte, en formar parte de su creación y dejarla después abierta a la destrucción. Lo que hacían con la arena los nativos americanos lo hacía Jackson Pollock con la pintura, lo que es, tal vez, una ejecución vacía. Él nunca admitió abiertamente haber adoptado sus técnicas, y tiene sentido, pues se acerca mucho más a la apropiación que al homenaje. Pero ¿podría hacerlo *usted*?

Se volvió para mirar al Marido y le lanzó una mirada de desinterés.

—Sí, puede —continuó y torció los labios en un gesto de desagrado.

El arte siempre es distinto de cerca, ¿eh?, pensó en decir, pero no lo hizo. Ahora que él sabía que era una zorra, no se molestaría en fingir que escuchaba.

La visita terminó, como todas las visitas. El Marido se marchó con su Esposa sin haber tenido sexo con ninguna guía ese día (que ella supiera, pero la noche era joven). Regan se preparó para la siguiente visita. Notó una vibración en el bolsillo de la chaqueta, prueba de que Marc había encontrado las bragas que le había dejado.

Todo era cíclico. Predecible. Un día, la psiquiatra le preguntó qué le parecía estar viva,

NARRADORA: Una estupidez, sinceramente.

y a Regan le dieron ganas de responder que, aunque no era exactamente lo mismo, se parecía a seguir una órbita consistente. Todo te llevaba a otra cosa, seguías los mismos patrones si mirabas con atención. A veces Regan sentía que ella era la única que miraba, pero le dio una respuesta más tolerable a la doctora y las dos volvieron a casa satisfechas. Regan solía tener sed la mayoría de las veces, resultado de su reciente aumento de litio. Aunque solo estuviera un poco deshidratada, las pastillas le daban escalofríos.

—*San Jorge y el dragón* —comentó, señalando la pintura en la siguiente visita. El hijo adolescente de una familia que había en la visita le estaba mirando las tetas, y también su hermana pequeña. No hay prisa, le dieron ganas de decirle a ella. Mira lo deformadas que son las obras medievales, quiso decir, porque no existía la perspectiva; porque antaño, los hombres miraban el mundo, contemplaban toda su belleza y así y todo lo veían plano.

No ha cambiado mucho, pensó en asegurarle a la niña. *Te ven más cerca de lo que estás en realidad, pero eres más inalcanzable de lo que ellos o tú podéis imaginar.*

Aldo vivía en un edificio de apartamentos que estaba ocupado por una imprenta a principios del siglo xx. Antes vivía más cerca de la Universidad de Chicago, en la zona sur de la ciudad, pero el bullicio lo había llevado al norte, al barrio de South Loop, y luego ligeramente al este, a Printers Row.

IMAGEN: Printers Row es un barrio al sur del centro de Chicago conocido como el Loop. Muchos edificios de esta zona albergaban imprentas y negocios editoriales, pero son ahora residencias.

Hacía una tarde cálida, el aire seguía impregnado de restos de la humedad veraniega y Aldo optó por ir a correr. No vivía muy lejos del sendero del lago,

EL NARRADOR, UN APASIONADO DE LOS CACHORROS: ¡Ningún lugar de la ciudad de Chicago está nunca demasiado lejos del sendero del lago!

pero solía preferir correr por las calles de la ciudad. El golpeteo de sus zancadas contra el asfalto era a veces demasiado parecido al latido de un corazón. Sin interrupción, era inquietante. Hacía que fuera muy consciente de su respiración.

Eso, y que el sendero a menudo estaba muy transitado.

Después de la carrera practicaba boxeo en solitario, golpeaba el saco, a veces combate. Aldo no entrenaba para nada, pero suponía que estaría preparado si lo hacía. Siempre había sido desgarbado y flaco

EL NARRADOR: Uno de esos piltrafas escuchimizados como mi primo Donnie, ¿eh?

y le faltaba ego y temperamento. En términos generales, no era muy probable que Aldo se metiera en una pelea callejera, mucho menos en un cuadrilátero de boxeo. Solo le gustaba recordar de vez en cuando que conservaba la opción de sentir adrenalina y dolor.

Unas tres horas después, más o menos, volvería a casa, sacaría un par de pechugas de pollo, probablemente espinacas, y por supuesto ajo, que no rallaría con un rallador. (El ajo en dados era una atrocidad, le había dicho su padre muchas veces, una abominación para su falta de gusto. En lo que respectaba al ajo, decía Masso, tenía que aplastarse o usarse entero, sin excepción).

Pocas personas habían entrado en el apartamento de Aldo, pero los que lo habían hecho comentaban, sin excepción, que tenía muy pocas posesiones. Se trataba de un espacio abierto con armarios rojos de Ikea y modernos electrodomésticos de acero inoxidable. Aldo tenía una olla y una sartén. Dos cuchillos: un *santoku* y una puntilla. Su padre siempre decía que eso era todo cuanto necesitaba cualquier persona. Aldo no tenía un abrelatas ni una cubitera. No tenía una máquina para hacer pasta, aunque prefería hacer ravioli o *tortellini* como le había enseñado su *nonna*. Adalina Damiani había enseñado a cocinar a su hijo y a su nieto, pero mientras que a Masso le resultaba una experiencia religiosa, Aldo lo consideraba algo reservado para las ocasiones especiales, o para cuando sentías añoranza. Aunque, según su experiencia, la mayoría de las personas consideraban la religión de la misma forma.

Las noches que Aldo no podía dormir (a saber, la mayoría), se iba al tejado para encender lo que le quedaba del porro que seguía en el bolsillo de su chaqueta. Elegía específicamente la clase de marihuana reservada para los dolores del cuerpo y para dejar de pensar, para calmar el parloteo de su mente. Los huesos cesaban sus movimientos nerviosos e inevitablemente el cuerpo empezaba a vibrar, buscando algo nuevo para llenar la ausencia.

Y AHORA, SEÑORAS Y SEÑORES, nos enorgullece presentar... ¡los pensamientos de Aldo Damiani!

Vibración. Abejas. La abeja batía las alas once mil cuatrocientas veces por minuto, y eso era lo que originaba el zumbido. Las abejas eran conocidas por su diligencia y organización; por ello existía el término «abeja obrera». También por su determinación. Aldo solía ser monotemático, aunque tuviera muchos pensamientos. Emergía flotando en una exhalación, a la deriva por el mar.

Al día siguiente probaría algo distinto, pues la solución a su problema no había sido particularmente fructífera ese día. Tenía varios lugares preferidos en la colmena de la ciudad, y normalmente se movía por ellos. La planta superior de la biblioteca pública era un claustro llamado «jardín de invierno», aunque Aldo no entendía por qué. No destacaba ninguna estación en particular, pero existía una vastedad agradable, cierta proximidad a las alturas y el paraíso, y solía estar vacío. Las vigas de hormigón que se elevaban hacia el techo de cristal descendían sobre él formando sombras hexagonales y, si se colocaba de forma correcta debajo de ellas, podía sucederle algo nuevo. Por otra parte, también estaba el zoo de Lincoln Park, o el museo de arte. Normalmente había bastante gente allí, pero si sabías buscar, tenía lugares donde poder ocultarse.

EL NARRADOR: ¡Un presagio!

Aldo exhaló el sabor a quemado que le empapaba la lengua y después apagó el extremo encendido del porro. Tenía el zumbido que necesitaba, y dormir parecía inútil por la noche.

Aldo detestaba la sensación de estar dormido. Era muy parecido a estar muerto, un estado del ser sin complicaciones y, por lo tanto, preocupante. ¿Se sentirían así las abejas cuando dejaban de batir las alas? Aunque no sabía si dejarían de hacerlo alguna vez. Se preguntó qué haría una abeja si supiera que su trabajo estaba contribuyendo al ecosistema de lujos. ¿Sería suficiente para animarla a parar?

Improbable.

Aldo volvió a su apartamento y se tiró en la cama, mirando el recorrido de la luz en el techo. Alternaba entre abrir un ojo y luego el otro. Podría ponerse a leer. Podría ver una película. Podría hacer cualquier cosa si quisiera.

Once mil cuatrocientas batidas por minuto eran bastantes.

Cerró los ojos y dejó que su mente divagara, se acomodó al zumbido de sus pensamientos.

—Y bien, Charlotte…

Regan reprimió las ganas de encogerse y lo consiguió, colocando un tobillo detrás del otro para apartarse un poco, de cara a la ventana. Tenía ganas de cruzar las piernas, de replegarse por completo, pero había costumbres que no podía desaprender y su madre había adoptado los hábitos sociales de la Reina Isabel: no cruzar las piernas. Regan sospechaba que también la habrían obligado a ponerse medias si alguien se hubiera molestado en fijarse en su tono de piel.

—¿Qué tal tu humor últimamente? —preguntó la doctora. Era una mujer agradable, bienintencionada, al menos. Tenía un aspecto maternal reconfortante y un pecho donde Regan imaginaba que se acurrucarían unos nietos—. En nuestra última sesión mencionaste que a veces te sientes inquieta.

Regan sabía suficiente sobre las prácticas de psicología clínica como para reconocer que la inquietud en este espacio en particular era una palabra en clave para «manía», que era una palabra en clave para «recaer en tus viejos hábitos»... eso si estuviera aquí su madre para traducirlo.

—Estoy bien —respondió, que no era una palabra en clave para nada.

En realidad, estaba bien. Había disfrutado del paseo hasta allí desde el Instituto de Arte, pasando por Grant Park de camino hacia Streeterville. Las calles estaban abarrotadas de gente y por eso le gustaba. Le parecían vivas, llenas de posibilidades, al contrario que su habitación.

Regan optaba a menudo por tomar un camino serpenteante cuando asistía a sus citas dos veces por semana, pasaba de forma contemplativa junto a puertas por las que podría entrar mientras las tiendas estaban cerrando y los restaurantes comenzaban a llenarse. Pensaba en lo que podría comer esa noche (pasta sonaba bien, pero es que la pasta siempre sonaba bien, y el *prosecco* sonaba todavía mejor) y si llegaría o no a la clase de yoga por la mañana cuando de pronto recordaba que tenía que mirar el teléfono.

LA NARRADORA, UNA ENCANTADORA EDUCADORA DE UN CENTRO INFANTIL: La constante inaccesibilidad de Regan fue en el pasado una práctica pulida que se fue convirtiendo poco a poco en un hábito. Cuando Regan era más joven, deseaba recibir una llamada o un mensaje de texto, que significaba, más que nada, atención. Significaba que había llenado el vacío de los pensamientos de otra persona. Después, tras un tiempo, empezó a comprender que había cierto poder en devaluar su valor para los demás. Comenzó a ponerse límites; no miraría el teléfono durante diez minutos. Después, veinte. Finalmente, lo espaciaría horas, esforzándose por dirigir sus pensamientos a otra cosa. Si los demás tenían que esperar para que les dedicara su tiempo, pensaba, no tendría que deberles tanto. Ahora, a Regan se le da tan bien mostrarse poco fiable que la gente ha empezado a llamarlo debilidad. Se siente orgullosa de los conceptos erróneos de las personas, significa que siempre se les puede engañar.

—¿Qué tal con tu novio? —le preguntó la psiquiatra.

En el teléfono de Regan estaba la esperada fotografía del pene de Marc, llevaba los calzoncillos blancos de Calvin Klein que ella le había comprado unas semanas después de que se fueran a vivir juntos.

LA NARRADORA: Marc Waite y Charlotte Regan se conocieron en un bar hace aproximadamente un año y medio, cuando Regan estaba organizando con una amiga la apertura de una galería. Había elegido el lugar, a los artistas y las obras, y entonces conoció a Marc. Él se dirigía hacia ella en el baño del restaurante Signature Room, en Hancock (en opinión de Regan, la mejor vista de la ciudad se disfrutaba desde el aseo de mujeres en la planta noventa y cinco) cuando ella recibió un mensaje de voz de su padre en el que enumeraba por qué el tema que ella había elegido, las numerosas mentiras de la belleza, era inapropiado para alguien que había evadido por poco la prisión federal por delito de guante blanco.

«Está la franqueza y luego está la soberbia, Charlotte», decía en el mensaje de voz. Regan no lo escuchó con atención hasta tres días más tarde.

—¿Cómo se llama tu novio? ¿Marcus?

—Marc —contestó Regan, él prefería que lo llamaran así—. Está bien.

Y lo estaba, en términos generales. Era una especie de fondo de inversión. No pedía mucho de Regan, y eso era ideal porque ella no solía dar mucho. Si se cansaban el uno del otro, sencillamente no hablaban. Se les daba bien ocupar el espacio del otro. Regan pensaba a menudo en él como un accesorio que pegaba con todo, una especie de anillo del humor mágico que se adaptaba a la personalidad que ella tuviera en ese momento. Cuando quería silencio, él guardaba silencio. Cuando quería hablar, generalmente él estaba disponible para escucharla. Cuando quería sexo, algo que sucedía a menudo, era fácil convencerlo. Acabaría casándose con él y entonces todo lo que ella era se esfumaría al adoptar el nombre de él. Regan asistiría a fiestas como la señora de Marcus Waite y nadie sabría nada de ella. Podría cubrirse con él como si fuera una especie de capa de invisibilidad y desaparecer por completo.

Aunque él no quería que lo hiciera. Si Regan tuviera que decir algo sobre sí misma, sería que era un adorno, una novedad, un truco. Cuando lo deseaba, era el centro de atención, espabilada, encantadora, impecablemente vestida, pero ese tipo de chicas resultaban aburridas cuando no había excentricidades ni imperfecciones. Al mundo le encantaba tomar a una mujer hermosa y resaltar el encanto de su imperfección; el lunar de Marilyn Monroe o la desnutrición de Audrey Hepburn. Era el mismo motivo por el que Marc no se preocupaba por el pasado de Regan. No le importaba que necesitase una reinvención en un momento de su vida. Regan dudaba de que se interesara por ella si no fuera porque sus defectos lo elevaban a él.

—¿Os va bien últimamente entonces?

—Sí. Estamos bien.

Siempre estaban bien porque estar bien requería el mínimo de su energía. Marc pensaba que discutir suponía un mal uso de su tiempo. Le gustaba sonreírle a Regan cuando ella discutía, prefería que siguiera hasta cansarse.

—¿Y tu familia? —preguntó la psiquiatra.

Había dos mensajes de voz en el móvil de Regan: uno de su psiquiatra, preguntándole si podía llegar a la sesión una hora antes (no lo había recibido y había llegado a la hora de siempre, estaba bien, nadie había muerto); y otro de su hermana, que se lo había enviado esa tarde.

«Sé que no vas a recibir esto hasta dentro de un mes o así —decía Madeline—, pero mamá y papá quieren que vengas a casa para su fiesta de aniversario. Dime si vas a venir con alguien, ¿vale? En serio, es lo único que necesito. Mándame un mensaje con un número. Uno o dos, pero no acepto un cero. Y no me vuelvas a enviar una serie críptica de *gifs*, no tiene tanta gracia como piensas. ¿Vas a ponerte el vestido ese que te acabas de comprar? Porque iba a… ah, déjalo. Carissa quiere hablar contigo. —Una pausa—. Cariño, no puedes decirme que quieres hablar con la tía Charlotte y luego decir que no. —Otra pausa—. Cielo, por favor, mamá está muy cansada ahora mismo y vas a perder las pegatinas por buen comportamiento. ¿Quieres hablar con la tía Charlotte o no? —Una pausa larga y luego una risita. Un suspiro—. Vale, muy bien. Carissa te echa de menos. No puedo creerme que tenga que decir esto, pero, por favor, no le compres más chicles, con esa cosa de crema de cacahuete basta. Dios, es como tú cuando eras pequeña, te lo juro. Bueno, adiós, Char».

Regan pensó en Carissa Easton, que probablemente llevaba una felpa de encaje, puede que con lazos, y un vestido de terciopelo en cuya etiqueta pondría que había que lavarlo en seco; no solo que «había que lavarlo en seco», que este era el mejor método, sino que «solo podía lavarse en seco», que era un método exclusivo, una distinción que Madeline Easton, nacida Regan, sabría muy bien.

LA NARRADORA: En realidad, Carissa no se parecía mucho a Regan. Su madre la adoraba y era hija única, o al menos una futura hija mayor. Carissa sería más como Madeline en el futuro, y por eso Regan insistía en enviarle chicles.

—Están muy bien —contestó Regan—. Mis padres van a celebrar una fiesta de aniversario el mes que viene.

—Vaya, ¿cuántos años?

—Cuarenta.

—Impresionante. Debe de ser muy beneficioso tener una relación tan estable en tu vida.

LA NARRADORA: Los padres de Regan dormían en dormitorios separados desde que ella tenía diez años. En opinión de Regan, el matrimonio era muy sencillo si actuaban en esferas totalmente separadas. Si tuviera que representar a sus padres en un diagrama de Venn, las únicas tres cosas del centro serían el dinero, los logros de Madeline y qué deberían hacer con Regan.

—Sí, es maravilloso —comentó—. Están hechos el uno para el otro.

—¿Está casada tu hermana?

—Sí, con otro médico.

—Ah, no sabía que tu hermana fuera médico.

—Sí, cirujana pediátrica.

—Vaya. —Era un «vaya, impresionante», como siempre.

—Sí, es muy lista.

La rivalidad entre hermanas no era nada nuevo, aunque Regan no sentía la necesidad de denigrar a su hermana. No era culpa de Madeline que ella fuera la mejor hija.

Regan se tocó los pendientes de granate, pensando en qué iba a decirle a su hermana cuando le devolviera la llamada. Lo último que quería era llevar a Marc a casa y desde luego no a esta fiesta. Sus padres lo odiaban, pero no por diversión ni tampoco por preocupación. Lo odiaban porque tampoco Regan les gustaba mucho, pero había una sensación palpable, al menos para Regan, de que su opinión quedaba patente entre las líneas: «Al menos Marc es suficientemente rico». Él no estaba con ella por el dinero y para ellos eso era un alivio.

Madeline opinaba que Marc era abrasivo, pero Regan veía al marido de Madeline pasivo y en absoluto interesante. Representaba todo lo peor de los médicos: todo diagnósticos, sin trato con los pacientes. Marc, por el contrario, era todo mirada abrasadora y risa escandalosa, y ¿te había hablado ya de la vez que perdió una competición de ordeñar cabras contra uno de los habitantes de Montreaux?

Por lo que sí, según la experiencia de Regan, siempre había sitio para el desacuerdo.

—¿Y cómo va tu voluntariado? —preguntó la psiquiatra.

—Bien.

La doctora se refería al empleo como guía, que al menos había llevado a Regan al mundo del arte, aunque ya no estuviera estudiando ni creando. De vez en cuando, miraba las obras y pensaba en sacar un pincel o en correr a comprar arcilla después del trabajo. Le hormigueaban las manos con la necesidad de mantenerse ocupada con una u otra cosa, pero, últimamente, cada vez que se sentaba, su mente se quedaba en blanco.

—¿Has pensado en qué harás después?

Después. La gente siempre pensaba en qué hacer después. Otras personas siempre estaban planeando su futuro, avanzando, y solo Regan parecía comprender que todo se movía en círculos.

—Puede que ir a la escuela de arte. —Era una respuesta segura.

—Es una idea —comentó con aprobación la doctora—. ¿Y cómo te vas adaptando a la nueva dosis?

Al lado del frigorífico vivían cinco frascos naranjas translúcidos con pastillas. Regan se tomaba tres pastillas por la mañana y tres por la noche (el litio se lo tomaba dos veces). Una de ellas, un nombre que probablemente nunca lograra recordar, era relativamente nueva y casi tan difícil de ingerir como ciertos aspectos de su personalidad. Si se la tomaba comiendo muy poco, le daba náuseas. Si se la tomaba demasiado tarde por la noche, sus sueños eran tan vívidos que se despertaba sin noción de dónde estaba. Normalmente miraba con mala cara el frasco antes de acabar abriéndolo, colocarse las pastillas en la lengua y tragarlas con un sorbo de champán.

«Según mi opinión médica profesional, Charlotte Regan no se encuentra bien —fue el diagnóstico del psiquiatra que sus abogados (o más bien su padre) contrataron—. Se trata de una joven educada, inteligente, con talento y criada en un hogar seguro y afectuoso, y que tiene capacidad para hacer una gran contribución en la sociedad. Pero, según mi opinión profesional, sus crisis de depresión y manías hacen que sea un blanco fácil para que otros la lleven por el mal camino».

La pastilla solía bajar acompañada del sabor amargo y duro de la repetición. Regan era una persona espontánea que estaba ahora atada a la mundanidad de una rutina, día y noche, además de los análisis de sangre mensuales por si las pastillas que la hacían sentir mejor decidían envenenarla. No le guardaba rencor a la doctora por ello. El rencor era inútil y, como la mayoría de las cosas, costaba demasiado esfuerzo sentirlo.

Más tarde, esa noche, Regan se tomaría esa pastilla y las demás y después entraría en la habitación que compartía con Marc. El apartamento era el espacio de él, estaba lleno de cosas suyas y diseñadas a su gusto; ya era suyo cuando ella se mudó allí, y Regan no se había molestado en comprar nada desde su llegada, pero sí entendía por qué la quería él allí.

LA NARRADORA: Regan cree que hay dos formas de manipular a un hombre: dejar que él te persiga o dejar que te persiga de un modo que le haga pensar que él es la persecución. Marc es el segundo, y la adora del mismo modo que ella adora el arte, lo que resulta una maravillosa ironía para Regan. Porque incluso cuando sabes hasta el último detalle de cómo se hace una obra, solo ves la superficie.

—Me siento mucho mejor —dijo y la psiquiatra asintió, satisfecha.

—Excelente —contestó, anotando algo en el cuaderno—. Te veo entonces en dos semanas.

Regan se iría a la cama antes de que regresara Marc a casa, y sería (sin que ella lo supiera) un instante en su último día normal. Fingiría que estaba dormida cuando él la abrazara desnudo. Se marcharía a yoga antes de que él se despertara y el día transcurriría como siempre: con pastillas, agua, un desayuno frugal y luego el museo. Acabaría caminando entre las variaciones de un Jesús encalado en el pasillo medieval, hacia el final de la exposición europea. En la sala de armas había muros rojos, no como los tonos neutros de las otras salas, y contenía un cuchillo sin cuerpo en el centro, congelado en el tiempo mientras Regan y todo lo demás continuaba avanzando en él.

Todo estaría igual aquí, tal y como estaba siempre, excepto una cosa.

Ese día habría otra persona dentro de la sala de armas.

Que conste que Regan no era la única que especulaba sobre la causalidad de todo. Aldo era un divagador crónico y compulsivo, y las crisis de sentido y consecuencia eran bastante comunes.

Pero, al contrario que Regan, a quien no había conocido aún, Aldo sabía ser paciente con el concepto de la nada. La nada repulsaba a Regan, la embargaba de un terror miserable, pero el concepto de cero era algo que Aldo había logrado aceptar. En su campo de dominio, era complicado aproximarse a la resolución (si no totalmente imposible). Las respuestas, si es que podían alcanzarse, requerían tiempo, y por eso la especialidad de Aldo era la constancia. Tenía un gran talento para la persistencia, algo que podían confirmar sus informes médicos.

La noche antes de conocerla, Aldo se había resignado a que nunca alcanzaría una epifanía, o que, si lo hacía, daría igual. Ese era el riesgo con el tiempo, que conocer o no las cosas podía cambiar de un día para otro.

Ese día, Aldo creía en un conjunto completo de cosas muy concretas: que dos y dos eran cuatro. Que, de las proteínas magras, el pollo era la más accesible. Que estaba atrapado dentro de las restricciones de una estructura posiblemente hexagonal de espacio-tiempo de la cual probablemente nunca pudiera escapar. Que mañana sería igual que ayer, igual que tres viernes antes, igual que el último mes. Que nunca estaría satisfecho. Que, en dos semanas, previsiblemente impredecible, podría llover y, al cambiar, todo seguiría igual.

Al día siguiente se sentiría distinto.

EL NARRADOR, UNA VERSIÓN DEL FUTURO DE ALDO DAMIANI QUE AÚN NO EXISTE: Cuando aprendes una palabra nueva, la ves de pronto en todas partes. La mente se consuela pensando que es una coincidencia, pero no lo es, es la disminución de la ignorancia. Tu versión futura siempre verá lo que es invisible para tu versión presente. Ese es el problema de la mortalidad, un problema con el tiempo, en realidad.

Algún día, Regan le dirá a Aldo: «Es muy humano lo que haces» y, al principio, él pensará: «No, no lo es por las abejas».

Pero acabará comprendiéndolo. Porque hasta esa noche, Aldo se sentía cómodo con la nada, pero acabará sabiéndolo por ella: no es la constancia lo que nos mantiene vivos, es la progresión que usamos para movernos.

Porque todo es siempre igual hasta que, de forma repentina, no lo es.

EL NARRADOR: Si supiera que conocería a Charlotte Regan por la mañana, tal vez habría dormido algo.

En medio de la sala había un joven sentado en el suelo. Estaba anotando algo en un cuaderno. Regan se fijó al principio en su actividad (meticulosa) más que en su apariencia (oculta por la posición de ella junto a la puerta), pero una cosa la llevó a la otra y acabó resultando inevitable concluir que el joven llevaba un corte de pelo sublimemente terrible. El pelo, una masa castaña oscura de rizos gruesos, era más que una mala gestión, alcanzaba, según la opinión de Regan, el grado de fracaso institucional: un defecto en la construcción. No dejaba de apartárselo de la cara, y Regan lo veía más como un reflejo de incomodidad que como un gesto de petulancia.

Recordó dónde estaba y entró en la sala.

—Disculpa, no puedes sentarte ahí —comenzó, pero entonces titubeó, se olvidó de lo que estaba diciendo cuando vio lo que estaba dibujando el hombre.

Incluso desde la distancia, vislumbró que se trataba de un diseño geométrico preciso con algunas partes sombreadas o totalmente ocultas. La forma estaba dibujada con unas líneas tan consistentes y deliberadas que la punta del bolígrafo se había clavado en el cuaderno y había dejado marcas superficiales y la hoja de papel curvada.

—¿Qué estás dibujando? —le preguntó y él levantó la mirada.

Sus ojos eran de un marcado tono verde que hacía un serio contraste con su piel. También estaban ligeramente perdidos, como si al chico le costara apartar la atención de otro lugar.

—Hexágonos —respondió y, tras una breve pausa, añadió—: No tienes aspecto de Charlotte.

Ella bajó la mirada a la identificación con su nombre.

—No me llaman Charlotte. ¿Por qué hexágonos?

—Estoy trabajando en algo. —Tenía una voz interesante, más afilada de lo que esperaba, y un poco más seca. Regan pensó que, si él contaba una broma, la mayoría de las personas de la sala se la creerían—. Pero ¿es tu nombre?

—Sí. ¿Por qué iba a mentirte? Y no puedes sentarte ahí —repitió.

—No sé por qué ibas a mentir. Solo sé que no me parece adecuado.

Regan abrió la boca para responder, pero volvió a cerrarla. Odiaba dar a otras personas la sensación de estar en lo cierto.

—¿Por qué hexágonos? —volvió a preguntar.

—Estoy intentando resolver algo. —Esa era una respuesta algo mejor que la que había dado antes, aunque seguía sin resultar particularmente esclarecedora—. Funciona mejor si hago algo con las manos, y son fáciles de dibujar. Y relevantes. Me pondría a fumar —señaló de manera tangencial—, pero me parece que aquí estaría mal visto.

—El tabaco está totalmente pasado de moda. Y es malo para la salud. Y no puedes sentarte aquí.

—Ya lo sé. Tabaco no. —Levantó la mirada con los ojos entrecerrados y Regan miró de forma instintiva en la dirección que seguían sus ojos para comprobar qué era lo que contemplaba, que, en realidad, no era nada. Se recompuso y volvió a centrar su atención en él.

—¿Qué intentas resolver? —le preguntó.

—Viajes en el tiempo. —Ella parpadeó.

—¿Qué?

—Bueno, tiempo. Pero el Eternalismo sugiere que podemos volver al mismo lugar en el espacio-tiempo —comentó y no lo hizo con tono paciente y tampoco impaciente. Probablemente le hubieran hecho esa misma pregunta en el pasado, aunque no parecía importarle lo que pensara ella de su respuesta y seguramente tampoco le importara antes—. Hay mucho desacuerdo al respecto, pero desde un punto de vista puramente teórico, existe cierta viabilidad en el concepto. Aunque no es que puedas moverte más rápido que el tiempo —le dijo a Regan, o al aire que rodeaba a Regan—, eso está descartado. Acabarías destrozada. Pero los agujeros de gusano, ese tipo de cosas, son un concepto creíble. La teoría más compartida sugiere que una trayectoria continua de conos de luz, si es que existe, sería circular, pero eso es muy improbable. Los círculos perfectos no existen en la naturaleza. Los hexágonos, por otra parte, son muy frecuentes.

El joven apartó la mirada de la pared de enfrente y dirigió su atención a Regan.

—Abejas —dijo.

—¿Abejas? —repitió Regan con inseguridad.

—Sí, abejas. Hexágonos. Tiempo.

No *sonaba* demente, pero tampoco lo contrario.

—¿Crees que las abejas conocen el secreto para viajar en el tiempo? —le preguntó ella.

Dio la sensación de que esto le parecía del todo irrazonable, posiblemente hasta ofensivo.

—Claro que no. Sus cerebros no están diseñados para hacerse preguntas. Una evolución inútil —murmuró para sus adentros—, pero aquí estamos.

Cerró el cuaderno y se puso en pie de forma abrupta.

—Si no te llaman Charlotte, ¿cómo te llama la gente? —le preguntó.

—Adivina.

—Charlie. Chuck.

—¿Tengo aspecto de Chuck?

—Más que de Charlotte. —No parecía estar bromeando, aunque Regan no estaba segura de si le parecía bien o mal.

—¿Cómo te llamas tú? —le preguntó, pero entonces lo pensó mejor—. No, espera. Deja que lo adivine.

Él se encogió de hombros.

—Venga.

—Ernest. Hector. No, seguro que es algo muy normal, como David —dijo, sintiéndose vagamente combativa—. Y lo odias, ¿verdad?

—No lo odio —respondió él—. ¿Cuál es tu apellido?

No tenía intención de responder preguntas personales, pero él había desarrollado un talento para sorprenderla con la guardia baja en los dos últimos minutos.

—Regan.

—Ah. —Chasqueó los dedos—. Eso es. Ese es tu nombre.

—¿Me estás poniendo nombre?

—No, pero ese es el nombre que usas. Es muy reconfortante cómo lo usas. Se ve cómo encajan las variables.

—¿Sí?

—Sí —respondió, y no estaba fanfarroneando. Lo decía igual que podría estar contando que había pescado un resfriado en el pasado y, de una forma similar, ella lo creyó—. Estoy seguro de que otras personas pueden hacerlo.

—Dime tu nombre entonces —le pidió ella.

—Rinaldo.

Regan entrecerró los ojos.

—Ese no es. —Retorció un poco los labios.

—No —admitió él—. Me llaman Aldo.

Ah, tenía razón. Podía oír la diferencia.

—¿Rinaldo qué?

—Damiani.

—¿Eres tan italiano como parece?

—Casi.

—Casi, pero no del todo. —Regan se fijó en sus rasgos, la textura de su pelo y el tono de su piel; lo categorizó por capas, como un retrato. Unos orígenes italianos naturalmente requerían un pigmento diferente al del norte de Europa, pero Regan estimó que en el caso de Aldo necesitaría uno mucho más saturado que incluso el tono más oscuro del oliváceo mediterráneo. Si planeara pintarlo, y no lo estaba haciendo, iba a necesitar una capa de tono siena o un color tostado rojizo.

—Mi madre es dominicana —señaló Aldo, y eso lo explicaba.

—¿Y no le molestó que tu padre te diera ese nombre tan intensamente italiano?

—No estaba presente para impedirlo.

Eso también era preciso. El sol había salido antes ese día. Su madre lo abandonó cuando era un niño. Probablemente fuera una especie de genio. Mediría… entre uno setenta y ocho y uno ochenta, estimó Regan. No era demasiado alto, pero desde luego no era bajo. Llevaba mucha ropa de piel para tratarse de alguien que estaba dibujando hexágonos en la sala de armas de un museo de arte.

—¿En qué estás trabajando? —le preguntó—. ¿Por qué viajes en el tiempo?

—Me gusta pensar en problemas de larga duración.

—¿Como un programa informático?

—Sí. —Ella había preguntado en broma, pero él no bromeaba, estaba claro.

—¿Eres una especie de matemático?

—Un tipo específico de matemático, sí.

Aldo se pasó los dedos por el pelo, que, definitivamente, tenía demasiado largo por arriba.

—Espero que no pagaras mucho por ese corte de pelo —señaló ella—. No es muy bueno.

—Me lo hizo mi padre la última vez que fui a casa. No tiene mucho tiempo libre.

Ahora ella se sentía como una idiota.

—¿Por qué estás dibujando aquí? —le preguntó.

—Me gusta estar aquí. Tengo un bono anual.

No era un turista entonces.

—¿Por qué?

—Porque me gusta estar aquí —repitió—. Puedo pensar.

—Se llena mucho —señaló ella—. Es muy ruidoso.

—Sí, pero es ruido del bueno.

Cuanto más lo miraba, más atractivo le parecía. Tenía una mandíbula interesante. No dormía bien, eso era obvio. Las ojeras eran de un intenso tono morado. ¿Qué lo mantendría despierto por las noches? ¿Y cuál era el nombre de ella? ¿O el de él? O tal vez ninguno de los dos tenía nombre. Él era un misterio, y eso era interesante. Nunca hacía o decía lo que ella pensaba que iba a hacer o decir, aunque eso podía volverse predecible tras un tiempo.

Tenía una boca bonita, pensó Regan. Miró el bolígrafo, que tenía marcas de dientes en el lateral. Se lo imaginaba. Pensó en el plástico entre sus dientes, la lengua deslizándose sobre él.

Se estremeció.

—¿Trabajas aquí? —le preguntó él.

—Soy guía —respondió ella.

—Pareces demasiado joven para ser guía.

Todo cuanto decía Aldo era astutamente bien fundado, directo y seguro.

—Soy mayor de lo que aparento —le informó ella. Era un error común.

—¿Cuántos años tienes?

—Tres años desde mi arresto —respondió ella con picardía.

Él cedió a su curiosidad, Regan no sabía si lo haría.

—¿Arresto por qué?

—Falsificación. Robo.

Aldo parpadeó y Regan disfrutó al verlo vacilar.

Él miró entonces el reloj.

—Debería irme —comentó al ver la hora, o posiblemente el concepto de la hora, que era algo en lo que pensaba mucho, según acababa de descubrir Regan. Fue a agarrar la mochila que Regan no había visto a sus pies, que tenía amarrado un casco de moto. La existencia de una moto explicaba el cuero, aunque no explicaba nada más. Aldo cerró el cuaderno y lo metió en la mochila, que era una cartera anodina que había sufrido cierto grado de abuso. Dentro había un libro de texto, uno grueso, como *Janson's History of Art*, y Regan sacudió la cabeza.

Si tuviera que pintarlo, pensó, nadie le creería nunca.

No dijo nada cuando él se echó la mochila sobre el hombro, aunque Aldo se detuvo un momento justo antes de pasar junto a ella, dándole vueltas a un pensamiento.

—Puede que volvamos a vernos —le dijo.

Ella se encogió de hombros.

—Puede.

Lo decía de verdad, claro, ese «puede». Parecía que ambos lo decían desde un punto de vista lógico: podía suceder de nuevo. Sus esferas de ocupación tenían tendencia a cruzarse. Sería, técnicamente, una coincidencia. Si sucedía, cuando sucediera, Regan tendría un motivo real para reconocerlo. (No como ahora, que solo había sido una sensación).

Aldo tenía unas cejas muy definidas para tratarse de alguien con unos rasgos tan desordenados. Eso y su boca, por supuesto, que era inolvidable. Tenía una caída definida arriba, una especie de inclinación torcida que hacía que pareciera atrapado entre varias expresiones. Tenía ciertamente una obsesión con la boca, confirmó Regan al ver cómo se llevaba la mano ahí sin pensar. Había dicho que fumaba, y encajaba. De todo lo que había atisbado en él, ese le parecía el detalle que más le pegaba (y puede que el único). Parecía una persona a la que le gustaba tener algo entre los labios.

Se los humedeció una vez, mirando algo que no era el rostro de ella, y rozó con los dientes el labio inferior.

—Adiós —pronunció su boca y entonces se marchó.

Regan se volvió hacia el vacío que había dejado Aldo y frunció el ceño. De pronto la sala parecía menos tranquila, parecía vibrar alborotada, y sintió que su humor se adaptaba a la nueva frecuencia, optando por otra cosa. Arte contemporáneo, tal vez. Arte pop. Podía quedarse mirando los colores brillantes de los anuncios comerciales un rato mientras se recomponía. Le quedaban al menos diez minutos de pausa, pensó al mirar el reloj y ubicarse en el tiempo.

Luego se dio la vuelta y salió, el momento había terminado.

Debido a su trabajo, Aldo había valorado la idea del multiverso en muchas ocasiones, pero a menudo pensaba que había en ello algo innecesariamente cerebral, y también un tanto insatisfactorio. Por ejemplo, si en la sala de armas había estado sopesando los innumerables hilos de lo que vendría a continuación, si había escogido únicamente uno de ellos mientras las otras versiones de él seguían su camino en otro lugar, entonces el tiempo permanecía a la fuerza lineal. ¿Qué ventaja tenía elegir si solo podía obtener un resultado cada vez? No, la mejor opción no era que hubiera múltiples Aldos hablando con múltiples Charlottes Regan. Había un Aldo y una Charlotte Regan, y los dos se encontraban en una especie de bucle geométricamente predecible.

El teléfono vibró cuando salió y se lo sacó del bolsillo, deteniéndose en los escalones del Instituto de Arte.

—Hola, papá.

—Rinaldo, ¿dónde estás hoy? —preguntó Masso.

—En el museo. —Aldo miró por encima del hombro para comprobar dónde se encontraba—. En la sala de armas.

—Ah, ¿un día productivo?

Aldo se quedó pensando.

No es que Charlotte Regan lo hubiera *interrumpido*. Lo había hecho, sí, pero no de un modo molesto. Era muy tranquila. Su voz no (tenía un tono de voz perfectamente audible), pero sí sus movimientos, sus preguntas. Supuso que algunas personas lo llamarían elegancia o gracia, pero él no entendía esos términos. Parecía más bien que hubiera una rendija de espacio entre él y el mundo exterior y ella lo hubiera llenado humildemente; no tanto una pieza ocupando el vacío de otra, sino líquido vertiéndose en una taza.

—Normal —respondió.

—Es viernes, Rinaldo, ¿vas a hacer algo hoy?

El gimnasio estaba siempre más tranquilo los viernes por la noche y eso le gustaba.

—Lo de siempre. Hay clase esta tarde y tengo trabajo que hacer este fin de semana. —Tenía que corregir exámenes, que no era una opción tan mala como las protestas que le seguirían. También tenía que preparar la clase para el lunes siguiente.

Dudaba de que su padre pensara de veras que fuera a hacer nada fuera de lo normal; más bien, Masso le estaba haciendo el favor de recordarle qué día de la semana era. Era su modo de controlar cómo estaba y Aldo le hacía el favor de necesitar que lo hiciera. Era una tranquilidad para los dos.

—¿Dónde estamos hoy, Rinaldo?

Aldo pensó en la pendiente de las caderas de Charlotte Regan. Su vestido tenía un bajo asimétrico, lleno de líneas puntiagudas, pulcras. Le sentaba bien por lo alta que era ella, y la cantidad de líneas que tenía. Regan le recordaba a los edificios que habían construido a lo largo del río. Eran espejos del paisaje, hermosos, esbeltos, y reflejaban el agua.

—En una ciudad.

—¿Una grande?

—Sí.

—¿Y nos hemos perdido?

—No. —Solo nos sentimos empequeñecidos—. Eh, papá —dijo de pronto al recordar una cosa—, ¿cuánto tiempo pasa la gente en la cárcel por falsificación?

—¿De qué, de billetes? ¿Por falsificar billetes?

No se le había ocurrido preguntarlo, pero pensó que sería algo así.

—Sí.

—No lo sé. Me cuesta creer que la gente sea capaz aún de hacer eso.

—Es verdad. —Masso parecía distraído—. ¿Todo bien por allí?

—Ah, síííí, nada de qué preocuparse.

Aldo se puso el casco y subió una pierna por la moto.

—¿Sí?

—Es solo... un pedido que no ha llegado esta mañana. —Masso bramó algo a alguien y volvió de nuevo a la llamada telefónica—. ¿Por dónde íbamos?

—Papá, si estás ocupado, no tienes que llamar.

—Lo sé, lo sé. Me gusta hacerlo.

—Ya lo sé. —Aldo levantó la mirada, una sombra cayó sobre él—. Me voy, papá. Va a llover.

Cuando Masso y Aldo se despidieron, empezaron a caer unas gotitas. En un día típico otoñal de Chicago, las gotitas se convertirían rápidamente en una lluvia torrencial. Aldo, que se había criado en los suburbios de Los Ángeles y no supo, hasta que se mudó al Medio Oeste, que la lluvia podía caer de forma horizontal, no estaba preparado para ello. Tal vez, en el mundo en el que le había pedido a Charlotte Regan que tomara un café con él (una bebida que no tomaba y que probablemente no disfrutaría), también se había subido al autobús.

Por eso el multiverso era tan insatisfactorio, pensó Aldo. No podía pasar a una versión de él que estuviera preparada para la lluvia, pero, tal vez, en alguna parte, en otro rincón del tiempo, había planeado esto de una forma distinta.

Cuando llegó a clase estaba empapado.

—Ecuaciones exponenciales —anunció sin preámbulos. Los vaqueros se le pegaban a los muslos. Se volvió hacia la pizarra, agarró el rotulador y se estremeció un poco.

EL NARRADOR, UN ALUMNO QUE ACABA DE LLEGAR: No se está nunca preparado para el tiempo en Chicago.

—Regan, ¿vienes?

Ella levantó la mirada y ocultó la pantalla del teléfono.

—¿A dónde?

Marc señaló por encima del hombro.

—Al baño.

Era una invitación demasiado distraída para tratarse de sexo. Seguramente se refiriera a las drogas.

—Ve yendo tú —le dijo y él asintió. Se acercó para besarle la frente.

—¿Qué estás haciendo? —le preguntó, señalando el teléfono.

—Nada. Instagram.

Marc se encogió de hombros, le guiñó un ojo y desapareció con uno de sus amigos.

Regan esperó a que se fuera para volver a desbloquear el teléfono. Se acomodó en el asiento y miró los resultados de Google para Rinaldo Damiani. Por lo que podía ver, el joven no tenía perfil en ninguna red social (había una página en LinkedIn que lo nombraba como estudiante de la Universidad de Chicago, lo que tenía sentido por el libro de texto que llevaba), pero lo que le llamó la atención fueron los resultados en una página llamada evaluaalprofesor.com.

Rinaldo (Aldo) tenía unos resultados deplorables. Su nota media era de un 1,4 de 5, con un 7% de «volvería a elegirlo» y un nivel 4,8 de dificultad. Sus etiquetas eran abismales: «prepárate para sufrir», «examinador duro», «imposible de entender», «sumamente antipático».

Las valoraciones eran todavía más vitriólicas. «Damiani es un imbécil», decía un alumno que describía la poca seriedad con la que Aldo había rechazado su petición para una prórroga de plazo.

«Te irá mejor con LITERALMENTE CUALQUIER OTRO PROFESOR», decía otro.

Una crítica mediamente halagadora exponía: «Damiani es un jodido genio y probablemente un lunático. La buena noticia es que evalúa estrictamente según las exigencias del departamento, por lo que, estadísticamente hablando, alguien sacará un sobresaliente».

La mejor de las calificaciones, que lo evaluaba con tres estrellas, decía: «A Damiani le gusta el razonamiento, o al menos parece respetarlo con una especie de TDAH. Aunque tu opinión sea una tontería, le gustarás más si está lo bastante razonada».

Regan le dio un sorbo a su bebida, fascinada. No habría imaginado que Aldo fuera un profesor, aunque quedaba bastante claro que no era uno bueno. Curiosamente, sintió cierto respeto reticente por él. Había que ser alguien dolorosamente ambivalente o felizmente ignorante (o ambos) para estar tan desconectado de los estudiantes y, así y todo, lo admiraba. Le parecía interesante y ese era el mayor elogio que podía ofrecerle a alguien.

Se quedó sin material en Internet y de pronto sintió una emoción a medio camino entre el alivio porque Aldo no tuviera cuenta en Twitter y decepción por no haber descubierto nada particularmente bueno. No sabía qué era lo que esperaba. Todo esto le parecía muy extraño y él se le había quedado un poco grabado en el cerebro, incrustado como una espina. Como algo que tuviera en la punta de la lengua o que se moviera en su visión periférica. Casi esperaba encontrárselo dentro de cada sala en la que entraba, o en la parte baja de las escaleras cada vez que se acercaba a unas. No dejaba de pensar en él, analizando los ángulos que veía y preguntándose qué había pasado por alto.

Si volvía a verlo, tendría que hacerle unas preguntas, pensó. Empezó a preparar una lista mental, aunque no podía pasar del «¿quién eres?» y, tal vez menos halagador, del «¿qué eres?».

En su experiencia, la curiosidad por una persona nunca era una buena señal. La curiosidad era horrorosamente peor y mucho más adictiva que la atracción sexual. La curiosidad generalmente encendía algo muy inflamable, y no era en absoluto lo que Regan quería de esto. Sí, a veces pensaba en dejar a Marc (el principal socio de Marc estuvo siempre a una mirada demasiado demorada de distancia de proponer una cita sórdida), pero claramente no para embarcarse en algo serio. En algo prolongado. Al haber tenido relaciones que fracasaban (y fracasaban, y fracasaban, y fracasaban), Regan no buscaba algo duradero. Lo único por lo que estaría dispuesta a dejar a Marc era por tener libertad, pero eso y la curiosidad por un hombre no solían ir de la mano.

No obstante, se sentía intrigada.

—Regan —la llamó Marc, que había regresado, y ella aceptó la mano que le estaba ofreciendo. Probablemente se moverían un poco en la pista de baile, se quedarían hasta tarde y se despertarían en plena tarde del día siguiente. Esta era una vida sin expectativas, y era la clase de vida más segura. Regan siempre se sentía más segura en las manos de un hombre sin conceptos equivocados de sus defectos porque, para bien o para mal, no se dejaría llevar por la posibilidad de su reaparición.

Regan sospechaba que a Marc le *gustaba* que estuviera un poco rota, le gustaba mostrar preocupación por su salud, porque al interesarse por ella, ella tenía que estar agradecida con él y así la aseguraba como uno de sus tesoros. No se veía a ella con Marc en unas mecedoras cuando estuvieran viejos y grises, no, pero *sí* se veía manteniendo aventuras afables con otras personas en algún momento de la cuarentena, animando a una camarera para que fuera a casa con ellos después de que el yoga mantuviera a Regan en forma y el dinero mantuviera a Marc favorable.

No faltaba el amor. Ella *no* sentía que no lo quisiera y él estaba enamorado de ella justamente de la forma que a ella le gustaba: sin discursos emocionantes, sin pedestales exagerados y ninguna promesa que no pudiera cumplir. Era el complemento perfecto para ella, algo tan difícil de encontrar como un flechazo, y por eso Regan no tenía pensado volver a hablar con Aldo Damiani, sintiera o no curiosidad.

LA NARRADORA, CHARLOTTE REGAN: Aunque si él me habla a mí primero, probablemente no sea tan maleducada como para no responder.

SEGUNDA PARTE

CONVERSACIONES

No es que Aldo estuviera buscando a Charlotte Regan, porque no era así. No dedicaba mucho tiempo a la imprecisión de las estadísticas (la tramposa de las matemáticas), pero era una pura cuestión de probabilidad, no era inconcebible que sus caminos se cruzaran una segunda vez. Ya habían establecido que sus vidas se encontraban en al menos un lugar: el museo de arte.

Esto era puramente una coincidencia.

—Regan —dijo y ella levantó la mirada como hacen los extraños: con sorpresa y una sensación breve de desubicación. Acababa de terminar una visita y miró el reloj antes de dirigirse hacia él.

—Aldo —dijo, y luego—, ¿correcto?

Él sospechó que la adición era para ella y no para él.

—Sí —respondió—. ¿Qué tal la visita?

—Ah, ya sabes. —Movió una mano—. Diría que la mitad de las personas de cualquier visita están ahí en contra de su voluntad, por lo que la idea es actuar para el público más entusiasta.

—Tiene sentido. —Enseñar era una experiencia similar.

—Sí. —Se metió el pelo detrás de la oreja, un movimiento más bien infantil. Tenía aspecto de cervatilla: ojos muy abiertos, una nariz estrecha con forma de tulipán, el rostro con forma de corazón y un aire de trémula vulnerabilidad por la forma de su boca. El contacto visual, sin embargo, era duro y exacto. Se acercaba tanto a su altura que era imposible de obviar.

—¿Qué tal va tu misión de los viajes en el tiempo? —se interesó y él se encogió de hombros.

—Depende de cómo lo mires.

—Supongo que mal, ya que sigues aquí.

—¿Quién ha dicho que querría usarlo si lo resolviera?

Una risita escapó de los labios de Regan.

—Cierto, entonces tendrías que elegir una nueva afición. Curar el cáncer —sugirió—. Bordar. Croché.

—Puede que las otras dos, pero desde luego no puedo curar el cáncer —señaló Aldo—. No sé nada del tema. Es una degeneración mutativa celular y eso no se puede predecir con las matemáticas.

—Entonces supongo que estamos jodidos.

—Algo tiene que matarnos —coincidió él—. Vivimos ya mucho más allá de nuestros años reproductivos. A partir de un cierto momento, no somos más que recursos sobreutilizados.

—Eso es… —Forzó una sonrisa, o una mueca—. Desolador.

¿Lo era? Probablemente.

—Supongo.

Regan miró por encima del hombro y volvió a mirarlo a él.

—He estado pensando en eso que dijiste.

—¿El qué?

—Que los círculos perfectos no existen en la naturaleza. —Se detuvo un instante—. Creo que no es verdad.

—¿Se te ha ocurrido uno?

—Esa es la cuestión —señaló, frunciendo el ceño—. Que no. Los planetas no son circulares ni tampoco sus órbitas. —Ladeó la cabeza, considerándolo—. ¿Los ojos, tal vez?

—Las esferas son distintas de los círculos. Y los ojos no son perfectamente esféricos. Además, los ojos de los insectos están llenos de hexágonos, lo que prueba aún más mi teoría.

—Burbujas —sugiere.

—Esféricas, y se vuelven hexagonales en grupos —respondió Aldo y ella volvió a fruncir el ceño—. Yo también he estado pensando en algo que dijiste.

Ella levantó la mirada.

—¿En serio?

—Dijiste que te habían arrestado.

—Ah. —No parecía muy complacida al ver que era esto lo que recordaba, aunque Aldo suponía que tendría que saber que se le había quedado grabado en el cerebro. A lo mejor era de esas personas a las que no les gustaba tener razón, podía entenderlo.

—Bueno, yo… necesito saber cómo lo hiciste —admitió y ella le lanzó una mirada que sugería que era mejor que diera más detalles—. La falsificación es… difícil de lograr, ¿no? No debieron de tardar mucho en descubrirte, la gente siempre comprueba la autenticidad de los billetes grandes. Pudiste usar pequeños, pero matemáticamente hablando, para que mereciera la pena, tendrías…

—No hice billetes de aquí —lo interrumpió—. Se me da muy bien el arte digital —explicó—, o se me daba bien antes. Diseñé billetes extranjeros y fui a cambiarlos por dinero estadounidense.

—Eso es… —Se quedó callado—. Muy inteligente.

—No mucho en realidad. Un error de mi juventud.

No parecía especialmente contrita.

—¿Puedes hacer una cosa por mí? —preguntó Aldo y Regan parpadeó.

—Depende.

—Un pequeño favor, probablemente.

—¿Es un pequeño favor que solo puedo hacer yo?

—Sí.

Ella le lanzó una mirada de desconfianza.

—No seas asqueroso. ¿Es asqueroso?

—No, no lo es. ¿Crees que soy asqueroso?

—¿*Eres* asqueroso?

—No, o al menos no lo creo. Yo... —Esto se le estaba yendo de las manos—. Mira, solo quiero que me mientas.

Ella parpadeó y luego frunció el ceño.

Entonces suspiró.

—¿Y qué significa *eso*, Aldo?

(La primera vez que usó su nombre había fingido falta de familiaridad. Esta vez, sin embargo, Aldo oyó cómo había aparecido en la mente de ella).

—Es evidente que eres una buena mentirosa —expuso y Regan pareció contener una carcajada—. La ciencia requiere un grupo de control. Una mentira *reconocida* para comparar con las posibles mentiras —aclaró.

—¿Y por qué necesitas un grupo de control?

A él le parecía muy obvio.

—Porque quiero saber cuándo estás mintiéndome.

Regan abrió la boca y volvió a cerrarla.

—Si *fuera* una mentirosa, ¿no serían mis mentiras muy valiosas para mí?

—Probablemente, pero ya sé que no posees oposición moral a realizar falsificaciones.

Abrió mucho los ojos de cervatilla y luego los entrecerró.

Entonces, después de decidir algo en silencio, volvió a mirar el reloj.

—¿Tienes hambre? —le preguntó, alzando la mirada.

—No mucha. —Era más bien una hora entre comidas—. Normalmente como después de ir al gimnasio, así que...

—Aldo. —Se acercó más a él—. Te estoy preguntando si quieres ir a alguna parte conmigo. Ya sabes, para hablar —añadió.

Él le miró la cara un segundo, examinó el contacto visual, la dilatación de las pupilas.

—Estás mintiendo —adivinó y ella torció los labios.

—Ah, ¿sí?

—Eso creo —respondió y, después, tras una mayor reflexión—. Hazlo de nuevo. —No tenía evidencia suficiente, tenía que recopilar más.

—Aldo —suspiró—, así no funciona. Pero puedes acompañarme mientras yo como algo —sugirió—. Y, quién sabe, a lo mejor vuelvo a mentirte. —Parecía perfectamente consciente de que estaba ofreciéndole algo que él quería; le pareció la clase de persona que tenía una idea muy clara de lo que otras personas esperaban obtener—. O tal vez no —añadió, reafirmando su teoría—. En cualquier caso, me voy.

Él lo consideró. Odiaba interrumpir su horario, pero no tenía ningún otro lugar al que ir.

—¿Qué quieres comer? —le preguntó.

—Tailandés —respondió demasiado rápido.

Él frunció el ceño.

—Eso es mentira —adivinó.

—Oh, no sé si estaré perdiendo facultades —murmuró para sus adentros y se volvió—. Tengo que ir a por mi bolso —comentó por encima del hombro con una mirada que lo dejó anclado en el lugar—. No te vayas.

—No —respondió él, no se imaginaba por qué iba a hacerlo. La idea de tener algo nuevo que desentrañar era moderadamente cautivadora, así que observó cómo se giraba ciento veinte grados hacia un pasillo. Su paso era premeditado, sin prisas, como si hubiera esbozado un camino definido por la ambivalencia y hubiera seguido después su proyección al milímetro.

Lo clasificó en un nuevo archivo de su mente, uno que había abierto sin darse cuenta.

«REGAN», decía, y dentro del apartado de «MENTIRAS» había almacenado el sonido de sus pasos mientras se alejaba de él.

Regan llevó a Aldo al bar de un hotel al otro lado de la calle y se sentaron en un banco del fondo del local. Eran apenas las cinco, temprano todavía, y había un pianista tocando, pero no había mucho más ruido. Regan pidió una ensalada nizarda y una copa de vino. Se sentó después y contempló a Aldo, que pedía un vaso de agua.

—¿Te vas a limitar a mirarme comer? —preguntó, divertida. Últimamente no comía mucho y las pastillas le habían influido en el apetito. El primer mes que tomó este cóctel particular de medicación la dejó tan nauseabunda que adelgazó unos cinco kilos; el hambre era mejor que la sensación desagradable de estar pudriéndose por dentro.

—¿Te molesta? —preguntó él.

—No. —Se encogió de hombros y tomó un sorbo de vino—. Y bien, ¿cuál es tu teoría?

Aldo se movió un poco, claramente incómodo por la pregunta. No parecía en absoluto interesado en hablar de sí mismo, y esa era la razón por la que había preguntado. Regan había pasado tiempo suficiente fijándose en las cosas para saber cuándo era ella la que estaba siendo sometida a observación clínica.

—Estoy sacándome el doctorado en matemáticas puras.

—Eso ya lo sabía, aunque no pensaba decírselo—. Soy de California. Hijo único. —Le dio un sorbo al vaso de agua—. Ningún arresto importante.

—¿Ningún arresto importante? —repitió ella, arqueando una ceja.

—Ningún arresto —rectificó rápido y ella resopló.

—Está claro que *ahí* hay una historia —señaló ella, golpeteando el cristal con los dedos—. ¿Algo en tu expediente juvenil?

—Tuve algunos problemas en el pasado. Creo que el término es «sustancias ilícitas». —Ella ocultó la cara de sorpresa y él tomó otro sorbo—. Ya estoy bien.

—¿Rehabilitación? —preguntó Regan; la idea le parecía un tanto divertida. Aldo no era exactamente Kurt Cobain.

Él sacudió la cabeza.

—Mi padre me pidió que las dejara.

Regan esperó, pero él no dijo más.

—¿Y ya está? —preguntó, un tanto decepcionada—. Tenías un problema con las drogas, tu padre te dijo «eh, deja eso» y tú... ¿lo dejaste sin más?

—Sí. —Se puso a dar golpecitos en la mesa con los dedos—. Yo, eh.., —Apartó la mirada de ella un segundo y luego volvió a alzarla—. Sufrí una sobredosis. Mi padre se preocupó mucho.

Lo dijo todo con el mismo tono exacto de equivocidad que todo lo demás. Apenas lo absorbió Regan antes de que se disolviera en la pequeña recopilación de datos que poseía ahora sobre él. No sabía si contarle que estaba familiarizada con el concepto de la medicación (o automedicación, que se aproximaba más al caso de él), pero su tono despreocupado hacía que pareciera que se estaba refiriendo a una pierna amputada.

—Comprendo que a la gente no suele gustarle que sus hijos estén a punto de morir —comentó Regan, que optó por no centrarse en la tristeza del hecho, y, como respuesta, algo tiró de la boca de Aldo, cerca de las comisuras.

—Estaba sentado al lado de mi cama cuando me desperté —señaló—. Tan solo me dijo «nunca más, ¿de acuerdo?», y pensé... «Sí, claro». —Se encogió de hombros, llevándose el vaso de agua a los labios y aligerando así el ambiente—. Así que dejé de hacerlo.

—Eso es... —comenzó Regan y sacudió la cabeza— *soberbiamente* improbable. —No tenía mucha experiencia con las adicciones, pero su conocimiento del mundo sugería que su historia estaba incompleta. La gente no solía despertar con una recuperación perfecta y las cosas no podían desaparecer sin dejar rastro.

Pero él había perdido todo interés en el tema, era obvio. No había apartado la mirada, pero la chispa de atención había desaparecido.

—¿Viajes en el tiempo otra vez? —preguntó ella y él parpadeó, volviendo en sí.

—No —respondió de un modo que sugería que la respuesta solía ser que sí—. Estaba pensando otra vez en tu plan de falsificación.

—No fue un plan. —Sí lo fue.

—¿Necesitabas dinero para algo?

—No, yo... —Se quedó callada, calculando qué decir—. Fue poco después de la universidad. Mi novio de por entonces era un artista y fue más bien idea suya.

Aldo detuvo el vaso a medio camino entre la boca y la mesa.

—Mentira —decidió.

Ella se quedó sin aliento y tomó la copa de vino, espirando.

—¿No me crees? —preguntó con tono neutro.

—Por supuesto que no. Seguro que nunca en tu vida has aceptado la idea de otra persona. —El vaso de Aldo retomó el camino hacia sus labios—. Creo que fue idea tuya —añadió tras un sorbo reflexivo—, pero no puedo adivinar por qué lo hiciste. —La observó de nuevo de un modo completamente asexual y del todo carente de romanticismo—. Me parece que tenías mucho dinero.

—¿Crees de verdad que la gente solo hace cosas porque las necesitan? —preguntó, aunque nada más decirlo, pensó que probablemente sí lo pensara. Él necesitaba dejar un hábito y lo hizo. Parecía que viera el mundo a través de una lente de necesidad, como si todo fuera puramente reflejo.

—Creo que necesitabas algo —aseguró—. Pero estoy seguro de que no era dinero.

Llegó el camarero con su ensalada, y lo hizo en un momento muy conveniente. Regan se puso la servilleta en el regazo y pinchó con delicadeza un trozo de huevo y una aceituna con el tenedor. Se los llevó a la boca y masticó, pensativa.

—Háblame de tu padre —le pidió un momento después.

—Es chef. Tiene un restaurante.

—Vaya. —Dio otro bocado—. ¿Sabes cocinar?

—Sí.

—Oh, ¿y te gusta? —Soltó un momento el tenedor y lo miró.

Él negó con la cabeza.

—La verdad es que no.

—Tiene sentido. Creo que no somos capaces de disfrutar las cosas que disfrutan nuestros padres. Siempre me pregunto por los atletas padres e hijos, ¿sabes? —Volvió a agarrar el tenedor—. Si mi padre fuera Michael Jordan, yo jamás elegiría el baloncesto.

—Eres de Chicago —comentó Aldo y ella puso los ojos en blanco.

—¿Puedes hacer que esto no parezca una entrevista, por favor? —Exhaló un suspiro—. Me haces sentir como un animal de zoo.

—Me gustan los zoos.

—A todo el mundo le gustan. Esa no es la cuestión.

—Estoy bastante seguro de que estás equivocada.

—¿Sobre qué?

—La gente tiene reparos con los zoos.

—La gente tiene reparos con todo —le aseguró, tomando otro bocado—. La cuestión es que me estás observando con demasiado detenimiento.

Él la miró un segundo y esbozó una sonrisa ladeada.

—Cierto.

Regan lo fulminó con la mirada, solo para probarlo, y la sonrisa se ensanchó.

—De acuerdo, ¿de dónde eres? —le preguntó y ella suspiró.

—De aquí —afirmó y se ganó una mirada vanidosa—. De Naperville. Mi padre se dedica a las finanzas.

—¿Y tú eres una ladrona? —preguntó Aldo, sonriendo todavía.

—Yo quería ser artista —respondió y luego rectificó—: Intentaba serlo. —Tomó una aceituna, que separó de una hoja de lechuga—. Pero sí. —Se retrepó en el asiento, abandonando la atención de la comida y dirigiéndola hacia Aldo—. Era una ladrona.

—Te pega.

Por alguna razón, quería creerlo.

—¿Qué? —preguntó después de una pausa—. ¿Ya tienes las mentiras que buscabas?

—Creo que no. —Tenía el vaso de agua vacío y daba golpecitos suaves en el lateral de este—. Creo que me has contado la verdad. Excepto lo de que el robo no fue idea tuya.

—No fue un robo.

—Fue, básicamente, un robo —insistió—, y definitivamente fue idea tuya. Solo quiero saber por qué.

Regan tomó la copa de vino y la movió un poco.

—Es posible que sea muy vanidosa —sugirió—, o demasiado inteligente para mi bien. Que tenga demasiado interés en hacer daño a mis padres.

—Eso suena a mentira. O posiblemente a verdades de otra persona.

Lo eran. De su madre.

—Has dicho que querías ser artista —comentó Aldo.

Regan esperó a que la afirmación concluyera con una pregunta, pero no tuvo esa suerte.

—Sí, ¿y...?

—¿Cuál es tu...? Ya sabes. Tu técnica. Aparte del crimen. —Sonrió.

Ella abrió la boca y volvió a cerrarla.

—Técnicamente, solo estudié arte —explicó—. Tengo un grado en historia del arte.

—¿Tienes una pintura preferida?

Le dio un sorbo a la copa de vino.

—No, la verdad es que no. Me gustan algunos estilos. Algunos temas. Pero tener una sola obra preferida me parece pueril, no sé.

—Estás mintiendo —le acusó y ella le lanzó una mirada imparcial.

—Parece que tienes una mala opinión de mí —señaló y él negó con la cabeza.

—No me parece que una mentira tenga nada de malo.

—¿A menos que sea una mentira por el mero hecho de mentir? —adivinó, poco impresionada.

—No. —De nuevo, sacudió la cabeza—. Creo que no es en absoluto realista esperar la verdad en todo momento. Yo solo quiero ordenar la ecuación, ya sabes. —Se encogió de hombros—. Saber por qué mientes, supongo.

—Quieres resolverme como si fuera un problema matemático. Qué halagador.

—Si sirve de ayuda, no hay muchas personas tan complicadas de resolver, si hacemos una comparación.

—Me cuesta creerlo.

—La mayoría de las personas son un conjunto muy específico de variables. Ya sabes, objetivos, motivaciones, defectos, diferentes grados de traumas psicológicos...

—No —corrigió—, me refiero a que me cuesta creer que yo sea compleja.

Él se quedó un instante callado, con la cabeza ladeada.

—No lo dices en serio, ¿no? —le preguntó.

—El crimen no hace compleja a una persona —indicó Regan—. Todo el mundo tiene una historia.

—Sí, pero eso no es lo interesante.

Aldo se inclinó hacia delante, adoptando una postura que reflejaba la peor cosa posible: curiosidad, algo que Regan supuso que se había vuelto mutuo en algún punto de la conversación en el que ella no estaba prestando atención.

—¿Por qué organizaste un robo? —preguntó Aldo con calma.

Ella se quedó mirándolo. Estaba claro que la situación se le había escapado de las manos.

—Tengo novio —decidió anunciar.

—Eso no responde a mi pregunta.

Regan abrió la boca, pero volvió a cerrarla.

—¿Algo más? —preguntó el camarero y la intervención hizo que se sobresaltara.

—La cuenta, por favor —le pidió.

Cuando el camarero se fue, Aldo se llevó una mano a la boca, observándola de frente. Tenía la otra mano apoyada en la mesa con el antebrazo tenso mientras golpeteaba la madera con los dedos en un gesto de agitación silenciosa.

—Si respondo, me dejarás en paz, ¿no? —dijo Regan.

Aldo torció la boca.

—Probablemente no. —Volvió a dar golpecitos en la mesa con los dedos—. ¿Quieres que te deje en paz?

—Yo he preguntado primero —contratacó ella, aunque no había sido así. Él se encogió de hombros.

—Pensaba que tal vez podríamos ser amigos —respondió Aldo—. O, si eso supone demasiado esfuerzo, tal vez entonces tener cinco conversaciones más.

Regan podría haber dicho que sí a lo de ser amigos, aunque solo fuera por mostrarse educada, pero la oferta siguiente era demasiado extraña como para no preguntar por ella.

—¿Cinco? Es un número muy específico.

—Sí.

—¿Por qué cinco?

—Me parece un número razonable.

—¿Se supone que tiene algún significado matemático?

—Creo que, teóricamente, el factor matemático sería compilar la suma de tus partes.

—¿Y crees que puedes hacerlo en un total de seis conversaciones? —preguntó y parpadeó por lo que acababa de decir—. Ah —murmuró, sacudiendo la cabeza—. Abejas.

La boca de Aldo se veía más torcida cuando estaba contento; un lado se alzaba en un gesto de concesión mientras que el otro lado se esforzaba por mantenerse inmóvil.

—Puedes decir que no, por supuesto.

—Pero sabes que no voy a hacerlo. —Se bebió lo que quedaba de vino—. ¿Ha sido solo una suposición?

—Oh, sí. Absolutamente.

—La cuenta —dijo el camarero, que apareció de nuevo al lado de Regan y ella lo retuvo mientras tomaba la tarjeta de crédito, antes de que se escabullera de nuevo.

—De acuerdo. Seis conversaciones en total —aceptó con cautela, devolviendo la atención a Aldo—, pero tienes que contarme lo que descubres de mí con cada una.

—Muy bien. ¿Harás tú lo mismo?

Regan se encogió de hombros.

—Si quieres.

—¿Qué has descubierto hoy?

—Que no tienes muchos amigos.

La sonrisa de Aldo se hizo más amplia.

—¿Y tú? —preguntó ella—. ¿Qué has descubierto de mí?

—Que estás tan aburrida que aceptarías tener seis conversaciones anodinas con un extraño.

Ella le sonrió.

Él le devolvió la sonrisa.

—Muchas gracias —dijo el camarero, devolviendo la tarjeta a Regan, y ella bajó la mirada.

—¿Cuál es la propina? —le preguntó a Aldo, tal vez probándolo—. Ya que eres una especie de genio matemático.

—Yo siempre doy de más —respondió—. Mi padre tiene un restaurante.

Regan lo miró, pensativa.

—La próxima vez, o ninguno de los dos come o lo hacemos los dos.

—De acuerdo. Y probablemente sea suficiente con el doble del IVA.

Regan lo hizo como le sugirió y se puso en pie.

—Hasta la próxima —le dijo y él asintió.

—Hasta la próxima.

Entonces Regan salió por la puerta, ajustándose los pendientes antes de ocultar una sonrisa con la palma de la mano.

—Empezaba a preguntarme cuándo volverías a aparecer —dijo Regan.

Se había metido el pelo detrás de la oreja y se inclinaba hacia él, que se aproximaba. Tenía una forma peculiar de hacerlo, pensó Aldo, de invitarlo a la geografía de la conversación. ¿Cuándo habría aprendido que las personas querían que las invitaran?

—Te daba por una persona de o inmediatamente o nunca —comentó—, pero tu momento para aparecer no ha sido muy bueno. —Señaló el punto de reunión que había detrás de ella—. Tengo una visita guiada sobre el impresionismo en cinco minutos.

—Sí, lo sé. —Aldo levantó el folleto del museo—. Me he apuntado a la visita sobre el impresionismo.

Regan parpadeó y se le escapó una carcajada en contra de su voluntad. Parecía que solo se reía de forma inesperada o que no lo hacía, según lo que había observado Aldo. Según lo que podía adivinar, cualquier muestra de diversión de Charlotte Regan era fingida o una rebelión, pero nada a medio camino.

—Esta cuenta entonces como una de las seis —le dijo—. No puedes ir por ahí deseando más deseos.

Aldo negó con la cabeza.

—Esta cuenta —afirmó— *si* tenemos una conversación. Si no es así, solo estoy contemplando arte.

—Eso es trampa. Estás manipulando el sistema.

—Si consideras tu compañía como un premio que ganar, entonces sí. Pero si es una hipótesis que hay que probar, entonces estoy llevando a cabo la investigación necesaria.

Regan lo miró con el ceño fruncido, recelosa. Parecía desconfiar plenamente de él, y eso le gustaba a Aldo. No solía ser objeto de sospecha de nada que no pudiera confirmarse o desmentirse a los cinco minutos de conocerlo.

—¿Qué estás haciendo? —le preguntó y él se encogió de hombros.

—Quiero ver lo que ves tú —dijo—. ¿Cómo voy a hacerlo si no te observo en tu hábitat natural?

—Esto es un empleo —señaló Regan—. No un hábitat.

—Uno que elijes hacer gratis —comentó Aldo y ella abrió la boca.

—Disculpe —los interrumpió alguien a la izquierda de Aldo—, ¿es aquí la visita sobre el impresionismo?

—Sí —respondieron los dos al unísono.

Regan le lanzó una mirada silenciadora a Aldo.

—Sí —confirmó a la otra persona, un turista con acento de Boston, y luego se volvió hacia Aldo y arqueó una ceja que parecía exigirle que se comportara. Él se encogió de hombros con inocencia.

Le había dicho la verdad. Había en ella algo muy extraño y para calmar su necesidad de simplificar un problema complejo, la había dividido en diferentes áreas de estudio. La primera de ellas era su relación con el arte. Hubo un momento en el que había sido artista y criminal, según le había contado, y si no podía contemplarla siendo una de ellas, entonces tendría que encontrar el modo de hallarle sentido a la otra.

Más que nada, Aldo esperaba una epifanía de algún modo. Estaba seguro de que habría un momento en el que todas las partes inconexas que hacían tan incomprensible para él a Charlotte Regan compondrían una forma reconocible y entonces él comprendería la base del problema.

Según la experiencia de Aldo, se podía cuantificar a todas las personas por las cosas que les importaban. Podía tomar a su padre como ejemplo. Masso estaba marcado por un complejo de abandono, una protección reflexiva, un amor por la buena comida y un gran sentido de la responsabilidad. Por lo tanto, Masso necesitaba hábitos, confirmación y cierto grado de protección de la verdad. Aldo, que comprendía esto y podía predecir el comportamiento de su padre con cierto grado de precisión, era capaz de concentrarse en otras cosas.

Regan, sin embargo, seguía siendo una serie de cualidades desconocidas y aparecía en el cerebro de Aldo sin invitación. Le frustró constatar que su visita guiada sobre el impresionismo, que fue lo bastante informativa, no resultó particularmente esclarecedora. Estaba representando el papel de historiadora del arte, que parecía una capa que se había enfundado en lugar de una versión reconocible de ella misma. No había nada introspectivo en su forma de hablar sobre arte; de vez en cuando, Aldo creyó que iba a revelar alguna conexión personal con la obra o el artista, pero incluso las observaciones más entusiastas de Regan estaban carentes de pasión.

—Hola, disculpe —dijo, levantando una mano y sobresaltándola con el gesto—. Tengo una pregunta.

—¿Sobre Degas? —preguntó ella con vacilación, señalando la pintura de los bailarines que tenía detrás.

—No, sobre usted.

Ella le lanzó una mirada de impaciencia.

—Puede hacerme una pregunta —aceptó.

—¿Cuál es su pintura preferida del museo? —se interesó.

—Señor, esta es una visita sobre el impresionismo —le informó—. Va a tener que limitar el alcance de la pregunta.

—De acuerdo. Su pintura preferida de esta visita entonces.

Regan dudó un momento y entonces accedió y guio al grupo más adentro.

—Esta. —Señaló una interpretación de una puesta de sol sobre un canal con agua. Incluso a Aldo, que no sabía nada de arte, los colores le sugerían que la habían pintado al anochecer—. Es *Nocturno en negro y oro*, de James McNeill Whisler. Forma parte de una serie que pintó de noche y a cuyas obras les dio nombre de piezas musicales —explicó—. Se considera un predecesor de las abstracciones del modernismo.

—¿Por qué? —preguntó Aldo, sorprendiéndola antes de que pudiera continuar.

—Bueno, porque no es ilustrativa o narrativa como…

—No, disculpe. Me refiero a que por qué esta pintura —aclaró.

—He dicho una pregunta —le recordó.

—No me parece justo —respondió él—. Es solo un detalle de la pregunta inicial.

—¿Me está diciendo que mi primera respuesta no estaba completa?

—No especialmente. No de forma satisfactoria, en cualquier caso.

Regan reprimió un gesto, posiblemente una sonrisa, o tal vez una sacudida de la cabeza.

—Señor —dijo con dureza—, esto es una visita guiada, no una conversación privada.

—¿Por qué tiene que ser privada? —contratacó él, moviendo una mano—. Es una conversación que está manteniendo con nosotros. Públicamente. Pseudopúblicamente —corrigió.

—Todo arte es privado —repuso—. La primera pregunta era sobre la colección, pero ahora me está pidiendo que revele algo personal sobre mí.

—Si todo arte es privado, entonces es la misma pregunta —discutió Aldo.

—Esa es una interpretación muy floja.

—La mayor parte del arte es una interpretación muy floja.

Ella parecía no estar de acuerdo.

—¿Cree que no hay precisión en el arte?

—Ciertamente no en el impresionismo —respondió, le parecía muy obvio.

—Solo si busca la verdad en un objeto. Pero si quiere identificar una emoción, o una sensación, entonces no hay nada más preciso que el arte.

—¿Cuál es la precisión en esta pintura? —preguntó entonces Aldo

—Da por sentado que me gusta por su precisión, ¿no?

—¿Es así?

—Rotundamente no —respondió y él parpadeó.

—Entonces, ¿qué le...?

—Whistler no pintaba detalles de forma intencionada —lo interrumpió, al parecer tropezando de forma intencional con una respuesta—. Muchas personas se burlaban de su obra. Opinaban que le faltaba emoción porque no contaba una historia. Pero no estaba intentando contar una historia. Según Whistler, el arte debería ser independiente del contexto. El arte era simplemente arte —explicó Regan— con detalles inconsecuentes. ¿El año? No reviste importancia —se respondió a sí misma—. ¿El lugar? Casi irrelevante. Lo que ve ante usted es una única inhalación, *un* momento. Es la belleza del mundo en su estado más objetivo porque el artista no está expresando ningún significado. No está intentando definirle ni enseñarle ni contarle qué espacio ocupar, solo...

Espiró con fuerza y se volvió para mirar el sol poniente que tenía detrás.

—Mire los colores —señaló ahora con voz menos insistente y más implorante—. Mire lo sombría que es, lo solitaria. Le puso nombre de música a esta pintura para que ninguno de los sentidos quedara insatisfecho. Puede ver las luces —añadió, señalándolas—, para demostrar que no está solo en el mundo. Se suceden a su alrededor en un desvanecimiento lento, incoherente, pero no hay nadie que lo conecte, que conecte al observador, con esté momento. Nada que le arraigue a nada más que esta única inhalación que tiene lugar sobre el Canal de la Mancha justo antes de que el sol se ponga. Es arte porque es arte, que es circular a su manera —comentó y entonces parpadeó. Se volvió hacia él con una media sonrisa—. Un círculo perfecto, si lo desea, porque lo es, lo fue y lo será, todo al mismo tiempo.

—Es un ciclo —dijo él—, no un círculo. —Pero entendía lo que quería decir.

Regan asintió una vez, concluyendo la conversación.

—Bien —indicó, guiándolos hacia Monet—, sigamos.

Aldo no dijo nada más hasta el final de la visita. Esperó hasta ser el único que quedaba allí.

—Y bien —se dirigió Regan a él, mirándolo para invitarlo a regresar a su espacio de consideración—, ¿qué has descubierto sobre mí?

—No tanto como esperaba. Pero también un poco más.

—Muy útil —respondió ella con sarcasmo—. ¿Algo específico?

—Dime tú, ¿qué has descubierto tú de mí? Porque si la respuesta es «nada», entonces no ha sido una conversación —indicó—. No cuenta si no descubres nada.

Regan abrió la boca, pero se quedó callada.

—Deja que te pregunte una cosa. ¿Cuántas personas había en esta visita?

Aldo lo pensó.

—¿Cuatro?

—Quince. ¿Te has fijado en la chica que te miraba?

—¿Qué chica?

—Bien, eso. ¿Y eres consciente de que has ido vestido igual las tres veces que nos hemos visto?

Aldo bajó la mirada.

—La ropa está limpia.

—Eso no es lo que he preguntado —dijo ella de forma brusca—. ¿Y qué me dices de la pareja que había a tu lado?

Intentó visualizar la imagen del grupo y solo conjuró la sensación de que había mucha gente.

—¿Qué pasa con ellos?

—Te estaban mirando mal. —Regan parecía encantada.

—No veo qué relevancia tiene eso —señaló y entonces, para su sorpresa, la expresión de Regan se retorció en una carcajada desenfrenada; el sonido alcanzó el techo y rebotó hacia ellos con una calidez sorprendente.

—Digamos que he descubierto que eres muy firme —observó, sacudiendo la cabeza—. Estabas muy concentrado en resolver lo que fuera que tratabas de resolver —explicó—, y creo que al menos la mitad del grupo quería asesinarte.

Eso no era algo nuevo, Aldo había aprendido con el tiempo a ignorar ese tipo de cosas. Regan lo miró en busca de reciprocidad, esperando claramente su respuesta a esa misma pregunta (parecía una persona muy dependiente de la reciprocidad), pero no estaba seguro de cómo expresarlo con palabras.

—Suéltalo —le pidió y él suspiró.

—Bien. He descubierto algo. Pero aún no sé qué es.

Había descubierto una expresión concreta en su rostro que no había visto antes en ella.

—Cuando estabas hablando de la pintura, *Nocturno* —aclaró cuando ella enarcó una ceja—, descubrí... algo.

Regan no se mostró impresionada.

—No creo que cuente como descubrimiento si no sabes lo que has descubierto.

—Bueno, observé algo que sospecho que comprenderé más adelante. Tal vez en la conversación número cuatro, más o menos.

Ella lo miró un segundo, contemplando algo, y entonces tendió la mano.

—Dame tu teléfono —le pidió y él se lo sacó del bolsillo y lo dejó en su palma. Regan bajó la mirada y sacudió la cabeza—. No hay contraseña, ¿eh?

—No tengo demasiados secretos —comentó él mientras ella abría la aplicación de contactos.

—Lo dudo —murmuró Regan y tecleó lo que seguramente fuera su número de teléfono—. Toma. —Le devolvió el teléfono después de marcar el número que había guardado—. Y esto cuenta, por cierto —añadió, mirándolo. Aldo se había fijado en que sus expresiones eran más encantadoras cuanto más espontáneas eran, y esta era más reaccionaria que la mayoría—. Esta ha sido la conversación número dos.

—Bien. —Era justo, los dos habían descubierto algo, y eso cumplía con los parámetros requeridos.

—No me gustan las sorpresas —le dijo Regan—. Quiero saber con antelación cuándo será la siguiente.

Ese también era un impulso comprensible.

—¿Por qué no eliges tú la siguiente? —le sugirió.

Ella lo valoró.

—Mañana por la noche. ¿Nos vemos fuera? Alrededor de las ocho.

Aldo reorganizó mentalmente su horario, colocando los puntos usuales de mundanidad alrededor de un nuevo vértice.

—Sí, puedo quedar —concluyó y ella asintió y se dio la vuelta.

—Hasta mañana —se despidió, alejándose de nuevo de él.

—No te gustan nada los lugares con mucha gente, ¿eh? —le preguntó Regan a Aldo al verlo tomar asiento con incomodidad. Llevaba los vaqueros negros de siempre con la chaqueta desgastada de piel, un atuendo que cobraba más sentido ahora que estaban en un bar de River North y no en un museo. Por suerte no llevaba la mochila, pero tenía los rizos alborotados, totalmente desordenados, con la forma del casco.

Regan supuso que se había subido a la moto justo después de tomar una ducha.

—No me gustan las multitudes —comentó—, pero a nadie le gustan. —Miró a su alrededor antes de agarrar una carta—. ¿Qué vas a beber?

A Regan le gustaba ser un espejo de la persona con la que estaba.

—No estoy segura, ¿alguna idea?

Cerveza, supuso, o tal vez un licor fuerte. O puede que fuera de esa clase de italianos que solo bebían negroni.

—La selección de botellas es mejor que la de copas —indicó, señalando la lista de vinos—. ¿Te interesa que compartamos una?

—¿Qué tenías en mente?

Aldo examinó la lista, desviando un instante la mirada cuando alguien pasó junto a su silla. Se movió más cerca de Regan, de forma infructuosa en cierto modo.

—Barbera. —Le pasó la lista.

Vino tinto. Interesante.

—Me parece perfecto.

—Estás mintiendo —la acusó—. ¿Prefieres blanco?

Lo prefería.

—El tinto está bien —comentó y torció la boca un poco.

—No tenemos que…

—Está bien —repitió—. Además, tal vez descubra algo de ti al beberlo.

Y, más importante, una botella significaba que estarían allí un rato. Teniendo en cuenta la incomodidad de él, se trataba de una garantía más tangible que la que le ofrecía una copa.

—Cierto —aceptó él, asintiendo.

Regan agradeció que no le dijera «va a gustarte». Esa era una de sus frases menos favoritas, era una aseguración imprudente. Odiaba todas las situaciones que precedían la certeza de que una persona pudiera predecir su gusto. O bien lo consideraban un gusto lo bastante universal para que ella pudiera incluirse en las masas o creían (normalmente de forma incorrecta) que comprendían sus necesidades *específicas,* y Regan no sabía cuál de los dos crímenes era peor.

Al final el vino le pareció bueno. No encontraba unas palabras adecuadas para él, pero le alivió que Aldo no dijera nada. Él simplemente dio un sorbo mirando por encima del hombro con el mismo grado de incomodidad.

¿Le molestaría que lo hubiera llevado allí?

—¿Cómo va la investigación sobre viajes en el tiempo? —le preguntó y él saboreó el vino un momento antes de responder.

—No es una investigación de verdad. Más bien la resolución de un problema. Conozco la solución, pero no sé cómo funciona.

—No creo que la ciencia funcione así. ¿No tienes que lanzar una hipótesis y luego examinarla?

—Soy de matemáticas puras. Lanzo hipótesis y luego las demuestro.

Se guardó esas palabras para un uso posterior.

Aldo volvió a mirar por encima del hombro y luego a ella. O más bien algo que existía dentro de su cabeza en el lugar aproximado donde estaba sentada ella, pero no directamente a ella.

—Te he perdido —comprendió.

—Solo estaba pensando en que cuanto más dañina es la picadura de una abeja, menos efectiva tiende a ser en su trabajo. Cuanto más tiene que proteger una abeja su colmena, menos miel produce.

Le dio un sorbo al vino.

—Háblame de las abejas —le pidió Regan.

—No quieres saber sobre las abejas en realidad —respondió Aldo, lo que era una hipótesis que Regan estaba encantada de desmentir.

—Ah, ¿no? A lo mejor las abejas son para ti como el arte para mí. Puede que me enseñe más de ti que de las abejas.

—¿Estás interesada en mí?

Parecía una pregunta neutral a pesar de las palabras, que, en su experiencia, solían significar algo más. En general, las experiencias previas de Regan no eran muy útiles aplicadas a Aldo.

—Estoy aquí, ¿no? —le recordó—. Normalmente no hago cosas que no quiero hacer.

Aldo lo consideró, bajó la mirada a la copa y después la fijó en ella.

—Si te hablo de las abejas, entonces tú tendrás que hablarme del robo.

Ella ya sabía que él era firme. Añadió «transaccional» a su lista mental.

—Eso ni siquiera puede calificarse de intercambio —respondió—. Una de las cosas es personal.

—Puede que las dos sean personales.

Regan pensó en ello.

—Puede —determinó.

—¿Puede?

—Sí, puede —confirmó—. Tú me hablas de las abejas y puede que yo te hable de… —Se interrumpió antes de decir «el robo», a punto de ceder a la interpretación de Aldo del acontecimiento. Qué fácilmente dejaba que otras personas se apropiaran de su historia, pensó—. Sobre lo que pasó.

—De acuerdo —contestó él y pensó en ello—. Algunas abejas tienen aguijones incapaces de penetrar la piel humana. Así que hacen toda la miel, ¿de acuerdo? —comentó retóricamente y ella asintió—. Pero, obviamente, la gente se la quita y ellas siguen haciéndola.

Esto tiene que ser una metáfora, pensó Regan.

—No es una metáfora —dijo Aldo.

—Claro que no —coincidió ella.

—Algunas colmenas son más... hostiles, supongo. Más letales. —Le dio un sorbo al vino—. Cuanto más capaces son de defender su colmena, menos miel suelen producir. Y las abejas reinas son interesantes —continuó—. La reina puede escoger si fertilizar o no ciertos huevos.

—¿Qué pasa si no los fertiliza?

—Son zánganos. Abejas macho.

Regan parpadeó.

—Perdona, ¿qué?

—Sí —señaló al atisbar su sorpresa—. Y las abejas macho solo tienen un trabajo.

Regan soltó la copa.

—No me digas que es copular con la reina.

—Es copular con la reina —confirmó Aldo, dando un sorbo. Se quedó mirando la copa—. Fascinante —comentó, centrándose de nuevo en el vino, y Regan le dio una patada.

—Sigue con las abejas —le pidió—. ¿Qué pasa cuando el macho copula con la reina?

—Bien, se queda sin pene —respondió.

Regan parpadeó.

—Sí, solo tiene una oportunidad. Las abejas copulan durante el vuelo, ¿vale? —explicó y Regan asintió como si eso significara algo para ella, como si se le hubiera pasado antes por la cabeza el ritual del apareamiento de las abejas—. Bien, los zánganos tienen los ojos más grandes para ver cuándo viene la reina. Solo se aparean una vez y luego...

—¿Mueren? —lo interrumpió Regan.

—Mueren —confirmó Aldo—. Su único propósito en la vida es reproducirse. Como sucede con otras especies.

—Eso es... —Parpadeó—. Espera, ¿cómo se convierte la reina en reina?

—Está más desarrollada que el resto de las abejas. Si un huevo no está fertilizado, se convierte en zángano. Si lo está, sale una abeja obrera... hembra —aclaró, y Regan volvió a asentir—, y entonces la alimentan con proteínas de la miel, pero tienen un suministro limitado. Después pasan a alimentar con néctar a las larvas. Pero si deciden alimentar a una de las larvas con más proteínas, se acabará convirtiendo en la reina. Se desarrolla más —explicó— y puede hacer más abejas obreras.

—¿Y quién elige a la reina?

—La colmena. Las abejas obreras. Normalmente lo hacen cuando muere la reina actual, o si esta se debilita.

—Entonces eligen a la siguiente reina. —Pero entonces se corrigió—: No... ¿la hacen?

Aldo asintió y dio otro sorbo.

—Sí.

Lo opuesto al derecho divino, pensó Regan; una sociedad atea de mujeres. Una verdadera pesadilla patriarcal. La idea la llenó por un momento de un placer reverencial.

—Pero... —Volvió a agarrar la copa de vino, sacudiendo la cabeza—. Pero algunas abejas... ¿has dicho que son más protectoras con la colmena?, ¿que producen menos miel?

—Sí —repitió—. Cuanto más tiempo pasan las abejas defendiendo la colmena, menos miel producen.

—Entonces, ahí fuera, en algún lugar, ¿hay una colmena de abejas hembra matando a personas por venganza en lugar de haciendo lo que se suponen que tienen que hacer?

—Sí —confirmó Aldo—, probablemente.

—Qué... —Alentador. Estimulante, incluso. Momentáneamente hipnotizante—. Interesante.

Aldo asintió y la miró con media sonrisa mientras se apartaba un rizo de la cara.

El corte de pelo que llevaba era muy desafortunado, pensó Regan de nuevo. Había en él cierto grado de atractivo convencional que permanecía irreconocible bajo una capa de niebla enigmática. O tal vez no, se corrigió mentalmente al recordar a la chica que lo estaba mirando durante la visita guiada sobre el impresionismo. Tal vez esa chica había visto más allá de las ojeras y el horrible corte de pelo y las mejillas demasiado finas; tal vez había visto algo más. Aldo tenía esos ojos y esa boca, y para bien o para mal, tenía un aire de extrañeza. Una parte de Regan le guardaba un rencor irracional a la chica por no saber que Aldo Damiani estaba más atractivo cuando hablaba de abejas.

—Y bien —dijo él—. ¿Puedo saber ahora lo del robo?

A Regan le dieron ganas de responder que los detalles de su historia personal no podían compararse con información que bien podría haber sacado de una página de Wikipedia, con todas esas trivialidades sobre las abejas, pero sintió que le debía algo.

La naturaleza transaccional de Aldo se le estaba contagiando.

—No fue un robo.

Aldo parecía estar abierto a una discusión sobre la nomenclatura.

—¿Qué fue?

—Complicado, pero no un robo.

—¿Por qué no?

—Porque un robo implica… no lo sé. Robo. —Le dio un sorbo al vino—. Y lo fue en última instancia —admitió—, pero ese no era el objetivo en realidad.

Aldo no parecía sorprendido.

—Ya sabía que el objetivo no era el dinero.

—No, en realidad no. Más o menos. —Le dio golpecitos con los dedos a la copa—. Mi novio necesitaba el dinero —admitió—. Esa parte era verdad.

—Deja que adivine. ¿A tus padres no les gustaba él?

Nunca les gustaba nadie con quien salía, y probablemente por eso elegía a la gente que elegía.

—Era escultor —comentó—. Pero no de cerámica, o más bien no exclusivamente. Tenía acceso a muchos materiales diferentes.

—Entonces, ¿era habilidoso?

—Sí, mucho. Lo conocí cuando él estaba trabajando en una instalación donde utilizaban muchos tipos diferentes de metales. Era herrero en su tiempo libre —añadió—. Esa era su única fuente real de ingresos, y no eran muchos.

—Me estás contando su parte de la historia —señaló Aldo—. Te he preguntado por la tuya.

—Se entrelazan en este punto. —Se encogió de hombros, aunque le agradaba que fuera capaz de hacer la distinción—. Por entonces estaba forjando y tenía una idea para crear espadas, dagas y otras cosas elaboradas. Para venderlas en ferias medievales.

—Ajá.

—Y lo vi recrear esas espadas y pensé: yo podría hacer eso, pero de forma más eficiente. —Se inclinó hacia delante antes de darse cuenta de que estaba haciéndolo—. Estaba haciendo espadas falsas por dinero. Pero... —murmuró y fue a rellenarse la copa— pensé que yo podría hacer dinero falso si quería, y me parecía un modo más rápido de tener las cosas. Sin intermediarios, ¿sabes? Podía hacer los diseños bastante bien y él tenía acceso a los materiales. Pensé en ello, por diversión nada más. Al principio solo era una idea en mi cabeza, pero claro... una vez que se me había ocurrido la idea, yo... —Carraspeó—. Ya no podía deshacerme de ella.

Aldo asintió.

—Hexágonos —murmuró y ella sonrió levemente.

—Abejas —afirmó ella y se encogió de hombros—. En cualquier caso, tampoco me había dejado mucho espacio para hacer otras cosas. La especialización en arte no me estaba llevando exactamente a ninguna carrera en particular. No me gusta enseñar y no estaba interesada en el ámbito académico...

—Dijiste que eres una artista —la interrumpió Aldo—. ¿Arte digital?

—Dije que *quería* ser artista, sí, pero no lo soy. Intenté trabajar de diseñadora gráfica, pero no me gustaba tener clientes. Nadie sabe lo que quiere. «Oh, cambia eso», «no me gusta así»... pero nunca son capaces de explicar lo que quieren que cambie. Nunca me ha gustado tratar con los gustos de otras personas.

—Comprensible —dijo Aldo, pasando los dedos por el borde de la copa—. Yo no disfruto de la necesidad de tener que predecir cómo piensan otras personas.

—Lo estás haciendo ahora, ¿no es así?

Aldo sacudió la cabeza.

—No estoy intentando predecirte. Estoy intentando comprenderte.

—¿No podrías predecirme si me entendieras? —Estaba segura de que lo había atrapado. ¿Por qué iba a hacer esto, si no?

—Me parece una pregunta más adecuada para nuestros inevitables jefes supremos robóticos —objetó con un sorbo al vino—. Para ser claros, no es ninguna divagación filosófica que domine.

Esta era la clase de conversación que le gustaba mantener a Marc cuando estaba drogado, pensó, junto a la de cómo pensaba sobrevivir al apocalipsis zombi. Pero ella coincidía con la postura de Aldo de que no merecía valorar todas las situaciones hipotéticas.

—¿Por qué las abejas?

—Hexágonos —repitió él—. No soy entomólogo. Ni apicultor.

—Entonces, ¿por qué matemático?

—Elegí un curso de álgebra el primer año de universidad porque pensaba que lo necesitaría para mi especialidad.

—¿Cuál era tu especialidad?

—No la había decidido, pero se me daba bien esa clase, así que continué. Dejé la universidad dos años, regresé, tuve que elegir una especialidad. Solo tenía créditos en matemáticas, así que continué con eso. —Otro sorbo—. Empecé a trabajar con estudiantes de postgrado y me pidieron que me quedase en el programa de doctorado. Como puedes ver, no me marché —dijo con una sonrisa entre irónica y desalentadora, y entonces añadió—: Supongo que me quedaré hasta que la universidad me pida que me vaya.

La frase le resultaba familiar. Regan no estaba segura de cómo identificar qué era lo que le parecía cercano, pero tenía la sensación de que cualquier espacio mental que hubiera ocupado Aldo, ella también lo había ocupado antes.

—Bueno, está bien —comentó. Miró la copa—. Supongo que hoy he sacado algo de tu historia.

—Y yo, aunque eso no responde a mi pregunta.

—¿La que me has hecho sobre el robo?

—No fue un robo —señaló Aldo y ella esbozó una sonrisa rápida—. Fue… una obsesión, creo. Al menos en parte.

—¿En parte?

—Puede que averigüe el resto en otra ocasión. Durante una de las otras tres conversaciones.

—Puede.

Los dos se quedaron callados, embebidos en sus respectivos pensamientos.

—Me gusta —dijo Aldo.

—¿El qué?

Apartó la copa de los labios.

—Tu cerebro.

Tres conversaciones y Regan ya comprendía que ese era el mayor cumplido en el arsenal de Rinaldo Damiani. Estaba claro que pensaba que iba a lograr algo con su regla de los seis.

—Gracias —respondió e hizo un brindis con él. Las copas tintinearon al unísono.

Aldo miró su nombre en la pantalla y respondió al segundo tono.

—Patrones de ondas —susurró Regan.

Él miró con los ojos entrecerrados el reloj.

—Son las cuatro, Regan.

—Ya lo sé, no podía dormir.

Se puso derecho, apoyó la almohada en la pared, donde faltaba un cabecero, y se incorporó. Agarró el porro sin encender que había en la mesita de noche, pensó y entonces cambió de idea y volvió a concentrarse en Regan.

—¿Qué pasa con los patrones de ondas?

—Cuando arrojas algo en el agua —indicó— y se forman ondas. Eso son círculos.

Ondas como consecuencia de algo.

—Nuestros ojos las perciben como círculos perfectos. No podemos saber si lo son o no.

—Pero cuentan, ¿no?

Tendría que permitírsela, o una parte.

—No es la contradicción más persuasiva, pero sí, cuenta.

—Círculos en las cosechas —continuó Regan—. Anillos de hadas.

—Esos no son naturales. Son sobrenaturales.

Ella murmuró algo, pensativa.

—¿Crees en lo sobrenatural?

—Creo que, si no lo hiciera, sería un irresponsable —respondió—. Estoy seguro de que hay explicaciones, pero no tengo tiempo para considerarlas.

—Cierto, no con el tema de los viajes en el tiempo.

—Así es. Las imposibilidades mejor una a una.

Regan se quedó un momento en silencio y Aldo no tuvo la sensación de que tuviera que llenarlo. En cambio, apoyó la cabeza en la pared y se dedicó a la tranquila contemplación que reinaba entre los dos.

—Arcoíris —indicó ella.

—¿Qué pasa con los arcoíris?

—Podrían ser círculos. El arco es... ya sabes, circular, ¿no?

—Podría ser. Pero solo es simetría y la simetría no suele darse en la naturaleza tampoco.

—Es verdad. —Suspiró—. Hicimos algunas composiciones faciales con simetría en una de mis clases de dibujo y eran terribles. Perturbadoras incluso.

—Sí —coincidió Aldo, mirando el cielo todavía oscuro de fuera—. ¿Por qué susurras, por cierto?

—Mi novio está dormido.

—Ah. ¿Y pensabas que yo estaría despierto o planeabas despertarme?

—Si te soy sincera, no pensé en ti.

Por alguna razón, Aldo sonrió.

—¿Hay algo más que te pase por la mente?

Claro que sí.

—¿Por qué hexágonos?

—Patrones, sobre todo —respondió—. No dejo de encontrármelos. Sobre todo en matemáticas. Son la base de los grupos cuánticos.

—¿Y suceden en la naturaleza?

—Sí. William Kirby llamaba a las abejas «matemáticas instruidas divinamente».

—Pero eso es incorrecto. —Regan parecía consternada—. Las abejas son ateas.

Aldo se llevó la mano a la boca y soltó una risa suave.

—Darwin llevó a cabo experimentos para demostrar que estaba relacionado con la evolución.

—Ah, bien. —Parecía aliviada—. Mejor.

Aldo encendió la lamparita que había al lado de su cama. Estaba claro que no iba a dormir más.

—¿Qué has hecho esta noche? O anoche, supongo.

—Nada. Nada interesante. Últimamente no te has pasado por el museo —añadió.

Aldo no quería agobiarla. Cada vez parecía menos accidental cómo su mente los asociaba a los dos.

—Es uno de los lugares a los que voy, pero no el único.

—¿Dónde más?

—Fuera, si puedo. Es ideal.

—Ah. —Aldo oyó movimiento, como si estuviera sacando algo del frigorífico—. ¿Qué haces durante el día?

—Ir a clase. Enseñar. Ir al gimnasio. —Miró a su alrededor—. No mucho, la verdad.

—Ajá. —Parecía estar pensando en más preguntas—. ¿Quién es tu mejor amigo?

—No lo sé. ¿Mi padre?

—*Uf.*

Aldo se rio.

—¿Y el tuyo?

—No lo sé. Tú no, por supuesto. Eres un extraño.

—Es verdad. Bien visto.

—Mi sobrina es muy guay.

—¿Sobrina?

—Sí, la hija de mi hermana.

—No sabía que tuvieras una hermana.

Oyó una puerta cerrándose.

—Sí —respondió y ahora su voz sonaba más fuerte que un susurro—. Mayor. Es médico.

—¿También la llaman Regan?

—No, ella es exclusivamente Madeline; Maddie no, desde luego, nuestra madre detesta ese diminutivo. La gente empezó a llamarme Regan por ella. En el instituto todo el mundo me llamaba pequeña Regan o Regan Junior, y al final me quedé con el nombre.

—¿Es mucho mayor que tú?

—Tiene cuatro años más que yo.

—¿Y tiene… un bebé?

—Una niña pequeña. Se llama Carissa. Yo la llamo Cari cuando no me oye Madeline.

—No te imaginaba del tipo de personas que disfrutan con la compañía de los niños. —Él no era de ese tipo, aunque imaginó la influencia de Regan en el desarrollo de un niño y le pareció encantador. Un tanto inquietante, pero divertido.

—Bueno, es... —Se quedó callada un instante—. Vas a odiar esto.

—¿Sí? No lo veo probable.

—Madeline es... perfecta, ¿sabes? Es... mierda. —Exhaló un suspiro—. Menudo cliché.

—Me gustan los clichés. —Él a veces era uno—. En cualquier caso, no tengo nada en contra de ellos.

—Vale, pero no... bueno, vale —murmuró, hablando más bien para sí misma—. La cuestión es que Madeline nunca ha hecho nada mal. Estudió medicina en Harvard, conoció a su esposo médico, se casó cuando ambos empezaron la residencia. Después, de pronto está embarazada... en su *primer año* de residencia, ¿vale? Lleva casada como cinco segundos y ¡bum!, está embarazada. Mi hermana, la magnífica cirujana, no puede intervenir en el control de natalidad y por primera vez en su vida, está asustada. —Aldo oyó que Regan se reía por lo bajo—. Fue la primera vez en mi vida que sentí que Madeline y yo estábamos en el mismo equipo. Estaba demasiado nerviosa por tener que contárselo a mis padres y... no sé, me pareció... divertido, supongo. Verla tan estresada. —Soltó un gruñido—. Soy horrible.

—Bueno... —Aldo se llevó una mano a la boca y se rio—. Sí, un poco.

—Ah, *muchas gracias*, Rinaldo...

—Así que te gusta tu sobrina —insistió y ella suspiró.

—Sí —admitió—. Me gusta. Es una buena niña. Y vuelve loca a Madeline, eso es un extra divertido.

Aldo se rio.

—Me gusta.

—¿El qué? ¿Que yo sea mezquina?

—No, imaginarte cariñosa.

—No soy cariñosa —replicó con una mueca sonora—. Solo pienso que el truco con los niños es tratarlos como adultos.

—¿Cómo tratas tú a la mayoría de los adultos?

Silencio.

—Probablemente mal. Así que tienes razón.

Aldo sonrió.

—Y bien, ¿algo más sobre los hexágonos?

Aldo pensó en ello.

—Hay algunas cosas babilonias.

—Dios, claro que sí —dijo ella con una carcajada—. ¿Qué cosas babilonias?

—Los babilonios estaban muy interesados en la astronomía. Ellos nos facilitaron nuestro actual concepto del tiempo. Y los círculos —añadió—. Lo hacían todo en unidades de sesenta. Sesenta segundos en un minuto, sesenta minutos en una hora...

—El seis de nuevo.

—Exacto. Percibimos el tiempo como ellos querían que lo percibiéramos, lo que sugiere que puede existir otra forma de verlo.

—¿Cuál?

—La teoría cuántica parece dar pie a un multiverso —respondió—. En el que todos los tiempos y posibilidades y resultados existen en tándem.

—¿En hexágonos?

—Probablemente. Es posible. —Se encogió de hombros—. Pero no podemos identificar de verdad la forma del multiverso, ya que no sabemos en qué universo existimos.

—¿Por qué intentas resolver los viajes en el tiempo en lugar de los viajes en el multiverso?

—La idea del multiverso es que no viajas. Existes en todas las cosas en todos los tiempos, por lo que en términos de que sea algo que puedas *experimentar* de verdad, entonces....

—Ah, hola —dijo Regan, hablando con alguien que no era él—. Perdona, ¿necesitas...?

Aldo se calló y oyó la voz masculina que había al otro lado del teléfono.

—Eh no, estaba... No podía dormir, y... sí. Perdona —habló Regan, esta vez a Aldo—. Un momento... no, está bien, solo... sí, vale, ve.

Oyó el sonido de ella saliendo de donde estaba.

—Perdona —repitió—. Marc necesitaba ir al baño.

—¿Estabas en el baño?

—Sí, ya sabes, tiene puerta. Estaba sentada en la bañera.

A Aldo le vino a la mente la imagen de Audrey Hepburn en el sofá con forma de bañera y patas de garras en *Desayuno con diamantes*.

—Eso no puede ser muy cómodo —comentó.

—Bueno, está bien. Ya me he ido. ¿Qué estabas diciendo? ¿Babilonios? No... viajes en el tiempo.

—Ambos, supongo.

—¿*Quieres* viajar en el tiempo?

Buena pregunta.

—Creo que, sobre todo, me gustaría averiguar cómo funciona, pero no espero hacerlo.

—Una obsesión extraña, ¿no? Si no tienes pensado usarla.

—Si lo averiguara, tal vez sí la usaría. Pero... —Vaciló—. Hay un motivo por el que los matemáticos paran en cierto punto cuando están desarrollando teorías —explicó—. Si no existe la capacidad de comprender que las matemáticas avanzan, no hay motivo para intentar averiguar. Simplemente dejaríamos de dormir por ello, tratando de dar sentido a nuestra propia existencia.

—Pero tú estás dejando de dormir por ello de forma voluntaria —apuntó.

—Yo... —Era difícil de explicar—. Sí, porque...

—Porque si no tienes algo que resolver, ¿no tienes motivos para continuar?

O tal vez no era tan difícil de explicar.

—Ajá. Básicamente.

Regan se quedó callada unos segundos.

—Así es como lo hiciste entonces —afirmó.

—¿El qué?

—Continuar. Después de... ya sabes. Lo que te pasó.

—Ah. —No sabía si quería hablar de eso, otras personas tendían a tratar la resurrección de su estabilidad mental como una especie de acontecimiento dramático, pero, para él, era sencillamente histórico—. Supongo.

—No, es así, totalmente. Te planteaste un problema imposible para no tener que pararte a pensar en ello. En realidad, es brillante. —Parecía casi impresionada—. Puede que a otras personas les parezca una locura, ¿no?

—Mi padre me sigue el juego. Él no lo entiende —admitió—, pero cada día me pregunta en qué lugar del tiempo nos encontramos. Yo me lo invento, claro, y él finge cada día que es nuevo e interesante, pero yo pienso que es su versión de «¿cómo estás?», básicamente. De comprobar cómo me encuentro.

Regan volvió a guardar silencio.

—Qué dulce —comentó—. Me gusta.

Aldo se preguntó qué expresión tendría.

—¿Quieres hacer algo después? —sugirió Regan y el tono se tornó cristalino, urgente—. O... no sé. Ahora.

—Tengo algo a las siete —le informó—, pero supongo que si quieres...

—¿Qué puedes hacer a las siete un domingo por la mañana?

Vas a odiar esto, pensó Aldo, y puso una mueca.

—Voy a la iglesia —admitió.

—¿Qué? No. —Sonaba impresionada—. ¿Eres religioso? Pero...

—En verdad no —se apresuró a decir—. En absoluto. Pero solía ir con mi padre y entonces se convirtió en una rutina. Me gustan las misas de primera hora de la mañana porque son tranquilas y...

—Misa. ¿Eres católico?

—Sí —respondió, preguntándose si su tono indicaba que tenía algún argumento excéntrico de refutación de la esencia del catolicismo; una oposición a los Médici, tal vez. Probablemente no, si le gustaba el arte—. Pero si quieres hacer algo despu...

—¿Puedo acompañarte?

Aldo parpadeó, lo había tomado totalmente por sorpresa.

—¿En serio?

—Sí. Llevo años sin pisar la iglesia y solo he ido con mis padres... en Semana Santa y Navidad. ¿Te parece bien que vaya contigo?

Dudaba de que hubiera un espacio mental que él ocupara y que Regan pudiera alterar. En realidad, tenía la sensación de que el lugar que solía reservar para la mecanización repetitiva y las divagaciones ocasionales sería un lugar mucho mejor con la presencia de ella.

—Claro —respondió—. Voy a Holy Name, la catedral de Streeterville.

—Ah, esa me queda muy cerca. ¿A las siete?

—A las siete —confirmó.

—Será una conversación diferente —le avisó ella—. Solo para que lo sepas.

—Naturalmente —confirmó él—. ¿Qué has sacado de esta?

—Lo más llamativo, que vas a la iglesia —contestó y él se rio.

—De acuerdo. Lo mejor que he sacado yo de esta conversación es que tu mejor amiga es una niña pequeña.

—Mejor que saquemos un poco más de la siguiente —sugirió—. Solo nos queda... una después, ¿no?

—Sí.

—Más nos vale no desperdiciarla.

Ninguna ha sido un desperdicio, pensó Aldo.

—¿Nos vemos a las siete? —preguntó Regan.

—Claro. —Eran las cinco, por lo que podía ponerse a hacer ejercicio.

O...

—O puedo seguir hablando sobre los babilonios —sugirió.

—Oh, tentador —respondió Regan—. ¿Qué más hicieron?

¿En qué creería ella? Probablemente en la mayoría de las cosas, o en nada.

—¿Astrología?

—Ah, sí, de acuerdo —respondió ella rápidamente—. Háblame de los babilonios y las estrellas.

Aldo estaba esperándola en los escalones de la catedral. Llevaba una camiseta larga remangada y unos pantalones chinos que estaban a un peldaño superior de sus vaqueros de siempre. Por una vez llevaba el pelo apartado de la frente, aunque parecía más una consecuencia del viento que de la apariencia. El otoño estaba en marcha y Chicago era una versión más dulce de su estado tempestuoso; probablemente, una leve sugerencia a aquellos que no podían soportar la dureza del invierno de que igual era mejor que buscaran una puerta.

—¿Has venido caminando? —le preguntó Regan y él asintió.

—Estás muy bien.

Regan llevaba una falda midi y unos zapatos Oxford de tacón con una chaqueta larga que combinaba con un recogido bajo. Sentía que iba disfrazada de niña buena, aunque no era necesariamente algo malo. Normalmente, solía llevar algún tipo de disfraz, de un modo o de otro. La cuestión sobre las mujeres y la ropa era, según su opinión, que nada era nunca una expresión permanente; no había un compromiso de ser este tipo de chica o aquel otro, sino puramente un «hoy soy así». Se trataba de la versión de ella misma que quería proyectar en cada momento. Para asistir a misa por primera vez en al menos un año con un extraño, había apuntado a un lugar a medio camino entre neutral y bienintencionada y descaradamente puritana.

—Gracias —dijo y entraron.

El desahogo del catolicismo era que había cambiado muy poco: geográficamente, temporalmente o de cualquier forma. Había una consistente devoción barroca por la grandeza en cada espacio católico que había pisado Regan, y Holy Name no era una excepción. Era imponente por fuera, una isla de ladrillo achaparrado de piedra lavada y un campanario junto a los altos rascacielos. El interior, por otra parte, mostraba una mezcla ecléctica de cosas que Regan consideraba muy *On Brand*, hablando en términos papales. Las puertas de bronce tenían un árbol de la vida; a lo lejos, un crucifijo suspendido dotaba de sobriedad el descaro del lujo. El resurgimiento gótico dominaba el espacio, los techos eran altos y abovedados, y el noble sentido de la violencia y la idolatría se derramaba entre los rayos de luz que pasaban por las vidrieras.

No era diferente al Instituto de Arte, y tenía sentido. Regan entendía por qué optaba Aldo por rodearse de todo esto. Era como bañarse en la opulencia, pero más frío, rígido y autoritario. Las iglesias eran una especie de museo, con la devoción por los rituales al menos, si no era por Dios, y existir en el interior de una era empequeñecer uno mismo con la inequidad.

Comprendía la compulsión de buscar más espacio. De decrecer hasta ser una mota de nada.

Aldo eligió un banco en medio y le hizo un gesto para que pasara ella antes. Hizo una genuflexión antes de sentarse. Parecía un movimiento que realizara por costumbre en lugar de por deferencia. Se fijó en que tenía un conjunto de expresiones distintas para pensar y para la rutina, y esta era de un notable vacío.

¿Qué aspecto tendría cuando hacía otras cosas? Cuando enseñaba, por ejemplo, que, según su búsqueda en Google, lo hacía sin mucha devoción. ¿Qué aspecto tendría cuando dormía? Cuando soñaba, cuando se corría.

Sacudió la cabeza, estremeciéndose un poco.

—¿Tienes frío? —le preguntó Aldo.

Algo así.

—Es muy… austero, ¿no?

—Esa es una palabra fría —señaló él con una media sonrisa—. Y sí, lo es. Me resulta refrescante.

Se inclinó hacia delante y tomó un misal del asiento que tenía delante. No llevaba ninguna joya, observó Regan. No tenía ningún complemento. No se mordía las uñas (Regan sí lo hacía, pero se las pintaba regularmente para evitar hacerlo). Aldo tenía las uñas cuidadosamente cortadas, posiblemente también limadas. Tenían de esas medialunas pálidas que apenas veía en sus dedos. Aldo pasó la mano por la cubierta del libro y se lo dejó en el regazo. Enseguida empezó a removerse.

Se removía de una forma muy específica. No movía las piernas arriba y abajo, se parecía más a un golpeteo con los dedos, aunque pasó muy rápido a lo que a Regan le pareció al principio que era dibujar, pero luego comprendió que era escribir. Garabatear números, en realidad. ¿Ecuaciones matemáticas? Probablemente. Pasaba con un ritmo secuencial de golpetear a dibujar y a escribir. A punto estuvo de no darse cuenta de que tenían que levantarse de lo ocupada que estaba intentando traducir sus movimientos.

La misa era familiar, las palabras y las frases eran las mismas de siempre. El salmo de ese día trataba sobre las alas; el catolicismo anhelaba volar tanto como abogaba por un sentimiento sano de miedo. La institución era bastante humana en ese sentido.

En algún momento de la homilía, Regan devolvió la atención a Aldo, que definitivamente estaba pensando. Sus labios tenían una forma diferente cuando estaba reflexionando sobre algo, casi como si estuviera a punto de decirlo en voz alta. Movía los dedos, y luego los paró un momento, y entonces volvió a dibujar. Un hexágono, comprobó. Dibujó una y otra vez la misma forma y se detuvo.

Volvió la cabeza hacia ella.

Descubierta, pensó con una mueca.

Torció la boca formulando una pregunta silenciosa, acompañada del ceño fruncido. Toda la energía que había gastado en el problema que estaba resolviendo la recibió ella y sintió el impacto como si fuera un golpe, justo en el pecho. Trató de pensar por qué su boca era tan atractiva, pero no pudo.

Extendió el brazo con indecisión, pero él se quedó muy quieto.

Era asustadizo, comprendió, encantador, y consideró retirar la mano, aunque ella nunca había sido una persona cuidadosa. Posó en cambio los dedos en sus nudillos un instante y levantó la mano para cambiar la palma de él de su muslo izquierdo al muslo derecho de ella. No tenía un matiz sexual en su opinión. Había cierto espacio que ella consideraba utilitario, y aunque Aldo se había puesto un poco rígido por la inseguridad, Regan hizo un gesto que pensó que él reconocería. «Continúa», le pidió, y él frunció un momento el ceño y asintió.

Dibujó con cuidado un hexágono en la tela de su falda. Con su roce, Regan notó que la piel le hormigueaba y que le invadía el frío en las costillas. Asintió de nuevo, olvidándose de la sensación.

Entonces Aldo comenzó a escribir números; reconoció la forma del número dos, después un cinco (cruzó el puente del número al final), y finalmente reconoció la letra zeta. Era de esas personas que dibujaban una línea horizontal en las letras y números. Dibujó algo que parecía una sigma, más garabatos y luego una amplia línea horizontal. Definitivamente estaba haciendo matemáticas y ella disfrutaba con su situación, con ser el instrumento para canalizar los pensamientos de él.

De nuevo cambiaron las formas de sus fórmulas; su energía se transformaba con ellas. Dibujaba más rápido ahora, como si hubiera entendido algo. Regan notó que su duda se había disipado, ya no le preocupaba estar tocándola, y ella no sabía si esto le parecía emocionante o insultante. La llama de los pensamientos de Aldo repuntó y ella pronto perdió la pista de lo que estaba escribiendo. De vez en cuando reconocía un número. Un triángulo. Una o dos veces le pareció que dibujaba una interrogación, como si se estuviera recordando que tenía que regresar después, aunque después no regresaría. Su piel, o su pierna en realidad, que tenía demasiado quieta para no distraerlo, no estaría ahí cuando volviera. Sus roces eran rápidos y ligeros. Le hormigueaba y tuvo que contener las ganas de agarrarle la mano y ponerla en otro lugar que se beneficiara de este grado de concentración frenética. O bien hacía frío en la iglesia o había otra cosa que la hacía demasiado consciente del calor que radiaba de sus roces.

Se fijó en que era zurdo y reflexionó un instante sobre lo raro que era. Pensó que Aldo en sí era una rareza.

Y entonces terminó la homilía y Aldo dejó de garabatear al notar el cambio en la atmósfera y en las personas que lo rodeaban. No estaba totalmente abstraído entonces, aunque no parecía haberse dado cuenta de que tenía la pierna totalmente pegada a la suya. Se tocaban desde la cadera hasta la rodilla, una línea recta de extremidades. Levantó la mano y curvó los dedos un instante con indecisión, y entonces la apartó con cuidado.

Regan sintió que brotaba en ella una chispa, que se alzaba para profesar, irónicamente, su fe.

A su lado, Aldo seguía recitando cosas de memoria. Hacía esto cada semana, recordó, así que tenía sentido. Era parte de su ritual. Lo había hecho cada domingo antes de conocerla a ella y lo haría cada domingo desde entonces. Se preguntó si dejaría a menudo que otras personas lo acompañaran, pues de pronto pensó que tal vez ella no era la primera, pero desestimó esa idea igual de rápido. Sabía cuáles de sus movimientos parecían practicados y cuáles no. No estaba acostumbrado a tener a alguien tan cerca. Esto no estaba ensayado, se notaba.

No estaba segura de qué hacer con semejante revelación.

El cura bendijo el cuerpo y la sangre de Cristo y Regan no pensó en nada. Tampoco pensaba mucho en el vampirismo. No había en su mundo nada grotesco. Su mente divagó por otro lugar (un pecado, seguro, pero el menor de ellos) y no fue hasta que Aldo le sujetó la mano que recordó cómo funcionaba esto.

Tenía la palma cálida y seca, la cerró suavemente en torno a sus nudillos. Regan conocía esta oración. Probablemente incluso Marc la conociera, a pesar de ser blanco, anglosajón y protestante. Le agarró con suavidad la mano a Aldo, casi sin respirar. Lamentó no poder estudiarlo con más detalle, pero entonces recordó que no había ninguna razón importante para no hacerlo.

Solo le quedaba una conversación con Aldo Damiani después de esta.

Movió la mano, atravesando los picos y los valles de sus nudillos. Notó que la miraba un poco sorprendido, pero ella estaba mirándole la mano. Tenía cicatrices tenues en los nudillos. Una o dos en los dedos. Las tocó en horizontal y luego en vertical, cada uno de los dedos hasta las uñas, acariciando las cutículas.

La oración terminó.

Él no le soltó la mano.

Regan le dio la vuelta a la palma para inspeccionarla. Pasó los dedos por la línea de la vida, que se curvaba de un lado de la mano y se bifurcaba en dos, posiblemente tres, antes de terminar alrededor del tendón del pulgar. Cerró la mano en torno a su muñeca, midiéndola, y levantó la mirada a sus ojos para evaluar su reacción.

La estaba observando con curiosidad, pero no confusión.

Regan volvió a concentrarse en su mano.

Por encima de la línea de la vida estaba la línea de la cabeza y luego la línea del corazón. Lo recordaba de un libro que había leído de pequeña y que nunca sacó de la biblioteca. Su madre tenía supersticiones antiguas, pero Regan nunca pudo dejar de buscar todas aquellas nuevas que pudiera encontrar. Las dos líneas se extendían anchas por su palma, limpias y ordenadamente. No como las de ella, escindidas y con picos. Siempre había creído que la forma de las suyas significaba que tenía dos corazones, dos cabezas, dos caras. Le acarició los nudillos con el pulgar con una expresión de gratitud-consuelo-disculpa.

Alguien carraspeó detrás de ella. Era la hora de la comunión.

Fue a soltar la mano de Aldo, preparada para dirigirse al altar, pero él se la agarró con fuerza y dio un paso atrás para dejar que pasaran los demás. Unas cuatro personas pasaron por su lado de camino al pasillo central, pero Aldo se sentó sin soltarla. Se sentó a su lado, las manos unidas flotando entre los dos un momento antes de que Regan decidiera posarlas en el espacio estrecho que había entre su pierna y la de él, sobre el banco de madera.

Entonces tragó saliva y apoyó cada una de las puntas de los dedos en los callos de su palma. Eran más evidentes así, cuando tenía la mano relajada. Regan las posó una a una, índice, medio, anular, meñique, y él curvó los dedos alrededor de los de ella, dibujando despacio un círculo alrededor de su dedo índice.

Los dos miraban el altar y el resto de sus partes corporales permanecían inmóviles, quietas. Regan deslizó los dedos entre los de él, entrelazándolos con cuidado.

Aldo trazó con el pulgar una línea en el suyo, deslizándola hacia arriba, desde el primer nudillo hasta el segundo.

Ella deslizó el suyo por la arruga de su muñeca.

La música cesó. Terminó la oración.

Aldo volteó su mano y esta vez entrelazó la parte posterior de los dedos con los suyos.

Ella ejerció un solo segundo de presión y notó que el corazón se le subía a la garganta.

El sacerdote dijo algo sobre comida enlatada.

Bendiciones, bendiciones, bendiciones. Sus palmas volvieron a encontrarse. Aldo estiró los dedos por debajo de su manga, deslizándolos por su muñeca. Ella cada vez era más consciente de su respiración. Inspiraba por la nariz, tragaba y espiraba. Las costillas se expandían, se abrían para hacer espacio. Notaba intensamente los pechos.

A su alrededor, la congregación se puso en pie y Aldo le soltó la mano.

Su mano volvió flotando a su lado.

Salir una vez que el cura se había marchado fue el proceso lento más mundano. Regan volvió a sentirse una mortal, minada toda reverencia, drenada de cualquier magnitud. Se sintió pesada, corpórea y apagada, el cielo ya no brillaba tanto como cuando llegaron. Se volvió hacia Aldo, abrió la boca para decir algo y se detuvo cuando los ojos de él se posaron en los de ella.

No solo era inusualmente atractivo, notó.

Era inusualmente guapo.

—¿Qué has descubierto? —le preguntó con tono neutro.

Que podría estudiarte toda una vida, llevar todas tus peculiaridades y discreciones en las redes de mis palmas arácnidas y seguiría sintiendo las manos vacías.

—Practicas... artes marciales —dijo, carraspeando—, o algo parecido. Al principio he pensado levantamiento de pesas —explicó, esforzándose por volver a la normalidad—, por los callos de las manos, pero no creo que sea eso. —No después de conocerte—. Tienes los nudillos amoratados.

Si estaba decepcionado con su respuesta, no dijo nada.

—Así es —confirmó, asintiendo.

—¿Y tú? —preguntó, casi sin aliento. No recordaba la última vez que sintió esta clase de aprehensión, o posiblemente sensación de anticipación—. ¿Qué has descubierto de mí?

Se acercó sin decir nada, tomó su mano derecha y giró el anillo de Claddagh, sacándolo un poco.

Regan bajó la mirada y se fijó en la piel más clara que había debajo.

—No te quitas esto —contestó sin levantar la mirada.

—No —confirmó ella.

—¿Quién te lo dio?

Era una joya tradicional que normalmente pasaba de generación en generación.

Normalmente.

—Yo —contestó y él asintió. Le soltó la mano.

—Una forma inusual de conversar —señaló Aldo—. ¿Cuenta?

Si no era una conversación, era entonces otra cosa diferente y Regan no quería pensar en eso aún.

—Sí. Solo queda una más.

Aldo asintió.

—Una más.

Alguien los empujó al pasar por su lado. Aldo miró descontento por encima del hombro y se volvió después hacia ella.

—¿Deberíamos de tener ahora la última? —preguntó.

A Regan la abordó una repentina ola de pánico.

—No. No, y... tengo que irme. Debería irme.

Él pareció entenderla, asintió y Regan se volvió para marcharse, pero entonces se detuvo.

—Aldo.

—Regan —respondió él.

—Yo... —No vuelvas a tomarle la mano a nadie—. Nos vemos —dijo y él asintió.

—Claro.

Regan se marchó deprisa, aliviada de que no hubiera tratado de pararla.

❧

—Oh, perdón.

—Está bien —murmuró Aldo, dispuesto a ignorar la colisión hasta que atisbó un destello de rojo por la visión periférica—. Regan —dijo antes de poder contenerse al ver la imagen familiar de sus pendientes. La mujer que había junto al hombre con el que acaba de chocar se quedó inmóvil.

—Aldo —contestó con tono agudo, alegre y falso mientras los alejaba del paso concurrido—. ¿Qué haces aquí?

—¿Aldo? —repitió el hombre, que pasó de ser un obstáculo amorfo a una cara con unos hombros, pelo y extremidades. Era más alto que Aldo, un poco mayor, profundamente caucásico—. ¡No me digas que este es el matemático!

—Sí, es mi amigo Aldo —confirmó Regan—. Él es mi novio Marc —añadió con una mirada de disculpa y Marc le tendió una mano a Aldo, quien la estrechó con reticencia.

—Encantado —dijo Aldo.

—Pensaba que vivías en Hyde Park —comentó Marc, mirando a Regan en busca de una confirmación.

—No, no, Aldo *trabaja* en Hyde Park —le corrigió ella rápidamente—. Es profesor en la Universidad de Chicago.

—Doctorando —indicó Aldo.

—Eso —afirmó Regan y Marc asintió.

—Solo iba a comprar una cosa —explicó Aldo, haciendo un gesto vago que abarcaba su alrededor—. Para el cumpleaños de mi padre.

—Ah —dijo Regan, calmándose un poco, pero Marc se limitó a sonreír de nuevo.

—Estupendo —murmuró—. ¿Sabes? Tenía curiosidad por saber con quién hablaba Regan en la bañera a las cinco de la madrugada —remarcó con una carcajada, sacudiendo la cabeza—. Me alegro de conocerte al fin. Cuando Regan te mencionó la primera vez, pensé: «¿Aldo? ¿En serio?», pero ahora lo veo, encaja.

—Es el diminutivo de Rinaldo —se apresuró a aclarar Regan.

—Ah, interesante —contestó Marc y Aldo pensó brevemente en las abejas.

En los zánganos, específicamente.

—Bueno, tenemos que irnos. Te dejamos con lo tuyo —se despidió Regan.

—Sí, claro —respondió Aldo, aliviado—. Que tengáis una buena noche.

—Igualmente —contestó Marc—. Eh, podríamos cenar un día todos juntos, ¿no, cielo?

—¡Buena idea! —coincidió Regan.

—Claro —afirmó Aldo y se volvió para continuar caminando en la dirección contraria.

Estaba dentro de Crate & Barrel (Masso necesitaba un abrebotellas nuevo) cuando recibió un mensaje de texto y notó que le vibraba el teléfono en el bolsillo. Lo sacó, se apartó de las tablas de cortar quesos, y vio el nombre de Regan en la pantalla.

Esa no cuenta como una de las seis.

No, respondió él y se metió de nuevo el teléfono en el bolsillo para volver a concentrarse en los cuchillos.

En casa, en la encimera de la cocina, encima del cajón de los cuchillos, estaba el cuaderno que solía llevar siempre consigo. Estaba lleno, algo que solía suceder cada seis meses o así, pero esta vez solo habían pasado cuatro. Los dibujos, que eran más bien consecuencia de impulsos que de otra cosa, solían ser los mismos: patrones geométricos, normalmente hexágonos, todos con formas diferentes y dibujados más grandes o más pequeños. Aldo no se alejaba mucho de las formas, aunque recientemente había dibujado unos labios. Un mentón regio, altivo. Unos ojos que refractaban rayos hexagonales. Había dejado la libreta encima del cajón de los cuchillos, en la encimera de la cocina, y tendría que reemplazarla.

Levantó la mirada y la fijó en los cuchillos. Frunció el ceño.

Tenía que comprar una puntilla nueva.

Para esta no-conversación, Regan llevaba unos pantalones vaqueros.

—¿Este es el edificio del departamento de matemáticas? —preguntó a uno de los estudiantes que había fuera, que asintió con aire distraído—. El sótano está... abajo, imagino. —El estudiante señaló las escaleras—. Estupendo, gracias.

Se estremeció un poco. El tiempo había refrescado considerablemente y se apresuró a entrar en el edificio.

Había llegado cinco minutos antes y tomó asiento en el fondo del aula. Los demás estudiantes estaban sacando los ordenadores, preparándose para la clase, gruñendo por el trabajo. Era una clase diminuta y sin luz natural. La pizarra estaba limpia, esperando a que la llenaran. Notó varias miradas de reojo, una o dos duraron demasiado. Sonrió educadamente como respuesta y las cabezas se giraron bruscamente, avergonzadas.

Aldo entró exactamente a las tres de la tarde y se dirigió al pasillo central. Sacó un libro de texto de la mochila, lo dejó en la mesa que había al frente de la sala y bajó la mirada.

—La regla de la cadena —anunció sin molestarse en saludar a nadie.

Levantó la mirada para examinar la sala y de pronto se detuvo al verla.

Parpadeó.

—La regla de la cadena —repitió y se volvió hacia la pizarra sin cambiar el tono de voz; escribió algo que parecía un galimatías total—. Empleada para obtener la derivada de dos funciones compuestas. —Se detuvo y, sin mirar por encima del hombro, añadió a regañadientes—. Imagino que queréis un ejemplo.

—Sí —respondió una de las personas que había en la primera fila.

—Bien. —Aldo suspiró y Regan intentó contener una carcajada—. Digamos que una persona salta de un avión. Quieres calcular un número de factores: velocidad, presión atmosférica, altura flotante.

No se molestó en comprobar si lo seguían, pero Regan vio varias cabezas asintiendo.

—Se simplifica —continuó Aldo—. Toma todos los factores relevantes y aplica una aproximación unificada.

Varias cabezas más.

—Bien —dijo Aldo y prosiguió, llenando la pizarra de runas egipcias y brujería demoníaca (o eso le pareció a Regan) hasta las 03:51 p. m., que terminó la clase con un recordatorio forzado de que a la semana siguiente eran los exámenes trimestrales.

Alguien le preguntó si tenía pensado organizar una sesión de estudio. Aldo confirmó que sí. Desvió la mirada hacia Regan y de nuevo a la clase. Se levantaron, salieron como una fila de hormiguitas hacendosas. Después Aldo borró la pizarra, metió el libro en la mochila y retrocedió por el pasillo central del aula, deteniéndose junto a la mesa de Regan.

—¿Conversación número seis? —le preguntó.

Ella negó con la cabeza.

—Te aseguro que no he sacado absolutamente nada de esto.

Él sonrió.

—¿Tienes hambre? —le preguntó.

—Sí y no —contestó, levantándose—. Bueno, sí —se corrigió—, pero antes tengo que decirte que esta no puede ser una de las conversaciones.

—¿Por qué no?

—Porque se trata, sobre todo, de logística —indicó, llevándolo hacia la puerta—. He decidido que quiero que me acompañes a la fiesta de aniversario de mis padres.

Aldo se quedó un segundo paralizado, como hacía cuando algo no computaba correctamente. Ella le señaló el pomo de la puerta, sugiriéndole sin palabras que lo abriera, y él accedió con un movimiento rápido; se hizo a un lado para que pasara ella primero y se le unió en el pasillo.

—¿Cuándo es? —logró preguntar cuando se hubo recuperado.

Regan ahogó una risita.

—¿No vas a preguntarme por qué quiero que vayas?

—Estoy concentrándome en la logística. No quiero que esto sea una conversación.

—De acuerdo. —Excelente respuesta—. El sábado. Y probablemente tengas que quedarte a pasar la noche.

Parecía estar luchando con algo que no quería preguntar en voz alta.

—¿Estás preguntándote si he roto con Marc? —adivinó y él sacudió la cabeza con fuerza.

—No me lo digas.

—Entonces voy a hablar conmigo misma —sugirió ella.

Eso recibió un asentimiento de la cabeza.

—De acuerdo —aceptó y volvió a sostener la puerta para que saliera afuera.

—Bien. —Regan exhaló un suspiro—. La cuestión es que a mis padres no les gusta Marc y no estoy de humor para un sermón. No quiero ir sola porque va a ser horrible, pero tampoco quiero que me hagan preguntas sobre cosas reales, ya sabes. Mi futuro. Mis *planes*. He pensado que si llevo a un... —Lo miró—. Bueno, no a un amigo, pero a alguien, probablemente no hagan preguntas. Así que bueno, de nuevo estoy pensando en voz alta —musitó, ajustándose el abrigo mientras se dirigía hacia la izquierda—, pero si llevo a alguien, esa persona tendría que estar disponible el sábado por la mañana. Hay una hora más o menos de viaje hasta Naperville y...

—Esa parte me la puedes decir a mí —la interrumpió—. Es logística.

—Ah, cierto. —Se detuvo al reparar en que, sin darse cuenta, le había permitido conducirla hasta su moto, que aún no había visto en la vida real—. Vaya, ¿qué es?

—Una Ducati Scrambler de 1969 —respondió—. Me has dicho que tienes hambre.

—¿No tienen comida en el campus?

—Sí, pero no quiero esa. —Le dio su casco—. Puedes decir que no.

Regan entrecerró los ojos y aceptó el casco.

—Sabes que no voy a hacerlo, ¿verdad?

Aldo ensanchó la sonrisa.

—Ni lo confirmo ni lo desmiento —respondió y pasó una pierna por encima de la moto—, pues eso no es logística.

Regan se subió detrás de él con cierto grado de rechazo, aunque no tanto como esperaba. No era la primera vez que un chico le ofrecía un paseo en moto, pero sí era la primera vez que aceptaba. Confiar de forma implícita en Aldo Damiani parecía una cuestión personal de curiosidad que no tenía energías para desestimar.

—Ten cuidado —le advirtió mientras se ataba el casco—. Llevas un paquete preciado.

Él ladeó la cabeza por encima del hombro.

—Agárrate —le aconsejó y Regan se movió para rodearle las costillas con los brazos, pero se detuvo al notar un obstáculo.

—Llevas mochila.

—Sí, ¿y?

—Es... —Estaba entre los dos—. No es cómodo.

Aldo echó los hombros hacia atrás para que cayeran las cintas y movió después la mochila a un lado para pasársela a ella.

—¿Quieres ponértela?

No tenía otra opción en realidad.

—Claro.

Había cierto toque *vintage* en todo esto, pensó Regan. Un gesto cortés, y también a la inversa, ella llevando sus libros, por lo que era aún mejor. Se puso la mochila, ajustó las cintas para acomodarla, echando los hombros hacia atrás, y después contempló la caída de la espalda de Aldo cuando se inclinó sobre el manillar.

Se preguntó si olería a cuero.

Estaba a punto de descubrirlo, supuso.

Hubo un momento en el que valoró sus opciones, pensando si inclinarse primero (y, por lo tanto, someterse a una intimidad directa, con el pecho allí apoyado) o sentir previamente el espacio, explorar el rango de sus palmas en la cintura de él primero, y luego permitirse rodearlo con los brazos. Estaba demasiado lejos para sentirse segura, así que movió las caderas hacia delante en la moto, con las piernas pegadas a sus muslos. Él se giró y volvió a mirarla.

—¿Lista?

Era solo una pregunta logística, se recordó.

—Sí.

Olía a cuerpo, confirmó, y también a algo suave y vagamente almizclado, y un poco a brisa del mar y detergente de la colada. Lo absorbió con todos los sentidos: parecía seguro, olía eterno, sonaba firme. Su nuca era una parodia de rizos incontrolables, alguien tenía que cortarle el pelo. Abrazada a él de este modo, no cabía duda de que espiraba hondo mientras ella colocaba los brazos, esperando.

No era un conductor imprudente. Conducía igual que se movía, que pensaba, con la evidencia de los cálculos. Para alguien que prestaba atención a tan pocas cosas de su entorno, era extraordinariamente cuidadoso en una moto, mirando a su alrededor en busca de obstáculos casi con cierta paranoia. En cuanto a Regan, una vez que había abandonado toda preocupación por su pelo, entendió por qué él prefería este medio de transporte. La ausencia de cuatro puertas y de una estructura de acero a su alrededor alteraba su percepción del entorno, liberando una nueva-antigua inquietud, y empezó a mezclarse. Regan sintió que una parte de ella emergía de la cavidad de su pecho, un par de brazos alternativos se aferraban a la cintura de Aldo, susurrando: *Más rápido, más rápido, más rápido.*

No la llevó lejos, paró en un restaurante en la parte sur del Loop. Los movimientos a partir de ahí (devolverle la mochila, que él le sujetara la puerta para que entrara) fueron silenciosos y un tanto incómodos. Los pies de Regan chocaron contra el asfalto con decepción, lamentando la indignidad de tener que caminar.

—¿Qué está bueno aquí? —le preguntó.

—Todo. Depende de lo que te apetezca.

Una pregunta logística, se recordó.

—¿Dulce?

—La tarta —le sugirió, señalando un expositor de tartas de chocolate y *red velvet*. Ella se rio.

—¿No es un poco temprano para comer tarta? ¿O tarde?

Aldo miró el reloj.

—Son las 04:30 p. m. —indicó—. Estamos en una hora entre comidas, ¿no?

Cuando se acercó la camarera, al parecer al reconocer a Aldo, este señaló a Regan.

—*Red velvet*, por favor —pidió ella.

—¿Y lo de siempre para ti? —preguntó la camarera a Aldo, que asintió.

—Sí, por favor.

La mujer le ofreció un guiño de ojo maternal y desapareció.

Regan se removió en el banco para buscar una postura cómoda y Aldo la miró por encima del vaso de agua.

—Podrías haberme llamado —dijo—. O haberme escrito un mensaje.

—Me pareció más justo esto —señaló ella—. Tú me has visto a mí trabajando.

Al parecer, le resultó una respuesta aceptable.

(Sin tener nada que ver, la forma de Aldo de mirarla hacía que le picara la garganta, tenía la sensación de que necesitaba toser para sacar algo de las profundidades de su cuerpo).

—No sé cómo hablar contigo sin que sea... ya sabes, una conversación —comentó.

—No tenemos que hablar. —Aldo se encogió de hombros y se acomodó en el asiento—. Yo estoy cómodo con el silencio.

—De acuerdo. —Regan supuso que era un alivio, en cierto modo. Ese día había hablado demasiado y sin ningún provecho.

(«Por mucho que me guste librarme de un fin de semana con tus padres, ¿tengo que preocuparme por Aldo?», le preguntó esa mañana Marc.

Una parte de ella se sintió molesta porque no estuviese ya preocupado.

«Por supuesto que no, es mi amigo. Además, ya lo has conocido... será muy divertido», dijo ella.

«Ah, ya veo. —Fue muy fácil. Marc se rio, sacudió la cabeza, sin necesidad de preguntar más—. Aquí está. La reina del caos».

El caos en nombre del caos. La esencia de Regan y lo que la convertía en una maldita broma.

«¿No te importa entonces?», confirmó y Marc se encogió de hombros.

«Los dos sabemos que te encanta montar un numerito», dijo él y se volvió hacia la cafetera, zanjando el tema. No hubo conflicto y desde luego tampoco ningún drama, él ya había visto las sombras de Regan, sus altibajos. A veces era una mujer asombrosa, brillante, creativa, ingeniosa; otras, simplemente predecible, consentida, maníaca, vanidosa. Él nunca se mostraba particularmente cruel, pero siempre era honesto. Amaba a Marc por su honestidad. Agradecía su franqueza, se recordó a sí misma).

Llegó la tarta, una pila de nata montada junto a capas de glaseado de queso crema. Regan tomó ambas cosas con el tenedor, abandonándose a la absurdez del exceso (¿había algo más innecesariamente grandioso que un restaurante?) y se lo metió en la boca con gula. Estaba rico, tan aterciopelado como sugería su nombre. Haberlo elegido parecía suntuoso, extravagante de un modo tranquilizador, y Regan se deslizó hacia abajo en el banco con satisfacción; su rodilla chocó con la de Aldo.

—¿Está buena? —le preguntó él.

—Divina —respondió, apoyando la cabeza en el cojín del banco mientras se recostaba en un estado de éxtasis con ambas piernas estiradas.

Aldo sonrió con complicidad y bajó la mirada a su plato.

(«¿Cómo de compulsiva dirías que eres?», le preguntó un día su psiquiatra.

Suficiente para aceptar seis conversaciones con un extraño, pensó Regan.

«No lo sé, tal vez un poco», le dijo).

El hueso exterior de su tobillo rozó el hueso interior del de Aldo, y se quedó ahí.

(«¿Y qué tal tus estados de ánimo», le preguntó la doctora.

Lo que pasaba con las pastillas, quiso decirle a la doctora que, obviamente, nunca había tomado ninguna, era que seguía teniendo subidones y bajones, solo que ahora eran distintos, estaban contenidos dentro de unos paréntesis de limitación. Aún había cierta anarquía interna, chillando por alcanzar un subidón más alto y buscando un bajón más bajo, pero las pastillas eran restricciones libres, un método de constricción insensible.

Cada vez que había una pastilla en la mano de Regan, ella sufría un nuevo estrangulamiento; un recuerdo débil de una necesidad distante de forzar a que el corazón se le acelerara. Anhelaba un arranque de rabia sin sentido, un sollozo estrangulado, una alegría psicótica, pero no encontraba nada.

Sin la volatilidad de sus extremos, ¿qué era ella?

«Controlados», respondió).

Parpadeó para regresar al momento presente, le dio otro bocado a la tarta y volvió a mirar a Aldo. Su silencio era menos pesado que el de ella, o eso creía. Parecía cómodo, o al menos tranquilo. Estaba pensando en algo, tenía la mirada fija en la nada.

Le caía el pelo en los ojos y eso le irritaba, notaba tensión entre las escápulas.

—¿Vives lejos? —le preguntó y Aldo levantó la mirada, volviendo al presente.

—No, a un par de calles de aquí.

Bien. Perfecto. Ideal.

—Voy a cortarte el pelo —le informó.

(«¿Cómo de compulsiva diría que eres?», le preguntó su psiquiatra.

¡No me acuerdo, joder!, no gritó Regan).

La mirada de Aldo se volvió más intensa, había una conversación en algún lugar de su mente que se hacía visible en la superficie.

Entonces, de forma abrupta, terminó. Sus ojos mostraron conformidad.

—De acuerdo —dijo y devolvió la atención a su sándwich.

Dejar que Regan entrara en su apartamento era precisamente la clase de enigma que nunca había preocupado a Aldo porque era difícil cuantificar las proyecciones que eso suponía. Por ejemplo, ¿pensaría algo diferente de él cuando viera cómo vivía? Eso presuponiendo que tuviera alguna idea de lo que ella pensaba de él ahora, y no era así. Así y todo, ¿le parecería aburrido? ¿Disfuncional? ¿Desearía apartarse de lo que sabía ya de él y podría él seguir durmiendo ahí después, después de presenciar con todo detalle los lugares en los que había estado ella?

Nada de eso importaba. Dormía poco y ella ya había estado en todos sus otros lugares.

Sostuvo la puerta para que pasara y ella entró en silencio, con cuidado, como si pudiera interrumpir algo. *No te preocupes, vas a encajar perfectamente*, pensó Aldo. *No te preocupes, aquí no hay nada que puedas romper.*

Regan se puso muy recta al entrar y levantó la mirada.

—Qué techo tan alto.

—Sí —afirmó.

Ella asintió, echó un vistazo rápido a su alrededor y se volvió hacia él.

—¿Tienes…? Ya sabes. ¿Afeitadora? —preguntó—. ¿Tijeras? No sé cómo se llama.

Aldo enarcó una ceja.

—¿Tendría que preocuparme lo que vayas a hacerme en la cabeza si ni siquiera sabes cómo se llama la herramienta?

—No puedo dejártelo peor, te lo aseguro. —Lo miró detenidamente, contemplando el pelo—. Está muy mal. Y no te lo has cortado desde que te conozco, así que…

Se quedó callada.

—El baño —indicó él, señalándolo, y ella cuadró los hombros y asintió. Tenía la clara habilidad de acaparar el espacio, pensó Aldo. Convertía su entorno en parte de su dominio, la atmósfera se postraba ante el golpeteo de sus pasos. Aldo, por otra parte, estaba normalmente sujeto a las leyes y costumbres de la habitación.

Regan se aupó al lavabo en cuanto entró y lo observó con sus ojos normalmente contemplativos mientras rebuscaba un set para cortar el pelo que le regalaron un año por Navidad y que nunca había tocado. Casi esperaba tener que soplar una capa de polvo de la caja.

Cuando lo sacó de uno de los cajones, Regan bajó de nuevo y fue a agarrarlo.

—Vale, ahora… —Miró a su alrededor y frunció el ceño—. Siéntate —le indicó, señalando primero el váter para que se sentara ahí a horcajadas, pero entonces se detuvo—. No, espera. Primero la camiseta.

Él se la miró y volvió a mirarla a ella.

—¿Qué?

—Supongo que no tienes una de esas capas o lo que sea.

Aldo tardó un momento en comprender que quería que se la quitara.

Obedeció con un pequeño estremecimiento cuando el aire frío se encontró con su piel desnuda, y dejó la camiseta en el suelo para sentarse donde ella le había pedido. Ella, por otra parte, se movió por el baño, tomó una navaja y se quedó mirando una afeitadora. Eligió en silencio, enchufó la afeitadora y se colocó detrás de él, mirándole la nuca mientras él la observaba en el reflejo del espejo. Tenía el ceño fruncido, concentrada, las manos apoyadas ligeramente encima de las cicatrices de su hombro (quemaduras producidas en la carretera, permanentes) antes de pasárselas por el pelo, midiéndolo con los dedos. Las uñas le rasgaban suavemente el cuero cabelludo y Aldo cerró los ojos, abandonándose momentáneamente a sus roces.

Cuando abrió los ojos, comprobó que lo miraba por el espejo. Regan no apartó la mirada, trazó con el pulgar una línea desde la nuca hasta la parte alta de la columna.

Espiró entonces y bajó la mirada para concentrarse en el pelo.

Aldo no sabía qué esperar. Regan parecía metódica en cierto modo, con un plan de ataque, o al menos una especie de geografía secuencial. Había dicho que el arte era preciso y él le creía. Estaba ahora seguro de que era una artista, lo creyera ella o no. Estaba constantemente en medio de una capa de pintura de base, imaginando cómo podían ser las cosas antes de hacerlas realidad.

Estaba concentrada, vibrante, brillante. Se mordía el labio con los dientes, sacaba de vez en cuando la lengua en un gesto de concentración, y Aldo estaba tan absorto en ella que no vio lo que había hecho con su pelo hasta que retrocedió y levantó la mirada, encontrándose con la suya en el espejo.

Se lo había dejado lo bastante corto como para que pareciera atusado en lugar de rizado, ya no le caía en los ojos ni en la frente. No le importaba mucho el resultado, pero le pareció satisfactorio; había hecho bien al confiar en ella. Se pasó los dedos por la cabeza.

—Ya está —murmuró Regan, desordenándole las ondas de la parte alta de la cabeza y alisándolas de nuevo para contemplar su obra—. Ahora sí da la sensación de que alguien se preocupa por ti —dijo y detuvo la mano. Levantó la mirada para encontrarse con la suya en el espejo.

Aldo echó la cabeza hacia atrás, hacia su torso, y la dejó ahí un momento experimental. Como respuesta, Regan le pasó la yema del pulgar por la sien, después más abajo, acariciando el hueso de la mejilla. Aldo echó una mano hacia atrás y curvó los dedos alrededor de su rodilla; ella pasó los suyos de nuevo por su pelo; se le aceleró la respiración bajo el peso de su cabeza.

Aldo cerró los ojos; los abrió.

—¿A qué hora? —preguntó.

Regan parecía aliviada.

—¿A las siete? —sugirió—. Yo conduzco.

—¿Qué tengo que llevarme?

—Eh... —Bajó las puntas de los dedos hasta su clavícula y acarició el hueso estrecho.

—¿Una chaqueta? ¿Pantalones de vestir? ¿Tienes?

—Tengo un traje —confirmó, deslizando la mano por su pantorrilla hasta que rozó con el dedo índice el tobillo. Apartó entonces la mano, devolviéndola a la seguridad de su espacio personal—. He hecho entrevistas, Chuck.

Regan parpadeó.

—Charlotte —declaró, apartándose de forma abrupta para dejar la afeitadora en el lavabo—. Tendrás que llamarme Charlotte.

Aldo se levantó y se volvió para mirarla.

—Bien —aceptó y se apoyó en el marco de la puerta mientras ella salía al recibidor, dirigiéndose con vacilación hacia la puerta de entrada—. ¿Algo más?

—No, la verdad es que no. —Soltó una risita y se detuvo—. Nada que no pueda esperar, en cualquier caso.

Aldo asintió y miró el reloj. Eran casi las seis.

—¿Quieres que te lleve a casa?

Regan negó con la cabeza.

—No hace falta, usaré el metro.

—¿Seguro? —La línea del metro estaba a una manzana o así, pero aun así.

—Sí. —Parecía inquieta, incómoda. Puede que necesitara soledad.

—Espero que no hayas descubierto nada —apuntó.

Ella apartó la mirada. Cuando lo miró de nuevo, estaba cargada de seguridad.

—Ni una sola cosa —le aseguró—. ¿Nos vemos el sábado?

—Sí.

Le hizo el favor de no seguirla cuando se marchó, y miró en cambio los rizos sin vida que inundaban ahora el suelo de su baño, sopesando la falta de peso en su cabeza. Se miró una vez más en el espejo y se atusó el pelo tal y como había hecho ella.

Era fascinante ver lo que veía ella. Sorprendente que hubiera podido convertir algo que tenía en la mente en algo real. Magia práctica.

Se acercó al armario, consciente de los lugares en los que había estado ella.

Aquí. Aquí. Allí.

Su mente rememoró la forma de tocarlo, replicó los patrones y las formas, unió observaciones. La velocidad de su duda.

La fuerza de su respiración. Aldo le dio vueltas en su cabeza, hechos y detalles y observaciones, envolvió la mente en torno a ella igual que había hecho con los dedos.

Entonces encendió la aspiradora y permitió que el sonido lo envolviera a él.

—¿De verdad hablas en serio? —le preguntó Marc, que se rio un poco cuando la vio meter unos tacones en la maleta—. Sé que dijiste que ibas a hacerlo, pero…

—Estoy haciendo la maleta, ¿no? —contestó ella. Se apartó el pelo de la frente, valorando si llevar el vestido que le sentaba tan bien aunque ello supusiera que su madre se quejara de que llevaba un color para un funeral a una fiesta de aniversario.

Madeline probablemente vistiera de rojo. El rojo era el color de Madeline y, coincidencia o no, era un tono de celebración. El color rojo significaba buena fortuna según lo poco que recordaba Helen Regan (Yang en su vida pasada) de la cultura china, aunque Regan estaba casi segura de que ese elemento de la tradición se habría pasado por alto si no le sentara tan maravilloso a su hermana mayor. Cuando las chicas Regan eran pequeñas, las vestían a las dos con vestidos color rojo a juego, que pasó a ser trajes rojos para las competiciones de baile y luego a labial de tono escarlata para el baile del instituto de Madeline, y este se convirtió en su firma más allá de la universidad. Ese color, sin embargo, nunca fue para Regan.

Excepto los pendientes de granate, pero eso no contaba.

—Ese chico —señaló Marc, interrumpiendo sus pensamientos, y Regan lo miró con irritación. Detestaba tener que leerle la mente.

—Se llama Aldo.

—Sí, ya. —Marc se pasó la mano por las mejillas—. ¿Qué vas a hacer exactamente, Regan?

—Ya te lo he dicho. La maleta. —*El vestido morado tal vez*, pensó. Seguía siendo oscuro para el gusto de su madre, pero a Regan le encantaban los tonos joya. Además, nunca antes había cedido al gusto de su madre y no iba a hacerlo ahora.

—Me refiero a qué vas a hacer *con él*, Regan. ¿Acaso no te presto suficiente atención?

—Me prestas mucha atención. —Un segundo pensamiento: el vestido morado era soso. El de seda azul era más favorecedor. Aunque si su objetivo era sentirse favorecida, la elección obvia era el negro, así que estaba de nuevo donde había empezado—. Me gustaría que me prestaras menos atención, estoy ocupada.

—Regan. —Marc suspiró y la sujetó del brazo cuando se acercó al armario—. Solo dime si esto es un… episodio.

Parpadeó, sorprendida, y se volvió para mirarlo.

—¿Perdona?

Había usado un tono específico y él captó la señal de advertencia. Consideraba sus repentinos cambios de humor como parte del pack excéntrico, probablemente se lamentara mientras bebía cuando ella no estaba.

Mujeres, lo imaginó diciendo. *¿Tengo razón?*

—No te pongas así —dijo—. No te estoy acusando de nada. Solo estoy preguntando.

Regan se enfadó. No había preguntado «¿estás tomándote las pastillas?», pero podía oírlo, percibía la implicación de que no lo había hecho.

—Estoy bien. —Volvió a concentrarse en el proceso de hacer la maleta. Estaba bien, excepto por el comentario inoportuno de Marc. Estaba sorprendentemente bien, de hecho. Sentía algo similar a la emoción, y era asombroso, pero una alternativa muy grata al usual miedo existencial ante la idea de ver a su familia—. Aldo es... ya sabes, un amigo —le recordó—. Un mediador, en realidad.

Con Aldo allí, dudaba de que sus padres la presionaran mucho preguntando por ella. Probablemente se mostraran calmados y formales, reacios a rebasar los límites de la cordialidad. Marc, que tenía tendencia a mostrarse fugaz en la conversación, no era tan fiable; él se *mezclaba*. Era propenso a mezclarse. Aldo, por el contrario, sería un punto fijo a su lado.

—Te gusta —observó Marc.

—¿*Eso* es una acusación? —preguntó, mirándolo. Marc no respondió.

Aproximadamente en ese mismo momento, Regan recordó de pronto un vestido que llevaba años sin ponerse. Se volvió hacia el armario para buscarlo. Había perdido peso en los últimos meses, pero supuso que le quedaría bien. Estaba más delgada en sus tiempos como delincuente; por esa época dormir era una rareza y el tiempo que pasaba concentrada en esa tarea hacía que se saltara un buen número de comidas.

—Regan, si ese chico es... Si es solo algo que necesitas sacarte de dentro...

Se quedó callado y ella se volvió para mirarlo después de sacar el vestido del fondo del armario.

—¿Qué? —Frunció el ceño.

—No me importaría. Me gustaría saberlo —corrigió con una risita—, pero... ya sabes.

Se le revolvió el estómago. Esto estaba pasando fuera de tiempo. Se suponía que Marc no iba a perder el sentimiento posesivo con ella hasta al menos un año después del matrimonio.

—Espero que esto sea alguna clase de intento vano de psicología inversa —comentó.

Marc negó con la cabeza.

—No. Es solo… ya sabes. —Se encogió de hombros—. Te conozco, Regan.

Un sentimiento bonito, o lo habría sido, pero no sonaba en absoluto íntimo. Sonaba a burla y Regan se cruzó de brazos, mirándolo.

—¿Puedes dejar de dar rodeos, Marcus? Dime lo que quieres decirme.

Probablemente sonó demasiado a la defensiva.

—¿Sí? —Y su voz sonó demasiado mezquina—. Bien, Regan. Sin tonterías. Acuéstate con él si es lo que quieres. —Regan se esforzó por no encogerse, aunque estaba segura de que había reculado—. ¿Sabes por qué no importa? Porque volverás conmigo —le dijo y, de nuevo, un desequilibrio desconcertante: palabras suaves, intenciones duras—. Porque yo te conozco. Porque yo te entiendo. Crees que quieres emociones, crees que quieres algo nuevo e interesante, pero, cielo…

Se acercó a ella y le apartó el pelo de la cara con un gesto frío.

—Sabes que acabará viéndote —le murmuró—. Fingirás con él, igual que haces con todo el mundo, pero al final es agotador, ¿verdad?

Regan se enfadó, se sentía en un punto entre despreciada y atrapada.

No había nada peor que ser predecible. Nada más insignificante que sentirse ordinaria.

Nada más decepcionante que recordar que eras las dos cosas.

—Somos iguales, Regan —prosiguió Marc—. Por dentro no somos bonitos, ¿verdad? Pero conmigo no tienes que ser otra persona. Puedes ser tú misma —le dijo al oído con una risa y le acarició la mejilla con los labios—. Y yo seguiré aquí, incluso cuando todos los demás te den la espalda.

Su dulzura era siempre moderadamente amarga. A su franqueza nunca le faltaba un tono punzante. Eso era lo que le gustaba de él, su sensación de poder. Marc Waite era siempre agradablemente distante.

Había una inestabilidad perpetua entre ellos que sabía que ambos comprendían. Ella era poco más que nada cuando él la encontró y por ello se pasaría toda su relación debiéndole algo, o debiéndoselo todo, solo por quedarse con ella cuando cualquier persona razonable se habría marchado. No era del todo arromántico. En realidad, lo era, de forma perversa. Incluso cuando el calor del sexo se apagara, habría una sensación subyacente de familiaridad, la certeza de que Marc estaba lleno de defectos encantadores, de vicios, pero Regan siempre estaría peor, sería más egoísta y voluble y superficial. Piezas complementarias de un puzle perfecto de defectos, donde ella era la pieza rota y él era la normal. Siempre estaría enferma y él siempre estaría bien.

—Entonces te sientes satisfecho ganando por defecto —comentó, mirándolo de nuevo—. ¿Es eso? ¿Tengo permiso para acostarme con Aldo porque al final me dejará?

Le hubiera gustado verlo encogerse, pero no lo hizo. No esperaba de verdad que lo hiciera. Nada podía perturbarte cuando tomabas suficientes drogas; cuando elegías a una mujer que apostaba por su propio valor acababas adormeciéndote para poder soportarlo.

—Eso —respondió Marc—, o que te quiero. —La soltó, se encogió de hombros y se dio la vuelta—. Lo que te venga mejor, Regan. Lo que quieras para justificarlo.

La dejó allí, sosteniendo el vestido, la tela doblada sobre sus manos. Por mucho que prefiriese lanzarle algo, se limitó a verlo marchar.

Odiaba la imagen de su espalda. Hacía algo en ella, la empequeñecía hasta la inconsecuencia, insuficiencia, insignificancia. Podía derramarse por las grietas del suelo, desvanecerse hasta convertirse en nada, y él lo sabía. Un dolor antiguo le invadió el pecho y, en busca de un alivio momentáneo, miró el vestido, los dedos aferrados a la tela.

El verde era un color interesante. Tenía muchas connotaciones, muchas formas. A veces era brillante en su tono esmeralda, otras apagado y soso. A veces el verde podía ser tan oscuro que parecía negro a primera vista, o al menos un tono más oscuro del real. Este verde era del último. Difícil de ubicar, aunque bajo ciertos rayos de luz se tornaba intensamente obvio; verde, definitivamente verde, tan verde que era incomprensible que pudiera percibirse como otra cosa, o que otras personas no repararan en su color. Verde a la luz de una sala de armas. Verde en el telón de fondo de una iglesia. Verde contra las bebidas, la tarta, las trivialidades. Verde en el reflejo de él que la mira a ella, sus dedos compungidamente en torno a su pantorrilla. El escote de la espalda era bajo y elegante, un sujetador estaba fuera de discusión. Probablemente también las bragas. Cuando bailara con ella, *si* es que bailaba (tenía la extraña sospecha de que lo haría si ella se lo pedía), entonces sus manos no tendrían un lugar que tocar en el que no encontraran piel. Recordó la sensación de sus dedos trazando patrones en su muslo, una secuencia indistinguible de cálculos. Ordenó mentalmente sus recuerdos de él, absorbió la suavidad de su roce y lo imaginó en la parte baja de la espalda, subiendo por la columna.

Se estremeció.

Metió el vestido en la maleta y se dirigió al baño. Marc estaba en el salón, fuera de vista, pero algunas cosas seguían requiriendo lugares secretos, puertas cerradas. Se bajó los leggins, se quitó el jersey y se tumbó desnuda en la bañera, temblando un poco por el contacto con la porcelana fría.

Se le ocurrió llamarlo. Una emoción en absoluto insignificante la invadió al valorar la idea. Se imaginó diciendo: *Esto no es una conversación, así que no hables. Solo quédate aquí conmigo, solo respira.* Se preguntó qué pensaría él de eso, oyendo los sonidos que manaban de ella. A Marc le encantaría, por supuesto. Él era amante de todas las cosas bellas, de todas las cosas sensuales, aunque le gustaban sobre todo como cuidador, como guardián.

Aldo, dijo Regan tras sus ojos cerrados, *¿has descubierto algo de mí?*

(¿No has estado prestando suficiente atención?).

Deslizó la palma por partes de su cuerpo que habían estado fortaleciéndose gracias a horas y horas sudando en yoga y pilates; consecuencias de «postre no, gracias» y cenas ligeras y todo lo demás que había tenido que hacer para mantener un cuerpo flaco, ininterrumpido. Había trabajado duro en su cuerpo para apreciar su imagen; no era *todo* genética, aunque esta le había echado una mano favorable. Los huesos de las caderas eran esquirlas, como estalagmitas, sobresalían del valle de la cintura, y le gustaba así. Desde este ángulo, parecía un arma. O al menos un espacio que podía ofrecer defensa.

Invocó el recuerdo de la imagen del pecho y la espalda de Aldo, real y reflejo. Siempre tenía buen ojo para este tipo de cosas, y para las inconsistencias. Los músculos de alrededor de los hombros, los lugares donde habrían estado sus alas, eran demasiado grandes. Si el traje no era a medida, y estaba segura de que no lo sería, dudaba de que le quedara perfectamente. Su madre le lanzaría una mirada feroz y, oh (estremecimiento), él ni siquiera se daría cuenta. Aldo estaría mirando a otra parte, formando su nombre con los labios, todo él tenso e inseguro y ladeado firme y conclusivamente hacia ella.

Menudo desgraciado, tenía razón. Ni siquiera había tenido seis conversaciones con él y ya lo conocía lo suficiente como para imaginarlo bien. Ojos verdes, ese cojín de músculos alineando la columna, el hueso afilado de la clavícula. Esa boca. Los huesos de las mejillas y esa boca. Los ojos. Zurdo. «Quiero que me mientas». Un zumbido le recorrió las venas. Sus manos, dedos largos entrelazados con los de ella. ¿Sería el sexo un problema matemático para él? ¿Una ecuación que resolver? Regan siempre lo había considerado algo metódico. Penetración y fricción, un notable alto. Un fondo de inversión tan sencillo que cualquiera podría practicarlo.

Le vibró el teléfono y abrió los ojos. Se inclinó por encima del borde de la bañera, con la mano todavía entre las piernas, y miró la pantalla. Era Aldo. Hablando del rey de Roma.

Lo agarró con la mano libre y respondió.

—Hola.

—¿Un traje? ¿Solo eso?

Su voz sonaba siempre un poco seca, casi cortante. Le recordaba al champán seco.

—Algo para el viaje, si quieres. Y algo para la casa.

—Parece que te falta el aliento —notó.

—Me falta. Más o menos.

—¿Estabas corriendo?

—Más o menos. —Se miró a sí misma, los muslos apretados en torno a la mano—. Sí. —Oyó una sirena al otro lado del teléfono—. ¿Dónde estás tú?

—En el tejado. —Lo oyó dar una calada a algo—. Quería hablar contigo, pero, por desgracia, me he quedado sin cuestiones logísticas.

—Podemos hablar mañana —le dijo—. Es un trayecto largo.

—¿Algún tema en particular?

—Ya veremos qué se nos ocurre.

Aldo espiró despacio y a Regan se le puso la piel de gallina.

—De acuerdo.

Podría haber terminado ahí.

Debería de haber terminado ahí.

—Aldo. —Mierda, mierda, mierda—. ¿Cómo te gusta el café?

—No bebo café.

Claro que no.

—¿Y qué puedo llevar para ti?

Eso era logística.

—No necesito nada, Regan.

—Me estás haciendo un favor. Tengo que llevarte algo.

Él se quedó callado un segundo.

—¿Sí?

—¿Sí qué?

—¿Te estoy haciendo un favor?

Mierda. Apoyó la oreja en la bañera y sus dedos continuaron su camino.

—¿No?

—No es tanto un favor. Tú estás haciendo la mayor parte y yo no soy un invitado muy bueno.

Dios, no, iba a ser un desastre.

—Lo harás bien.

—Cuidado —le advirtió—. Esto se acerca a una conversación.

Probablemente estaba drogado, ¿no?

—Aldo.

—¿Regan?

Y si no lo estaba, seguro que le gustaba, pensó. A todo el mundo le gustaba. Estoy desnuda. Estoy tocándome. Estaba pensando en ti antes, estoy pensando en ti ahora, voy a correrme así, pensando en ti.

A los hombres les encantaba eso. Era muy sencillo. Era todo trágicamente primigenio.

—Me alegro de que me acompañes —dijo, echándose atrás.

—Me alegro de que me lo hayas pedido. Logísticamente hablando, por supuesto.

Hablando de eso...

—Deberíamos colgar. —Cerró los ojos.

Lo oyó dar otra calada.

—No tenemos que hablar —comentó él, exhalando el humo.

Perfecto, pensó.

—Vale.

Para entonces había absorbido el ritmo de su respiración: tres segundos de inspiración, dos de espiración. Dentro, fuera, con un ritmo medido. Se adaptó a su ritmo, pues su aliento se había abandonado a otros quehaceres.

Se corrió tras el patrón de diez respiraciones más, el corazón acelerado, el labio entre los dientes para ahogar el sonido.

—Aldo. —Salió como un suspiro, casi insonoro, una exhalación que la envolvió.

Si él la oyó, no dijo nada.

—El té me gusta —acabó diciendo—. Si quieres. En vez de café.

Logística. Volvió a cerrar los ojos.

—¿Quieres nata o azúcar? ¿Limón? ¿Miel?

—Solo té, por favor. —Lo oyó ponerse el pie—. Te dejo.

El viejo reflejo nunca desaparecía, el pensamiento de «no te vayas, quédate. Inúndame como una marea, cúbreme como una manta, envuélveme como el sol».

No te vayas, no te vayas, no te vayas.

—Vale —aceptó—. Nos vemos mañana, Aldo.

—Adiós, Regan —se despidió.

Regan colgó, soltó el teléfono y este cayó en su torso desnudo, quieto, plano, sin vida.

Esto no estaba bien, pensó. Ni siquiera se aproximaba. Sentía una voracidad que no podría saciar nunca, un miedo que no podría apaciguar, un temor constante flotaba encima de ella. Tenía una necesidad, muchas necesidades, que nunca conseguiría extinguir. Pero a la gente no le gustaban las personas necesitadas, así que había aprendido a transformarla. A enterrarla, sabiamente disfrazada en alguien cuyas compulsiones encajaban con las suyas. Formas complementarias en piezas que encajaban.

Los defectos eran solo vacíos que podían llenarse, pensó.

—Marc —lo llamó y oyó sus pasos aproximarse, dirigirse a la puerta del baño. Él no necesitaría explicación, ni invitación. No le pediría perdón y él no se lo ofrecería.

Cerró los ojos cuando se acercó a la bañera y abrió el grifo para que saliera el agua suficiente como para que le mojara las suelas de los pies. El agua le acarició la forma del talón, donde se encontraba con la porcelana, y Marc deslizó la mano por su muslo.

—¿Mejor? —le preguntó.

Era un alivio no tener que adaptarse a expectativas imposibles, se recordó a sí misma. O a expectativas en general.

—Lo estaré —respondió, exhalando un suspiro.

Tenía que justificarlo.

Aldo le dio otra calada al porro y exhaló el humo en la brisa. No hacía especialmente frío, y estaba bien. Solo quedaban unas pocas tardes agradables como esa. Una podía ser la siguiente, aunque entonces estaría ocupado. En una fiesta. Con Regan.

Una vez preguntó a su padre qué sintió cuando conoció a su madre.

«Como si saltara de una colina», respondió Masso y su contestación no ofrecía invitación alguna a formular más preguntas.

Aldo miró por el borde del edificio y consideró la altura de la caída. Sentía cierta afinidad por las alturas y tenía la costumbre de mirar abajo para determinar el punto aproximado en el que ya no sería capaz de sobrevivir a la caída. En momentos como este, encontrándose lo bastante alto como para oler la promesa del riesgo, las líneas de las calles de la ciudad sacaban a relucir la melancolía, *l'appel du vide*, la llamada del vacío.

Según su experiencia, el vacío hablaba muchas lenguas. Intersecciones concurridas, olas rompientes, los sonidos demasiado silenciosos de su apartamento, las pocas botellas de plástico que sabía que podía tener si quisiera. Normalmente, cuando le hablaba el vacío, Aldo respondía con una mayor contemplación del tiempo. Tiempo y a veces inundaciones. En todas las culturas antiguas había historias de inundaciones. Tenía que producirse una, algo que los borrara de la historia. La tierra era vengativa.

Dio otra calada profunda y exhaló el humo. No dicen que fumar es igual que arder. Algunos días, disfrutaba más del acto que del resultado. La sensación de que podía quemar algo, atrapar las ascuas en el interior de su pecho y después exhalarlas como si fuera un dios omnipotente. Incendios, inundaciones. Plagas y langostas. Se preguntó si Regan habría pensado en ello y consideró volver a llamarla para preguntarle, pero se contuvo.

Exhaló una nube de humo y contempló cómo se disolvía.

A veces Aldo pensaba que una caída era justo lo que estaba esperando.

Regan llegó cinco minutos tarde, pero lo que no sabía Aldo (pero probablemente podría haber adivinado) era que, en realidad, era pronto para ella. La estaba esperando en la puerta de su edificio con una mochila en los hombros, mirando el vacío. Tenía los dedos presionados entre sí, como si estuviera sosteniendo un cigarrillo invisible.

—Hola —lo saludó, bajando la ventanilla. Él parpadeó y la enfocó.

Había hecho un trabajo estupendo con su pelo.

—Hola —respondió, abrió la puerta y se acomodó en el asiento del copiloto de su S-Class.

Se tomó un momento para orientarse. Examinó el vehículo y entonces relajó los hombros, adaptándose a su nuevo entorno. A Regan le dieron ganas de reírse al ser testigo de su proceso de adaptación, pero se limitó a señalar el compartimento para tazas en el centro del salpicadero, donde había colocado su té.

—¿Te gusta el té negro?

Aldo asintió.

—Gracias —contestó y pareció angustiado por un momento—. De verdad —añadió con calma, como si temiera que su primera muestra de gratitud no fuera suficiente. Ella le dio una palmadita en la rodilla.

—De nada.

Aldo le miró la mano.

Regan la retiró y la posó en el volante. Volvió a la carretera, camino de la nacional mientras Aldo agarraba el té.

—Bueno. —Aldo apoyó la cabeza en el asiento—. En cuanto a esa última conversación. —Regan notó una sensación de alivio—. Creo que deberíamos tenerla ahora.

—¿Sí?

—Sí. —Giró la cabeza para mirarla—. Ahora que sabemos que el silencio es perfectamente aceptable, no hay problema en que esta sea la última. Técnicamente, no tendríamos que volver a hablar.

—Cierto. Un apunte excelente.

—Aunque nunca hemos desestimado la opción de renegociar.

Regan asintió, satisfecha porque fuera él quien lo sugiriese.

—Totalmente cierto. ¿Tienes alguna oposición a los octógonos?

—No es mi forma geométrica preferida, pero no son inválidos.

Ella sonrió para sus adentros y puso el intermitente para incorporarse a la autovía.

—¿De qué podemos hablar? —preguntó Aldo.

—Información personal. Secretos.

—Conoces todos mis secretos.

Ella le lanzó una mirada amonestadora.

—¿Me has contado todos tus secretos en cinco conversaciones?

—No tengo muchos. O ninguno, la verdad.

—Seguro que tienes *algunos*.

—¿Quieres saber algo en específico?

Ahora que lo mencionaba, sí.

—Vamos a hablar de sexo —sugirió con tono neutro.

Él le dio un sorbo al té.

—De acuerdo, ¿qué quieres saber?

—¿Quién fue la última persona con la que te acostaste?

—Una chica que va a mi gimnasio.

—¿Salisteis o...?

Aldo la miró, sonriendo.

—Se llama Andrea. La llaman Andie.

—¿Con una «i»?

—I, e.

Regan puso una mueca y él se rio.

—Es entrenadora. Salimos un par de veces, nos acostamos cuatro. La última vez fue hace unos tres meses.

—¿Qué salió mal?

—Nada —respondió—. Trabaja a horas raras, yo no estaba. Además, no iba a llegar a ninguna parte.

—¿Por qué no?

—Por extraño que parezca, hay personas a las que no les interesan las abejas —comentó con una mirada de soslayo.

Regan sintió una oleada de satisfacción que se apresuró a extinguir.

—¿Le hablaste de las colonias ateas?

—No creo que fueran esas mis palabras, así que no.

—Entonces la cagaste —le informó, cambiándose al cuarto carril—. ¿Algo serio?

Aldo negó con la cabeza.

—No tengo una personalidad que propicie relaciones largas.

—Yo tampoco y aquí estamos. —Lo miró con el ceño fruncido—. ¿Y quién te ha dicho eso?

—Nadie, pero tengo mis propias observaciones.

—Vaya, suena muy heteronormativo —indicó, lanzándole una mirada—. ¿Un hombre alérgico al compromiso? Asombroso.

—El compromiso está bien. Teóricamente, al menos. Pero tengo dificultades para comprender qué quieren otras personas de mí.

—¿A pesar de ser un genio?

—No soy de esa clase de genios, aunque imagino que probablemente tú sí.

Estaba claro que quería desviar la conversación. No le extrañaba.

—Es una afirmación rara, ¿no? —contestó Regan.

—Solo creo que tienes una comprensión muy clara de cómo encajas con otras personas. Es algo bueno.

—No lo parece.

—¿No?

—Bueno, ya me has dicho que soy una mentirosa —indicó—. ¿Crees que también soy falsa?

—¿Crees *tú* que eres falsa?

Regan puso una mueca.

—No he preguntado eso.

Aldo sonrió.

—Creo que el interior de tu cabeza necesita un juego específico de llaves.

—¿Todo un juego?

—Oh, casi seguro —respondió—. Creo que para que alguien se acerque a ti, tienes que darle una llave, y tiene que ser de una en una. E incluso así, solo pueden abrirse los niveles de uno en uno.

Interesante.

—¿Qué llaves y en qué orden?

—No estoy seguro. Creo que tu historia es una llave bastante clara.

—¿Algo más?

Regan lo miró, pero parecía estar muy concentrado en algo.

—¿Y para el sexo? —añadió Regan—. Ese era nuestro tema pactado.

—Creo —se aventuró, aunque parecía un poco confundido— que para ti el amor y el sexo posiblemente sean dos llaves distintas. Tal vez incluso más.

—¿Más de dos?

—Bueno, no lo sé. —Se encogió de hombros—. No tengo los medios para llevar a cabo un experimento mental adecuado.

Le echó un vistazo, pero no estaba coqueteando. Eran hechos.

—¿Te faltan variables?

Volvió a encogerse de hombros.

—Solo es una suposición.

—Las suposiciones son moneda aceptada aquí —indicó ella—. Y las teorías, las sensaciones vagas y los billetes falsos.

Aldo empezó a dar golpecitos con los dedos en la taza de papel del Starbucks.

—Creo que puedes involucrarte físicamente con alguien antes de necesitarla —dijo con calma—. Y creo que puedes necesitarla antes de amarla.

—¿Y en qué te basas?

—En cinco conversaciones y media.

Su certeza tenía un toque encantador.

—Te falta una —decidió confesar—. Puedo acostarme con alguien antes de desearlo. Y necesitarlo antes de desearlo.

Él la miró.

—¿Siempre?

—Históricamente, sí, y ya sabes lo que siento por la historia.

Aldo le dio un sorbo al té y apoyó la cabeza de nuevo en el asiento.

—¿Qué pasó con el novio falsificador? —preguntó.

—Nada. —Se encogió de hombros—. Lo de siempre. Mis relaciones tienen una vida promedio de un año, a veces dos.

—¿Prefieres estar en una relación?

Regan lo sopesó.

—Nunca había considerado mis preferencias, pero sí, probablemente. Tampoco es que busque a nadie —aclaró, dando golpecitos en el volante con los dedos—. Más bien se manifiestan y yo caigo en sus redes.

—¿Eso es lo que pasó con Marc?

—Sí.

Tuvo la sensación de que cualquier cosa que dijera de Marc sería hacer un mal uso de la conversación.

—A veces, cuando estoy con otra persona, tengo la sensación de estar dormida. —Volvió a dar golpecitos en el volante, no sabía si lograría encontrarle algo de sentido a todo eso o si solo acabaría cayendo en un pozo horrible de autocompasión.

No obstante, siguió hablando.

—A veces siento que estoy ahí, pero no de verdad. No del todo. Como si una parte de mí fuera a despertarse un siglo después y todo resultara totalmente inidentificable —comentó con una risa sombría—. Como Rip Van Winkle.

Aldo se quedó un momento callado.

—Viajes en el tiempo.

Regan contuvo una sonrisa y negó con la cabeza en un gesto reprobatorio.

—Pero yo no intento resolverlo.

—¿Y? —preguntó él con tono neutro—. Probablemente eso signifique que lo resolverás antes.

—¿Porque soy una genio?

—Porque eres una genio —confirmó y, de pronto, sin transición—: Quiero ver tu arte.

Regan abrió la boca, pero vaciló.

—Es una llave —añadió él y ella puso los ojos en blanco.

—No tengo nada. No he hecho nada en mucho tiempo. Años.

—¿Ni un boceto?

—Ni siquiera eso. —Sacudió la cabeza—. No he tenido tiempo.

Mentira.

—Estás mintiendo.

Regan suspiró.

—Está feo acusar a una dama de mentir todo el tiempo.

—Puedes mentir si quieres —le aseguró—, pero me gusta saber cuándo está pasando. Percibirlo en esos minutos, al menos. Tal vez saberlo de antemano, si podemos establecer un sistema.

—Cuestiones de control —observó con la ceja arqueada.

Aldo no parecía ver ningún problema en ello.

—La ignorancia se parece a la felicidad.

Con eso sí parecía tener un problema.

—Creo que prefiero estar informado a feliz.

—¿Prefieres entonces el conocimiento antes que la felicidad?

Aldo pensó en ello.

—Sí —concluyó y entonces dudó—. A veces... ¿no parece la felicidad... falsa? Como si fuera algo que ha inventado alguien. Una meta imposible que nunca alcanzaremos —aclaró—, solo para mantenernos callados a todos.

—Casi seguro.

Permanecieron unos minutos en silencio.

—¿Cómo se llama tu madre? —le preguntó de pronto Regan.

—Ana.

—¿Alguna vez has sentido curiosidad por ella?

—Sí.

—¿Has intentado quedar con ella?

—No. Creo que no podría encontrarla.

Regan puso una mueca.

—Bueno, dicen que es mejor no conocer a nuestros héroes nunca.

—Ella no es mi heroína, pero entiendo lo que dices.

—Entonces, ¿solo habéis sido tú y tu padre?

—Y mi *nonna*, sí.

—¿Te llevas bien con ella?

—Me llevaba.

—Oh, lo siento.

Aldo se encogió de hombros.

—Cómo ibas a saberlo.

—Ya, pero aun así...

—¿Y tu madre?

Regan se mordió el labio.

—Otra llave —observó él, y añadió—: No tienes que responder.

—Bueno, vas a conocerla. —Se encogió de hombros—. Probablemente no tardes mucho en averiguarlo. Soy un caso de manual, ya sabes. Madre narcisista, hermana con muchos logros, padre obsesionado con el trabajo. Tan común que parece freudiano.

—No lo creo. Y Freud ha sido bastante desacreditado.

—Bueno, entonces soy algo así. Todos los psicólogos han visto alguna versión de mí antes, estoy segura.

Aldo le lanzó una mirada escrutadora.

—¿Quién te ha dicho eso?

Su doctora. Su abogada.

Un juez. Un jurado.

Marc.

—Nadie. —Le devolvió un instante la mirada y la centró de nuevo en la carretera—. ¿Primer beso?

—En sexto curso, con Jenna Larson. ¿Y el tuyo?

—Noveno. Tardía.

—Probablemente mejor. El mío fue terrible.

Regan soltó una carcajada.

—El mío también. ¿Primera vez?

—Tenía dieciséis años. Debajo de las gradas. Una fumeta anarquista.

—Dios, cómo no. Yo también tenía dieciséis años. Él era el capitán del equipo de waterpolo.

Aldo resopló.

—Cómo no.

—Se llamaba Rafe —añadió y Aldo gruñó.

—Cómo no —dijeron al unísono.

Cuando la risa mermó, Regan sintió algo en el hueco de su pecho. Otra compulsión en las piernas y extendió el brazo para apoyar la mano en su rodilla.

Esta vez Aldo no se encogió. Posó la mano encima de la de ella, cubriéndola brevemente y deslizando el pulgar por sus nudillos; satisfecha, la retiró y colocó ambas manos en el volante.

—¿Te gusta bailar? —le preguntó.

—Mi abuela me enseñó cuando iba al instituto. Sé hacerlo.

—No te he preguntado eso.

Atisbó el movimiento de sus labios al sonreír.

—Pregúntame más tarde —le sugirió.

—De acuerdo —aceptó.

Seis conversaciones, pensó con una sensación palpable de incredulidad, y, aun así, estaba deseando saber.

TERCERA PARTE

LLAVES

Una de las consideraciones de Aldo en lo que al tiempo se refería era cuánto duraba, conceptualmente, antes de que las cosas se volvieran ordinarias, anodinas. La gente se insensibilizaba fácilmente, se aburría cuando se trataba de la naturaleza repetitiva de la existencia. Se preguntó primero cuánto habría tardado Regan en perder el sentido de maravillarse por su propia vida, pero entonces se preguntó si alguna vez lo habría hecho.

Aldo no había estado nunca en una fiesta de aniversario, pues sus padres no se habían casado y su abuelo había muerto mucho antes de que naciera él, pero tenía la impresión de que estas fiestas eran normalmente eventos de gran envergadura. No fue así en el caso de la familia de Regan, cuya fiesta consistía en los padres, John y Helen, y las dos hijas, Madeline y Charlotte, junto al esposo de Madeline, Carter Easton, y su hija Carissa. Aldo comprendió por qué le había advertido Regan de que la llamara por su nombre de pila y, al verla en contexto, procedió a hacerlo de forma intuitiva. Regan era el nombre por el que solían referirse a ella, pero cuando estaba aquí era Charlotte, a quien Aldo había empezado a ver como una identidad totalmente separada.

Charlotte, por ejemplo, era una Regan más apagada desde que había entrado en la casa en la que se había criado, casi como si el esfuerzo de intentar llenar este espacio, que tan fácilmente lograba en otro lugar, le hubiera robado la energía requerida para ciertas facetas de su personalidad. Mientras que

Regan era equilibrada y tranquila, Charlotte estaba nerviosa y agobiada, con todos los músculos tensos, las yemas de los dedos blancas presionadas en la copa. Aldo no podía resistirse a mirarle las manos, que movía repetidamente, como si se sintiera fuera de lugar. Su incomodidad era una distracción insuperable para él.

—... dedicas, Aldo?

Aldo parpadeó, apartó la mirada de Regan y reparó en que su madre le estaba hablando. Era una mujer más menuda (la altura de Regan era una herencia clara de su padre, John. Su segunda hija era esbelta, casi un palillo, mientras que las otras dos mujeres eran menudas y, a falta de una palabra mejor, con curvas femeninas) y tuvo que mirar abajo, pues era demasiado alto en comparación, algo que resultaba del todo incómodo.

—¿Perdón? —preguntó a regañadientes. Preferiría hablar con Regan, quien, en cambio, parecía preferir hablar con Carissa, su sobrina. *Debería de haberlo supuesto*, pensó. No había modelado formalmente la situación en la fiesta, pero estaba progresando tal y como podría haber predicho con anterioridad.

—¿A qué te dedicas? —repitió Helen, hablando esta vez con deliberación.

—Matemáticas —dijo y se detuvo un instante para pensar si tenía algo en la garganta. No tenía nada.

—¿Programador? —insistió Helen.

—No. Matemáticas puras.

—Mamá, te lo he dicho —intervino Regan, que agarró a Carissa y se unió a su conversación con las piernas de la pequeña alrededor de las caderas—. Aldo es profesor en la Universidad de Chicago.

—Auxiliar —corrigió él—. No soy titular. Soy un doctorando.

—Ah —contestó Helen—. ¿Esperas convertirte en titular?

—No me gusta especialmente enseñar.

.—Pero es bueno —comentó Regan—. Es un genio.

Le dedicó una sonrisa y un guiño mientras Carissa le agarraba el pelo.

—¿Hay mucho mercado laboral para las matemáticas puras? —se interesó Helen.

—Mamá —le advirtió Regan.

—No estoy seguro —contestó Aldo, que nunca se había molestado en investigar.

—Charlotte, solo hago preguntas. ¿Eres de Chicago?

Aldo tardó un momento en comprender que volvía a dirigirse a él.

—No, de California. Pasadena.

Notó que Regan lo miraba cada vez con más frecuencia, por lo que dedujo que estaba diciendo algo mal. No sabía si era lo que estaba diciendo o cómo lo estaba diciendo.

—Mi padre sigue viviendo allí —añadió. Tal vez estaba dejando mucho silencio entre las palabras—. Tiene un restaurante.

—¿Ah? —murmuró Helen.

—Sí.

—Aldo es un cocinero excelente —añadió Regan.

Helen dedicó una mirada afilada a Aldo y se volvió hacia Regan.

—¿Cuándo te ha cocinado? —preguntó, hablándole exclusivamente a su hija. Aldo tuvo la sensación de que había desaparecido de pronto y contuvo el instinto de mirarse las manos y los pies para comprobar si seguían allí.

La respuesta a la pregunta de Helen era «nunca», y que Regan no tenía pruebas, cualitativas ni de ningún otro tipo, para evaluar la habilidad de Aldo. Esto, sin embargo, no la detuvo de proceder como si estas no fueran cuestiones relevantes.

—Somos amigos, mamá. Él me ha cocinado, yo le he cortado el pelo. Le sienta bien, ¿verdad?

Era una pregunta, pero también una amenaza, observó Aldo.

—¿Desde cuándo sois amigos? Nunca he oído hablar de él.

—Estás conociéndolo ahora, ¿no?

—Charlotte. Por favor, no.

—Mamá, estás siendo ridícula.

Aldo percibió que ya no hablaban de sus habilidades de cocina. Miró el vestido de Regan, de un tono verde oscuro que le caía por la cintura estrecha y se abría en las caderas. Debería decirle que estaba guapa, pensó, aunque probablemente fuera una palabra decepcionante.

—… lo único que pido es que por una vez no seas tan irresponsable…

—… que no sea irresponsable, *tú* eras la que querías que viniera…

Al pensarlo por segunda vez, consideró que tal vez no debería usar la palabra «guapa». Seguro que muchas personas le habían dicho que estaba guapa, y Regan probablemente hubiera tomado nota para no olvidarlo. Tal vez era una palabra usada por niños. Tenía un tinte juvenil, al menos ligeramente. Hablando de niños, Carissa se había ido. Regan había dejado a la niña en el suelo y se había vuelto para mirar a su madre, y Aldo veía las líneas de tensión en su espalda expuesta.

Guapa, pensó de nuevo, y se obligó a pensar en otra cosa. La idea del tiempo parecía incluso más vaga que de costumbre. Parecía haber renunciado a su ritmo habitual en favor de quedarse aquí a regañadientes, descendiendo lentamente por las muescas de la columna de Regan.

—Aldo, ¿te han ofrecido algo de beber? —oyó una voz detrás de él.

Era Madeline, la hermana de Regan, madre de Carissa. Aldo había empezado a clasificar todos los papeles y personajes relevantes, aunque era una clasificación relativamente pequeña. Las gráficas lo calmaban. Ordenar organismos de caos era una forma agradable (*más* agradable) de ocupar su tiempo.

—No necesito ninguna —dijo y Madeline sonrió. Era una sonrisa más practicada que ninguna de Regan, o Charlotte. Tenía aspecto de ensayarla mucho.

—Entonces nada de beber. ¿Un poco de aire? —sugirió.

Había un tono urgente y amable en su voz que acompañó con un gesto que lo separó de Regan. Aldo la siguió reacio y vio que Regan se tensaba.

Madeline era bastante más baja que su hermana, en aspecto y comportamiento, además de diseño físico. Tenía una cara zorruna, una nariz diminuta, ojos líquidos y rasgos bonitos. El pelo oscuro tenía un matiz dorado y lo llevaba por encima de un hombro. Costaba creer que era una mujer que había tenido un bebé, mucho menos una carrera en medicina. Parecía estar al principio de la veintena o sacada tal vez de una gruta de hadas del bosque. Seguro que ella era más propensa a apreciar el cumplido, pero sospechaba que mientras que a su hermana menor le parecería algo digno de poca confianza, ella lo almacenaría en algún lugar y lo usaría para alimentar su electricidad.

—Aquí se está bien —comentó, llevándolo al jardín. Tenían las mismas lámparas calefactoras que usaba Masso en el pequeño patio de su restaurante, aunque Aldo se fijó en que Madeline se estremeció un poco por el frío de octubre.

—Si tienes frío...

—No, no, estoy bien —contestó rápido, esbozando una sonrisa tensa. Había un camarero apostado fuera, apartado de la casa—. ¿Seguro que no quieres beber nada?

—No, gracias. —Y, como lo estaba pensando, añadió—: Ha sido buena idea poner una barra fuera. Mejor para hacer la fila —señaló, observando que nadie bloqueaba los puntos de acceso y salida de la fiesta—. Muy inteligente.

La sonrisa de Madeline vaciló.

—Bueno, cuando has hecho esto varias veces, aprendes una o dos cosas, pero gracias.

Aldo la miró.

—¿Lo has hecho tú?

Eso le arrancó otra clase distinta de sonrisa, notó. Había hecho algo más valioso que un cumplido por su apariencia.

—No es tan complicado. No te podrías imaginar la fiesta que quisieron organizar mis padres por el primer cumpleaños de Carissa.

—Sí me lo imagino. —Así era, aunque se trataba más bien de una frase que solían usar otras personas. «Me lo imagino», como si lo pensaran con frecuencia. La mayoría de las personas expresaban en realidad su capacidad para el reconocimiento de patrones, para almacenar datos en su cabeza. Dudaba que muchos de ellos usaran la imaginación, excepto, posiblemente, Regan. Tomó nota para preguntarle más tarde: *¿Imaginas cosas? ¿Tu vida es un sueño o una gráfica? ¿Has pensado en esto, esto o esto otro?*

Sabía que respondería y se estremeció.

—Hace un poco de frío —constató Madeline, mirando por encima del hombro—. Entraría en casa, pero es mejor que les demos un minuto. Disculpa a mi hermana.

Aldo no entendió de inmediato por qué estaban las dos ideas relacionadas.

—¿Por qué? —preguntó y Madeline parpadeó.

—Ya sabes cómo es, seguro. Un poco difícil.

—Difícil —repitió, y sufrió un tic aprensivo de desalineación con la palabra. Madeline se encogió de hombros.

—Ha sido siempre así. Muy propensa a las discusiones, en especial con mi madre. Yo le digo que está siempre a la defensiva y que la forma de mamá de demostrar que le importa es... supongo que controladora, a veces. Pero entonces me acusa de estar de parte de mamá, así que es una situación imposi...

—Claro que es difícil —la interrumpió Aldo, pensando todavía en la palabra inicial—. Es más que difícil, en realidad. Es... —Hizo una pausa, pensando en cómo explicarse—. En cualquier ecuación, ella constituye las variables. —Madeline, como muchas de las personas con las que hablaba, lo miró con confusión y diversión—. Tú ya lo sabes, claro. Eres científica.

—Más o menos —comentó Madeline y él asintió.

—La mayoría de las personas son relativamente simples. Una combinación de factores medioambientales, proclividades genéticas, rasgos intrínsecos....

Comprobó que seguía escuchándolo.

—Te sigo —confirmó ella, asintiendo, como si fuera así de verdad.

—De acuerdo. La mayoría de las personas son funciones bastante sencillas de «x» e «y» que se comportan dentro de las limitaciones de las expectativas.

—¿Constructos sociales? —adivinó Madeline.

—Presuntamente —afirmó Aldo—. Dentro de esos parámetros, algunas personas son funciones exponenciales, pero muy
predecibles igualmente. Regan… —*Charlotte*, se recordó demasiado tarde, pero siguió, dejándolo como un error ineludible— no es
solo difícil, es enrevesada. Es contradictoria… honesta incluso
cuando miente —ofreció como ejemplo—, y en muy pocas ocasiones la misma versión dos veces. Es confusa, muy compleja.
Infinita. —*Esa era la palabra*, pensó, aferrándose a ella ahora que
la había encontrado—. Habría que medirla de forma infinita para
poder calcularla, y nadie podría hacer eso.

Miró a Madeline, que esbozaba una media sonrisa.

—¿Tiene sentido?

—Sí —respondió la mujer—. Tiene sentido.

Aldo decidió que le gustaba Madeline.

—En cualquier caso —continuó al reparar en que se había
extendido mucho. A la gente no solía importarle sus teorías y,
aunque podía decir más sobre el tema, se obligó a concluir con
un—: No deberías de disculparte por ella.

—No —coincidió Madeline—. Supongo que no.

Se quedaron un instante en silencio, como si fuera el turno
de ella para hablar. Madeline parecía más interesada en sus propios pensamientos y cuando se cruzó de brazos, Aldo se fijó en
que tenía la piel de los brazos de gallina. Le vibró el teléfono en
el bolsillo, probablemente fuera su padre para preguntarle si se
estaba comportando. «Intenta no mirar al techo cuando te ha-
blen», solía decirle Masso, y a Aldo le costaba mucho no hacerlo. En ese momento, el techo era un cielo lleno de estrellas. Si
tuviera un porro y silencio, sería una noche como cualquier
otra que había pasado en el tejado de su casa.

Pero no estaba allí, recordó, porque Regan estaba por ahí,
cerca.

—Tienes frío —le dijo a Madeline al ver cómo se abrazaba el cuerpo en busca de calor—. Deberías entrar. Yo me quedo aquí —comentó y luego mintió—. Voy a por algo de beber.

Madeline asintió, todavía pensativa.

—Ha sido un placer conocerte.

—Igualmente —respondió Aldo, ladeando la cabeza, y entonces ella le sonrió y volvió al interior de la casa.

Aldo se puso a girar un porro invisible en los dedos mientras caminaba hacia el borde del jardín. Cuando llegó esa mañana con Regan, vio que su casa tenía vistas a un riachuelo estrecho y ahora quería verlo. Pero solo podía oírlo, por lo que no sabía si estaba ahí de verdad o había sido obra de su imaginación. Una parte de él consideró lanzarse, descubrirlo de ese modo. La teoría tampoco era la mejor forma de resolver todos los problemas.

—Te he traído algo —oyó detrás de él, unas palabras que lo arrancaron de sus pensamientos, y se dio la vuelta.

Vio a Regan aproximarse por el jardín. El viento le había desordenado el pelo y se lo apartaba de los ojos. Le lanzó una mirada de disculpa.

—Toma. —Le tendió un porro y él lo miró con escepticismo—. Ah, vamos. —Puso los ojos en blanco—. No he podido evitar ir a buscar la hierba de mierda de mis años universitarios que dejé en mi antiguo dormitorio. Es mejor que nada —le recordó, moviendo los dedos.

Él lo aceptó y se lo quitó de las manos. Tenía las yemas de los dedos calientes.

—¿No tienes frío? —le preguntó con tono neutro. Regan se encogió de hombros y levantó un mechero de plástico, haciéndole un gesto para que se llevara el porro a los labios.

—No mucho —respondió. Le tomó la barbilla a Aldo con la mano, encendió el mechero y lo acercó al extremo del porro para encenderlo—. ¿Mejor? —preguntó, encantada al ver que inhalaba.

Le soltó la barbilla y Aldo exhaló. No era una hierba muy buena, pero las había probado peores.

—Sí —respondió, mirando el porro—. Aunque no me encontraba tan mal.

Ella no parecía coincidir, pero no dijo nada sobre sus sentimientos.

—Te he oído hablando con Madeline —señaló, como si fuera un desafío.

Aldo se encogió de hombros.

—Un poco. Sobre todo de matemáticas.

—¿De abejas no?

—No. —Le devolvió el porro—. Las abejas son para ti.

Regan le sonrió y lo aceptó.

—Gracias —respondió, como si le acabara de decir que estaba guapa.

—De nada.

Inhaló hondamente y tosió un poco cuando se llenó la boca.

—Esto es más fuerte de lo que recordaba —comentó tosiendo y él se rio. Tendió la mano para que se lo pasara.

—¿No te meterás en problemas por esto?

Regan se encogió de hombros y lo miró.

—Soy adulta, Rinaldo. O eso creo.

Aldo dio otra calada, ya se sentía más cómodo. Encima de él había estrellas, debajo había hierba. Era un lugar maravilloso, aunque Regan ya no lo viera. Aunque ella ya no lo sintiera, lo sentiría él por los dos. Lo traduciría para ella más tarde.

Aprendería a dibujarlo para ella, pensó, o a escribirlo, o a plasmarlo en una gráfica. Regan parecía apreciar las cosas que podía ver. Pensó en su mirada viajando por las cicatrices de sus hombros, contemplándolo. Sí, lo dibujaría para ella y entonces lo vería. Vería cómo tomaba forma y él sabría que lo había dicho de un modo que ella podía entender, y entonces ella sabría que incluso esto, con sus rasgos ordinarios, era maravilloso y glorioso también.

No la culpaba por no verlo. Culpaba a todos los demás por permitir que ella lo olvidara.

Regan se acercó, le tomó la mano y se la llevó a la boca para dar otra calada. Entrelazó los dedos con los de él y le acarició los nudillos, deslizándolos hasta el porro, que tenía sujeto entre las yemas del dedo índice y el pulgar.

—¿Te gusta bailar? —le preguntó, humedeciéndose los labios e inhalando. Esta vez soltó el humo despacio, tan cerca de él que sintió su aliento, como si él mismo hubiera dado una calada.

—Sí —dijo. Habría dicho que sí a cualquier cosa, podría haberle sugerido un motín y él se habría puesto a buscar un hacha, una horqueta, la mismísima Excalibur. Regan le sonrió y levantó la cabeza para que Aldo viera la imagen completa de su aprobación. La idea vibraba en sus venas.

Y entonces se quedó en silencio como solo ella podía hacerlo, cada movimiento resonaba demasiado fuerte.

—Tienes el pelo muy bien —murmuró y acercó los dedos a su sien. Lo peinó hacia atrás, arañándole suavemente la cabeza con las uñas.

Aldo dio otra calada cuando los dedos de ella descendieron lentamente por su mejilla hasta la boca. Las puntas oscuras de las uñas acariciaron el labio superior, curvándose con él, y en otra versión de este preciso momento, Aldo dijo: «Regan, acércate, vamos a ver qué pasa, comprobemos cómo brillan las estrellas en nuestra piel».

En lugar de eso, dijo:

—Vamos. —Y se lamió las yemas de los dedos y extinguió la punta del porro con ellas. Ella lo observaba, siguiendo solemnemente sus movimientos con los ojos oscuros. Se metió el resto en el bolsillo del pecho de la chaqueta, seguro contra su pecho.

—Vamos —aceptó ella y lo agarró del brazo para llevarlo de vuelta a la casa.

Eres una adulta, Charlotte, compórtate como tal.

¿Todo esto lo haces para buscar atención? ¿No te hemos dado suficiente?

Mira a tu hermana, Charlotte, mira a Madeline. Tiene una vida, una familia, un buen trabajo. No puedes seguir siendo tan irresponsable siempre. ¿Qué intentas demostrar? Este hombre, sea quien sea, ¿lo has traído aquí para molestarme? Para molestarnos, ¿no? Es grosero, está aquí, en nuestra casa, y apenas nos da la hora del día, y ¿dónde está Marc? ¿Ya habéis roto? No dejo de decírtelo, Charlotte, tienes que comportarte como una adulta si quieres llevar una relación adulta. No todo gira en torno a ti, lo que tú quieres, lo que tú sientes. Eso significa madurar, comprender que hay más personas en el mundo, no solo tú.

Claro que no nos gusta. ¿Cómo nos va a gustar? Es raro, Charlotte, mira lo raro que es. ¿Está contigo por dinero? Espero que no le hayas prometido nada. No, no te enfades, no te pongas histérica otra vez, solo tratamos de protegerte. Lo hemos hecho siempre, pero estás prolongando esto demasiado, Charlotte. ¿Te estás tomando las medicinas? ¿Vas a ver a la doctora, como te pedimos?

Ya sé que no eres estúpida. Eso es lo peor, Charlotte, sé que eres muy inteligente. Sé qué podrías ser, pero estás desperdiciándolo. Desperdicias tu potencial con pataletas como esta, rebelándote sin motivo. ¿Él? ¡Él no es nada, Charlotte! ¿Quieres estar con alguien sin ambiciones, sin nada? Sé que no. Te conozco y conozco este juego, y estoy harta de él.

Es tu amigo, sí, ya lo has dicho. De acuerdo, bien, elige a amigos mejores entonces. Puede que Marc no sea nuestra persona preferida en el mundo, pero al menos cuida de ti, puede mantenerte, y aquí estás, poniendo la relación en riesgo, como si no significara nada. ¿Sabe que has venido a la fiesta con otro hombre? ¿Conoce acaso a este hombre? Este... No me importa cómo se llama, ¡no nos mira apenas, Charlotte! Actúa como si no estuviéramos aquí, y ahora montas una escena...

Sí, Charlotte. *Sí*. Siempre haces esto. Insistes en que has cambiado y aquí estás, cometiendo los mismos errores. ¿Cómo se llamaba aquel artista? Sí, él, otra de tus ideas terribles. Esto es lo que pasa cuando echas a perder tu vida por hombres que están perdidos, sin ambiciones, sin rumbo. Al menos Marc tiene un empleo, uno de verdad. Puedes construir una vida con alguien como él, Charlotte. Presiento que vas a hacer una estupidez, algo temerario, ¿verdad? Claro que sí, ¿ves lo bien que te conozco? De acuerdo. Arruina tu vida, Charlotte, permite que tu padre se gaste el dinero en tus problemas y a ver si eso te ayuda en algo. Mira lo bien que te conozco, cómo sé, incluso ahora, lo que estás pensando.

Te conozco, Charlotte. Te conozco tan bien que puedo hablar en tu mente incluso cuando no estoy, cuando estás fumando con tu matemático rarito en el jardín de esta enorme casa, sé que me oyes. Sé que puedes sentirme, que notas mi decepción por ti, la sientes envolviéndote los huesos mientras tocas la forma de su boca irreverente y te preguntas si esta vez la voz en tu cabeza es más cruel por ser tuya o mía. Él no se comporta como debería hacerlo, Charlotte, no te estás haciendo ningún favor, no le estás haciendo ningún favor a él, maldita sea, no me obligues a hablar con Marc. Eres un desastre, vas a la deriva como siempre, ¿te has tomado las pastillas? ¿Las has agarrado, las has acunado entre las líneas de tus manos, has dejado que te recuerden lo enferma que estás, lo hastiada, lo desesperada?

Ni la hierba puede apagar eso, apagarme a mí, tus sentidos. Sigues oyéndome como el torrente sanguíneo en los oídos, me sientes como el hormigueo en los dedos. Siente la escasez de todo lo que han tocado sus labios, la vastedad de todo lo que su roce nunca ha sido. Tal vez esté equivocada con él, puedes consolarte con ello, pero nunca estaré equivocada contigo. Deseas que él te desee, ¿verdad? Quieres que sea un ancla, un peso. Quieres que te arrastre hacia abajo, que te ate a algo. Quieres que te arrime a él así, como este baile que no es un baile, pero es más baile que nada que hayas hecho con nadie, pero ni siquiera conoces los pasos, ¿no, Charlotte? Tiene las manos en tu cintura, ¿cuántas otras manos han estado ahí, o aquí, o allí? Intenta ocultarlo, no puedes, verá más allá de ti. Todo el mundo lo hace. Todos ven más allá de ti y al otro lado de ti se ve la vida sin ti, y todos correrán hasta allí de forma inevitable en busca de alivio.

Vas a cometer un error con él, Charlotte. No sé cómo será el error, ni tampoco tú, pero no importa, tú y yo sabemos que lo harás. ¿Valdrá la pena solo por sentir sus manos en tu piel? ¿Valdrá la pena que se deslice entre tus dedos, que sangre por las grietas de tu constitución, solo para recordar que eres la clase de persona que otros dejan? Puede que sí, porque mira su boca, mira la forma que adopta cuando te mira. No harías el amor con él, harías arte. Puede que valga la pena, pero el arte es tragedia. El arte es pérdida. Es el aliento huidizo de un momento ineludible, la intimidad de las cosas no hechas, el verano que pasa. Es el limón pelado y el pez huesudo en la esquina de una naturaleza muerta holandesa, podrida, muerta, desaparecida. Es él tumbado a tu lado, tus piernas enredadas con las suyas, con la certeza de que será un espectro en tus pensamientos al mes siguiente, a la semana siguiente, a los diez minutos. Esto es lo que lo convierte en arte, Charlotte, siempre lo has entendido. Siempre has entendido, por encima de todo, que lo que lo hace bello es el dolor.

Madura y acepta las cosas como son, Charlotte. No estás enamorada de Rinaldo Damiani, cuyo pelo huele a domingo por la mañana al sol; ni siquiera lo conoces, él no te conoce a ti. Puedes posar las manos en las cicatrices de sus hombros y desear arrebatarle todo atisbo de dolor y quietud, y no estarás enamorada de él, porque esto no es amor. El amor es un hogar y una hipoteca y la promesa de permanencia; el amor es medido y tranquilo y esto, el ritmo apresurado de tu pulso, es droga. Conoces las drogas, ¿verdad, Charlotte? La euforia puede embotellarse, se puede fumar, se disuelve en la lengua y arde en la cavidad vacía de tu condenado pecho vacío. Sus manos encima de ti, eso puede preservarse, se puede pintar, puede perpetrarse en el lienzo de tu imaginación y puede quedarse en la cámara acorazada de tus anhelos privados, tus ensoñaciones, tus sueños retorcidos.

Acéptalo, Charlotte. Acéptalo y madura. Eres una adulta, Charlotte, compórtate como tal.

Charlotte Regan, qué ilusa, has estado atrapada en un trance, despierta.

Despierta, Regan.

Regan, mírame. Despierta.

Dile a la voz de tu cabeza que se calle. Sé que no estás aquí ahora mismo, sé que estás perdida en algún lugar al que no puedo llegar, ni tocar, ni ver, pero mira mis ojos verdes y dime qué es lo que importa. Abejas, Regan, piensa en abejas, piensa en la improbabilidad del tiempo y el espacio, piensa en cosas imposibles. Piensa en las estrellas en Babilonia y dime que todo este tiempo que hemos estado hablando has estado sincopando tu respiración a la mía y tu pulso al mío y tus pensamientos a mis pensamientos, has estado aprendiendo a amarme, ¿verdad? Si soy un amante de problemas imposibles, entonces tendrás que amarme por mis imposibilidades, así que dime, Regan, ¿qué más importa aparte de esto? ¿De mí? ¿De nosotros?

Nada.

Nada.

Bienvenida de vuelta, Regan.

Te he echado de menos mientras no estabas.

—¿Aldo?

Abrió los ojos de golpe. No estaba durmiendo, claro, la hierba había ayudado, pero estaba en la habitación de invitados de John y Helen Regan, que era un lugar demasiado extraño como para que pudiera aproximarse siquiera al sueño. Así y todo, oír su voz en la oscuridad lo sobresaltó. Ella era casi un sueño y abrió con cuidado la puerta.

Aldo se incorporó un poco y atisbó en sus piernas desnudas el movimiento de la luz de la luna que entraba por la ventana. Avanzaba despacio por el suelo de madera, con la ventaja de la práctica, evitando un punto que había al lado de la puerta, y saltó suavemente a donde estaba él tumbado en la cama antes de agarrarse al borde del colchón.

—¿Te he despertado? —le preguntó. Tenía el pelo suelto y medio mojado alrededor de la cara, con la raya en medio.

—No —respondió.

—Bien. —Le dio un empujón y se acomodó a su lado—. ¿Te lo has pasado bien? O más o menos bien, ya sabes.

—Más o menos bien —confirmó, volviéndose para mirarla—. Definitivamente más o menos bien.

—Estupendo. —Casi vibraba por una emoción indefinible. Emoción. Se había colado en su dormitorio, tal vez no todos los elementos de la rebelión juvenil se apagaban con la edad—. Se te da bien bailar.

A ella también. El resto de la familia los había dejado en paz el resto de la noche y su madre, Helen, se limitó a mirar de forma deliberada la pared que había detrás de su cabeza. Sabía (pues no era estúpido) que era un sentimiento de apatía detestable, algo por lo que debería de sentirse resentido, o tal vez reparar, pero no se oponía por completo a la idea de que se comunicaran lo menos posible.

Regan se acercó más a él y levantó la cabeza para mirarlo.

—Llevo tiempo sin hacerlo —dijo Aldo. Bailar, quería decir.

—Pues eres bueno. Muy bueno.

Regan extendió los dedos con indecisión y encontró las marcas que State Street le había dejado en los hombros. El resplandor que entraba por la ventana iluminaba partes de sus siluetas, el lado derecho de ella y el izquierdo de él. Con el ángulo en el que caía la luz de la luna sobre ellos, le parecía a Aldo que eran cada uno la mitad de una persona, dividida en dos, cada fracción, el reflejo del otro. Sintió los ecos de su caricia poniéndole la piel de gallina en los brazos, las piernas, extendiéndose a la planta de los pies.

—Lo siento —se disculpó—. Por mis padres.

—¿Por qué?

Solo veía la mitad de su diminuta sonrisa, una luna creciente escindida en la oscuridad.

—¿No te has fijado? No, claro que no. —Suspiró—. No tendría que haber dicho nada.

—Demasiado tarde —apuntó él y la sonrisa de ella se volvió una mueca.

—No es de extrañar que no les gustes. No te entienden y, además, a ellos no les gusta nadie. —Deslizó el pulgar por su clavícula—. También odian a Marc. Aunque por motivos diferentes.

Tenía la impresión de que lo estaba dibujando en algún lugar de su mente.

—¿Motivos como cuáles?

—Como... no lo sé. —Se apartó, la mano cayó sobre las sábanas e inmediatamente lamentó haber preguntado—. Marc es la clase de persona intolerable, ya sabes. Ruidoso, llamativo, todo eso.

—¿Y yo soy... anormal?

—Oh, extremadamente anormal —afirmó y los dos se rieron—. Eres el más raro, Aldo.

Lo dijo con tanta dulzura que estuvo a punto de darle las gracias.

Y al pensarlo dos veces (tres, técnicamente), lo hizo.

—Gracias.

—De nada. —Regan se puso de espaldas y cerró los ojos—. Te diría que no te lo tomes como algo personal, pero seguro que no lo haces.

No siempre, quiso decir, pero se parecía tanto a la realidad que no dijo nada.

—Debería de ser yo quien pidiera perdón.

Eso hizo que ella abriera un ojo.

—¿Qué?

—Querías que te facilitara las cosas y no lo he hecho.

—Eso… —Se incorporó y ahora vibraba con una energía nueva. Una que no pudo identificar—. No.

Él también se incorporó, frente a ella.

—¿No qué?

—No… pienses eso. No lo sé. —Estaba agitada, sacudiendo la cabeza—. Ellos son los que están equivocados. Además, a Madeline le gustas. —Pasó la mano por el edredón, al parecer tratando de reparar el daño que su inesperada fricción había causado.

Le imploró en silencio y él se quedó un buen rato mirándola, solo mirándola. Por entonces ya había dibujado sus ojos más veces de las que le hubiera gustado, y se alegró al ver que sus estimaciones eran correctas, geométricamente hablando, aunque carecían de ejecución. Esos ojos eran armas en la vida real, o posiblemente antiarmas. La habían sacado de la cárcel, estaba seguro. Amplios y muy abiertos, pequeñas ventanas de inocencia. Unos marcos que se burlaban de todo lo que se ocultaba en su interior.

—Y a mí —añadió, tan tarde que Aldo había olvidado de qué estaban hablando.

—¿A ti qué?

—Me gustas. —Se rascó la mejilla—. Esta es nuestra séptima conversación y eso debe de significar algo —se apresuró a comentar para evitar que pensara que lo había dicho flirteando.

—¿Sí?

Regan se quedó callada un momento, batallando con las verdades que se reservaba para ella. Aldo notó que necesitaba un empujón, un codazo. Un movimiento. Se inclinó hacia ella, deteniéndose antes de que se tocaran, y dejó espacio para que las reverberaciones que había dentro de ella resonaran en él. Volvió a sentirlo, la vibración con la que había entrado en la habitación, en ese espacio vacío, ahora ocupado por los estremecimientos de la posibilidad. Regan podía llenarlo ella sola, podía apartarlo, podía acercarlo. Podía arrancarle las costillas y dejarlo ahí, destripado, con los ojos muy abiertos, con un «no pensé que fuera a haber tanta sangre».

Aldo aguardó con la desagradable imagen de sí mismo derramando escarlata en sus manos, colándose entre sus uñas estrechas y manchando para siempre las sábanas y el suelo (y, si tenía suerte, su conciencia) cuando ella igualó la distancia con respecto a él que él ya había empezado a acortar. Podía olerle el pelo, la piel, la falta de indecisión. La otra mitad de sus verdades era una mentira.

—¿Estoy imaginando esto? —preguntó Regan.

Él negó con la cabeza.

—No, o si lo estás imaginando, entonces yo también.

—Oh.

Regan se acercó más y él volvió a igualar la distancia, sus frentes se unían como si fueran viejos amigos. Hola, cómo estás, cuánto tiempo, me alegro de verte. Sus manos, sin embargo, permanecían atrás, como cautivas cansadas, prisioneras de guerra recelosas.

—Esas llaves mías —musitó ella—. Si pudieras tener una de ellas...

Era una pregunta: si pudieras abrir solo una parte de mí para su consumo, para tu deleite, para el antojo de tu mente carnívora, ¿qué parte desearías ver?

La respuesta, o al menos la respuesta que ella quería, era más difícil de averiguar. Por un lado, estaba el sexo, claro. No había duda de que tenía eso en mente. Él también, ahora. Más que ahora, pues era más inevitable ahora que estaba tan cerca de ella. No era ajeno a lo cerca que estaba ella, lo tentadora que resultaba. Básicamente le había preparado la respuesta, se la había servido en bandeja: toma, voy a decirte qué es lo que quieres. No, deja que te lo muestre. Deja que sea la que decida por los dos. Deja que sea yo quien te desee de tal forma que te haga darte cuenta de que me deseas, y deja que nos ahorre a ambos el problema del ¿quieres?, ¿seguro?, esa situación desagradable de la intimidad.

Aldo podía imaginar la suavidad de su mejilla o incluso sentirla. Podía ver el aleteo de sus pestañas mientras tenía los ojos cerrados y él los tenía abiertos, podía ver cómo se hacía la ingenua, podía dejar que tuviera el papel dominante que quería. Le olía el pelo a flores porque se lo había lavado en esta casa, bajo este mismo tejado. Cerca de él, dentro de estas mismas paredes, había estado desnuda; el chorro de agua había caído por la parte superior del cuero cabelludo, crujiendo como un huevo y goteando por la frente, la misma frente que ahora presionaba contra la suya, y luego los labios. Esas gotas se habían deslizado por su nariz igual que podía hacer él ahora, a solo un centímetro de distancia. El agua había caído por las pequeñas grietas de sus labios, esos que sus dientes mordían ahora por la anticipación, y luego por la barbilla hasta el suelo mientras el resto del agua caía por sus hombros, empapándole la piel. En alguna parte, ella había suspirado en mitad del vapor que la envolvía cómodamente, liberando las tensiones del día y masajeándose las piernas, igual que podía hacer él con las manos ahora, si quisieran. Podría bajarle el tirante de la camiseta y descubrir lo que hasta ahora solo era de ella.

(De ella y de todo aquel con permiso para verlo. De ella y de todo aquel que hubiera experimentado alguna versión de este momento con ella, tocando y no tocando en el refugio de una habitación a oscuras).

—¿Cualquier llave? —preguntó.

—Cualquier llave —confirmó con una voz cuya intención deliberada era hacerlo estremecer.

Regan volvió la cabeza ligeramente, tocándole la mejilla con la suya. Aldo sentía su respiración en la piel, notaba sus dedos tensarse en las sábanas, podía oler la acidez, la dulzura de su espera, enroscada, anudada y tensa.

Qué frágil era el deseo, pensó, y qué delicado. Qué fácil sería quebrarlo entre los dedos, aplastarlo con las manos. Con qué facilidad se convertía el querer en la agitación de tomar y qué fácil era tomar.

—Quiero —comenzó, abriéndose la voz paso con esfuerzo a través de la garganta seca, y ella se apartó un centímetro, lo suficiente para que, si deseaba su boca, si deseaba acercarse a ella, pudiera hacerlo. Podría descubrir qué secretos guardaba en su beso.

—¿Sí?

Una emoción de oposición brotó en la niebla de su cercanía.

—Tu arte —concluyó y notó cómo se quedaba rígida.

—¿Qué?

La tensión se rompió, golpeándolos a ambos.

—Quiero ver tu arte —señaló y ella se apartó para mirarlo.

—Aldo, estás de broma.

Negó con la cabeza.

—No.

—Pero... —Se pasó la lengua por los labios secos, tensando la boca—. Aldo, tengo novio.

—Sí, lo sé.

—Pero estoy aquí. Contigo.

—Sí —dijo.

Regan se quedó mirándolo.

—Sabes lo que significa, ¿no?

—Me hago una idea.

—Claro, eres un genio. —Esta vez sonaba amarga y, aunque no se movió, notó cómo se tensaba por dentro, enroscándose, achicándose—. Pensaba que tú...

—Así es —la interrumpió.

—Pero entonces...

—Me has dicho que solo podía tener una llave.

Regan parpadeó.

—Sabes que esta podría ser tu única oportunidad —le dijo.

—Entonces no la quiero.

Esa información pareció dejarla aturdida.

—¿Por qué no?

—Esta no es la que quiero.

—¿Esta llave?

—Esta oportunidad.

—¿Qué le pasa a esta oportunidad?

—Regan.

—Dímelo, Aldo, quiero saberlo.

¿Regresaría algún día a este momento? ¿Lo desearía?

—Has dicho una llave —le recordó y, por lo que podía ver en su cara a la luz de la luna, parecía exasperada.

—Sí, pero pensaba... —Se quedó callada.

—No estás equivocada —le aseguró.

Ella se llevó las rodillas al pecho.

—Siento que estoy equivocada.

«Rinaldo, ¿dónde estamos hoy?», le preguntó su padre, y él dijo: «Estamos en algún lugar de las profundidades del tiempo, un lugar que la gente solo se atreve a imaginar en sueños. Estamos flotando en la materia oscura. Estamos atrapados dentro de una estrella, que está atrapada dentro de un sistema, que es una galaxia de la que no podemos escapar, y estamos perdidos el uno para el otro, para nosotros y para la inconsecuencia del espacio».

Extendió el brazo sin pensar y ella suspiró cuando le tocó la mejilla, acariciándole el hueso, bajando por la esquina de la barbilla. Se puso de rodillas, de cara a ella, y ella hizo lo mismo, un juego de espejos de nuevo, con las manos flotando para apartarle un rizo de la frente. El pulgar de Regan le tocó debajo de la sien y él aceptó el roce con alivio.

—¿Qué llave? —repitió. Una segunda oportunidad.

Él negó con la cabeza, con los labios todavía presionados en sus nudillos.

—Tu arte.

Regan, pensó. *Regan, esta noche es un robo, yo quiero un hurto mayor y este es uno menor.*

—No puedo darte eso —murmuró, pero lo oyó después de sentirla, las puertas cerradas y las ventanas aseguradas.

Dentro de ella, en alguna parte, estaba comprobando que las cerraduras estuvieran echadas, engullendo las llaves que quedaban, lanzándolas a las llamas y derritiéndolas para convertirlas en joyas, armaduras, cadenas. Se estaba reconstruyendo como una caja acorazada y él lo notaba, sentía cómo se alejaba de él, incluso antes de apartar la mano.

—Ya no tengo esa llave. Probablemente nunca la haya tenido.

Lo sé, pensó. *Lo sé.*

—Si la encuentras... —No terminó la frase.

Ella bajó de la cama, la pierna lo suficientemente larga como para sostenerla firmemente contra el suelo, y Aldo sintió los pasos que dio para alejarse de él como temblores bajo sus pies.

—Buenas noches —se despidió de él.

Sabía que nunca lo perdonaría. Él había elegido su propio final.

—Buenas noches.

Abrió la puerta y luego la cerró, y entonces había desaparecido para él.

Desaparecido, como si nunca hubiera estado allí.

El reloj del abuelo que había en el salón informó a Regan que hacía un buen rato que el día había cambiado; había pasado de uno a otro. Que pronto se alzaría otro sol y ella seguiría sucia por las decisiones de la noche. Se abrazó el cuerpo y se estremeció, helada por la ausencia de Aldo, y caminó con cuidado por el pasillo, los pies descalzos besando las vigas.

Sentía una mezcla de cosas, suaves y duras. Las cosas se compactaban y expandían dentro de ella. Estaban allí antes de que entrara en la habitación, pero ahora que había salido, sentía exactamente lo mismo, pero peor. Lo mismo, pero más intenso.

Recorrió el camino de regreso a su dormitorio y se detuvo en la puerta del baño. Dentro del neceser tenía la base de maquillaje de Armani, la máscara de pestañas de Dior, el corrector de Givenchy que apenas había tenido motivos para usar. Había un colorete para fingir inocencia, un bronceador que imitaba el sol, brillo de labios para postular deseo. Un estuche lleno de mentiras, y en la base había unos frascos naranjas translúcidos que la llamaban, que devolvían a la mentirosa al lugar donde tenía que estar. *Me las tomaré*, pensó, *me las tomaré ahora, no pasa nada, iba a hacerlo de todos modos, iba a hacerlo*. Había estado allí, en el baño, solo unos minutos antes, mirando los frascos y pensando: *Me tomaré estas pastillas ahora mismo*, pero entonces: *No, iré a ver a Aldo primero*, el coro de *tú-y-yo*, tú y yo juntos, *tú-y-yo-juntos* le zumbaba en las venas.

No sabía qué esperaba encontrar al ir a verlo. No, mentira, sabía lo que esperaba, pero no sabía qué *quería*, y ahora lo único que sabía era que no había conseguido nada y que tenía las manos más vacías que antes. Quería mitigar su curiosidad, tal vez; probar algo tan apresurado y ansioso y espeluznante que no habría tenido más remedio que considerarlo una decepción y seguir adelante. Quería suplicar en sus brazos que la alejara de todo esto, de su pretensión de vida. Quería que le ofreciera su devoción, que se transformara en un pretendiente del siglo XIX y que suplicara fervientemente por su mano. Quería tirarse a Rinaldo Damiani y después regresar con Marcus Waite y decir: «Mira, me desea, soy valiosa. Mira, he tenido a un genio entre las piernas, enterrado dentro de mí, engulléndolo, y entonces hice mía su brillantez».

En alguna parte, una vocecita le recordó que tal vez lo que más deseaba era que Aldo la rechazara, que le besara la mano y le dijera: «Esta noche no, Regan, así no, si no eres mía, no».

Pero no había dicho eso y ahora solo sentía aversión porque solo podía odiarse a sí misma, no podía culparlo a él.

Su arte. Eso era lo que quería.

Miró el neceser, las pastillas. Se las tomaría, se iría a la cama y mañana le diría a Aldo que se había acabado lo que había entre los dos, fuera lo que fuese. Ya está, tenía novio, se había dejado llevar como le pasaba siempre; nada de lo que habían hecho era nuevo, ni extraño, ni siquiera diferente. *Me has pedido mucho*, pensó en decir. *Querías más de mí de lo que valgo.*

Arte. Nunca fue buena de verdad. No como esperaba él de ella, y no como quería. Su arte no lo satisfaría porque no era arte, no era nada. El arte era una verdad emocional y ella no tenía nada, ni una sola verdad, y este neceser era prueba de ello y de todo lo demás.

Y, de todos modos, era uno de sus fracasos, y estos estaban destinados a pertenecerle exclusivamente a ella.

Sacudió la cabeza ante su reflejo (*Hablando de fracasos*, le susurró una voz como la de su madre en la cabeza) y salió del baño para dirigirse al despacho de su padre. Técnicamente no tenía permiso para entrar, pero por una vez él no estaría allí. Estaría durmiendo, como todos los demás, excepto, tal vez, Aldo, pero precisamente el despacho era la habitación de la casa que más lejos estaba de él.

Abrió con cuidado la puerta y encendió la luz al entrar. Su padre no lo había decorado, por lo que, en términos de personalidad, no descubría mucho. Las revelaciones privadas sobre John Regan se limitaban a que era limpio, organizado y poseía grandes cantidades de documentos. Le gustaba que las cosas estuvieran en su lugar, como él.

Regan se acercó a los archivadores, los abrió y pasó los dedos por las pestañas. Madeline, la hija buena. Charlotte, el problema.

Seguramente las hubiera archivado aquí. Probablemente existiera una carpeta que la representara, o al menos la versión de ella que podían demostrar los documentos. Señoras y señores del jurado, tenemos aquí a una chica con demasiados privilegios, una chica con demasiada imaginación, una chica que nunca ha aprendido a someterse a la autoridad de la realidad, una chica que se convirtió en una mujer que aún no ha aprendido y que nunca aprenderá por qué merece la pena arriesgar.

«Otra vez esto», dijo Helen esa tarde, mirando a Aldo.

«Otra vez esto», como si Rinaldo Damiani fuera una simple payasada familiar. La última prueba de cómo era el archivo de Regan.

He intentado acostarme con él y me ha dicho que no, mamá. Él es diferente, no me desea.

Por supuesto que no te desea, Charlotte. Mira tu comportamiento, es deplorable.

No, pensó Regan, interrumpiendo su propia conversación imaginada. No, estás equivocada, eso no es lo que diría Helen. Tal vez lo diría de Marc. Helen tenía la opinión de que Marc era alguien importante, un archivo impresionante, con un valor reconocible a pesar de que no le agradara su contenido. Pero no, los defectos de Regan eran aquello en lo que Helen y Regan habían coincidido siempre, por lo que era más importante en lo que no coincidían. «No vale nada, no va a llegar a ninguna parte, una mala influencia para ti...». Como si Regan fuera una niñita influenciable, una personalidad a medio formar, vulnerable, propensa a cambiar aún.

«No», Regan le diría a su madre: «He intentado acostarme con él y me ha dicho que no». Y Helen diría: «Bien, mejor así, no arruines las cosas con Marc, te estás haciendo mayor y pronto los hombres buscarán a alguien que no seas tú. Alguien como tú, tal vez, pero más joven, porque la extravagancia no envejece de forma amable».

El tiempo, pensó de pronto, *tú-y-yo* aún en alguna parte de su pulso. El tiempo había perseguido a Helen igual que había hechizado a Aldo. El tiempo se había mofado de ellos de forma distinta.

En mitad de las deformaciones y vacilaciones de sus pensamientos, Regan se volvió y vio una pintura en la pared, a su lado. Era un elemento decorativo raro que había elegido el propio John Regan; se lo había comprado a un amigo. Se sintió atraído por su austeridad, dijo. Regan tenía seis o siete años por entonces y escuchó a su padre elogiar la pintura igual que elogiaba a Madeline, con orgullo, convicción y seguridad. Su voz dijo: «La pintura es buena, es una pintura excelente», y, como respuesta, Regan pensó: *Entonces me gustará esa pintura.*

Ahora, una adulta con una carrera en historia del arte, Regan comprobó que la pintura no tenía nada de especial. Era la creación de un artista que era bastante famoso ahora, de ahí su atractivo al principio, y que probablemente ganara hoy en día una buena suma de dinero por cada encargo. Esta, una obra antigua, solo podía haber incrementado su valor; John Regan, un maestro de las inversiones, sabía lo suficiente como para proyectar lo que valía.

Regan se acercó y contempló las pinceladas. No eran elementales exactamente, pero tampoco particularmente emocionales. No había una pasión frenética ni una necesidad compulsiva. No era una pintura hecha para satisfacer el corazón, más bien para comprar verduras. Pensó que a esto se refería su padre cuando dijo «austero». Regan, con su ojo de historiadora del arte, comprendió al mirar el cuadro que su padre quería decir «severo», «distante», «sin emoción». Desprovisto de significado a ojos de ella.

«Austero». Es una palabra fría, dijo una vez Aldo, y el recuerdo le produjo un escalofrío.

El tema era un paisaje arquitectónico. Todo líneas afiladas, verticalidad sin alma. ¿Esto era belleza? Por supuesto que sí, eso lo sabía. Debería tomarse las pastillas. Líneas que serían increíblemente fáciles de recrear. Replicación, redundancia, reincidencia. La pintura en su conjunto no era especial, tómate las pastillas, Regan (¿eres feliz con el espacio que ocupé en tu vida?), no era impresionante. ¿Por qué le gustaba tanto ese cuadro a su padre? ¿Cómo había confundido algo tan trivial con brillantez? Tómate las pastillas, tómatelas, lo has hecho un millón de veces, no es nada y nada va a dolerte si no quieres. Esto no era nada. Esta pintura no era nada. Su aprobación no era nada. Tómate las pastillas. No veía la genialidad ni aunque se estampara contra su cara, le diera un revés con malicia, se liberara de sus limitaciones para defenestrarse por la ventana, permaneciera despierto en la habitación de invitados toda la noche. ¿Te estás tomando las pastillas, Charlotte? Por supuesto, madre, claro que sí, joder, y si no te mentiría, porque ya me has robado la capacidad para decir la verdad. Porque necesitabas que fuera una mentira, como tú. Por supuesto, quieres que todo tenga aspecto ordenado, quieres que todo esté en su lugar, eres una falsificación, una falsa. No te llamas Helen. Esta pintura no es bonita. Nunca has comprendido la belleza y lo peor de todo es que nunca la comprenderás.

Se dio la vuelta y salió, moviéndose ahora con decisión, los pasos no eran besos esta vez, sino restallidos. Rebuscó en los cajones de su dormitorio, buscando de forma furiosa hasta que encontró sus pinturas acrílicas, los lienzos, todos los retales que seguían allí de su vida anterior. Se apresuró a recogerlo todo, adivinando los valores de los colores y metiéndoselo todo debajo de los brazos. Regresó corriendo al estudio de su padre y se colocó frente a la pintura hasta que el rostro de Aldo se le borró por fin de la mente.

Dios, esto probablemente ni siquiera fuera Europa, solo una pintura de una pintura. Una pintura de una búsqueda en Google sin ninguna finalidad más que la de aterrizar en la casa de un corredor de bolsa blanco y rico, en una habitación que nunca veía nadie. El artista probablemente hubiera probado muestras de pintura en los márgenes de un aviso de vencimiento de su alquiler.

Bien, determinó. Mejor así. Mejor que la obra estuviera vacía, que fuera superficial y anodina. Cuanto menos tuviera, mejor. Más fácil curar sus heridas.

Miró el lienzo, agarró el pincel y, por un segundo, aguantó la respiración.

Entonces, por primera vez en tres años, cuatro meses y quince días, Charlotte Regan comenzó a pintar.

—¿Me haces un favor? —dijo y Aldo levantó la mirada, sorprendido de ver de nuevo a Regan en la puerta. Esta vez, sin embargo, el sol empezaba a asomar por la ventana y la veía con claridad.

También veía con claridad que no había dormido.

—Sí, claro.

—¿Sabes conducir? —Se pasó el dorso de la mano por la frente. Tenía el pelo recogido en una coleta sencilla y se le escapaban algunos mechones por las sienes—. Sabes hacerlo, ¿no?

—Sí. —Por supuesto que sabía, era de California, donde todo el mundo conducía, pero Regan parecía distraída. No la culpaba por tener la atención dispersa.

—¿Podemos irnos ya?

—¿No quieres despedirte?

Negó con la cabeza.

—Quiero volver.

—De acuerdo.

Salieron al garaje sin decir una palabra más. Aldo subió al coche. Ella también. Miró por el espejo retrovisor y vio la esquina de algo grande y blanco asomando de dentro de una caja que había en el asiento trasero. No dijo nada y ella tampoco. Regan se acurrucó en el asiento del copiloto, apoyó la cabeza en la ventanilla y cerró los ojos. Aldo arrancó, salió del porche a la calle mientras la vocecita del GPS le daba instrucciones. El sonido del intermitente era como el de un péndulo, el silencio enfático y acentuado. Giró, ella exhaló. Aldo pensó en los coches de la carretera, en las líneas y en el momento preciso al que regresaría si pudiera.

Regan abrió la puerta de su dormitorio. Él se puso en pie, la abrazó. No digas nada, Regan, la besó, ella lo apartó. Eres un cerdo, los hombres sois una basura, se acabó.

Regan abrió la puerta de su dormitorio. Él aguardó, ella se metió en la cama con él, Aldo, Regan, se besaron, él le metió una mano por debajo de los pantalones cortos y suaves del pijama y encontró la suavidad exquisita de su piel, le apartó las piernas y ella suspiró, quiero esto, ¿quieres esto?, sí, lo quiero, un montón, se marchó por la mañana, ¿puedes llevarme de vuelta?, de vuelta a su apartamento, de vuelta a su novio, de vuelta a su vida, fue divertido, Aldo, pero se acabó.

Regan abrió la puerta de su dormitorio. Él se apresuró a decir ahora no, esta noche no, pero algún día, si me deseas, ella se rio en su cara, ¿por qué iba a elegirte antes que a él, antes que todo esto, antes que nada?, así y todo tuvo sexo con él con un entusiasmo vengativo, con un placer malicioso, le clavó los dedos en la garganta cuando se corría, sabía a cóctel, eres un idiota, Aldo, se acabó.

Regan abrió la puerta de su dormitorio, todo salió mal, él murió mientras dormía, se acabó.

Regan abrió la puerta de su dormitorio, todo fue bien, él murió en sus brazos, se acabó.

Regan abrió la puerta de su dormitorio.

Regan abrió la puerta de su dormitorio.

Regan abrió la puerta de su dormitorio.

—Aldo —dijo y él salió de sus ensoñaciones y la miró. Tenía los ojos todavía cerrados.

—¿Sí?

—Gracias por conducir.

Esto, comprendió con una sensación de derrota, es una vía de escape. Ya está.

—De nada.

—Siento haber... —Se quedó callada, abrió los ojos un momento, se acurrucó aún más y volvió a cerrarlos—. Lo siento.

—No pidas perdón —contestó y, con la esperanza de que no le pidiera explicaciones, dijo—: Yo también lo siento.

No dijo nada.

—¿Estoy...? —comenzó, pero se quedó callado—. ¿Estamos...?

—Creo que deberíamos de estar un tiempo sin vernos —confirmó.

Se le abrió el pecho, se le partió por la mitad y se le cerró.

Suspiró.

—¿Un tiempo?

—Sí, un tiempo.

Regan abrió la puerta de su dormitorio y ya se había terminado antes incluso de que entrara. Lo había repasado suficientes veces como para saberlo. Ese momento no habría cambiado nunca nada.

Presentó internamente sus hallazgos y algo descuidado y desesperado los rechazó.

—¿Me estás pidiendo que me retire o que espere?

Ella abrió los ojos y se quedó mirando la carretera.

—No lo sé.

Ella no cerró los ojos. Él no respondió.

Ninguno de los dos volvió a hablar.

No fue como ella esperaba. Como había sido en el pasado. Esta vez fue más bien como un cable vivo, electricidad en los huesos, corriente. Tú y yo juntos, tú-y-yo-juntos, tú y yo. Fue un pensamiento que la despertó del adormecimiento, como la inspiración o un dolor de estómago. Fue una noción que no podía dosificarse, que no podía extinguirse, excepto por el movimiento del pincel. Pintaba para acallar los pensamientos, cómo aparecían en su mente, saltando como insectos, posándose en diferentes planos.

Algo está mal, pensó, algo está bien. Algo está definitivamente mal, pero lo que está bien es mayor, más próximo a la verdad. Mal del mismo modo que la verdad cuando está bien.

—¿Te has estado tomando las pastillas?

—No —respondió y la psiquiatra levantó la mirada, sorprendida.

—Charlotte.

—Es broma. —La calmó con una sonrisa y la doctora frunció el ceño.

—Charlotte, si quieres hablar de algo…

—Estoy bien.

La psiquiatra entrecerró los ojos con desconfianza. Y entonces, con diplomacia:

—No me has contado cómo fue el fin de semana con tu familia.

—No fue bien. A mis padres no les gustó el amigo que me acompañó.

—¿Amigo?

—Sí, un amigo. —*Tú y yo, tú y yo, tú y yo, Aldo, Aldo, Rinaldo, soy más adicta al pensamiento de tu nombre que a cualquier otra forma de vicio. La idea de tenerte es más peligrosa que cualquier cóctel de drogas, la idea de pertenecerte es infinitamente destructiva*—. Es un matemático puro, uno de esos tipos que se quedan perdidos en sus pensamientos. A mi madre le pareció grosero.

—¿Y a tu padre?

—Suele estar de acuerdo con mi madre.

—¿Y tu hermana?

«Me gusta», le murmuró Madeline al oído, dándole un apretón en el brazo al pasar por su lado, sin decir nada más.

—No lo sé.

—¿Te molesta? Que no les guste, quiero decir.

Regan apartó la mirada.

No puedes hacerte una idea de lo que me aburre esto, pensó. Así que dijo:

—He empezado a pintar de nuevo.

Vio cómo se quedaba rígida, llena de preguntas. A regaña-dientes, se esforzó por reaccionar con un:

—¿Ah?

—Sí —respondió y no dio más detalles.

—Entonces... va todo bien, ¿no?

Es un incendio. Antes solía consumirme, ahora solo me quemo.

—Sí.

La doctora desvió la atención al reloj que había a su lado.

—Bueno. —Se aclaró la garganta—. ¿Y cómo van las cosas con Marcus?

—Quiere saber por qué no voy a la cama.

La mujer parpadeó, sorprendida una segunda vez. Qué mundano, pensó Regan con desdén. Qué insignificantes tus preocupaciones. Qué alcance más bajo el de tu entendimiento.

—¿Y por qué no lo haces?

—Porque estoy pintando. —Es obvio, ¿no lo ves?, ¿no lo oyes? Su nombre está escrito en mi piel, me ha marcado, he cambiado toda mi forma para encajar en la enormidad de sus pensamientos, y ahora las únicas palabras que conozco son «líneas» y «color».

—¿Estás...? —La psiquiatra parecía tensa—. ¿Estás durmiendo?

Regan miró la ventana.

—Este año está llegando el frío pronto —observó, mirando las calles grises, el cielo gris. Sensaciones grises, la arremetida del invierno.

—Es común experimentar síntomas de depresión cuando los días se hacen más cortos.

Estos síntomas son, por supuesto: aletargamiento, indiferencia, pérdida de interés en cosas que antes te propiciaban alegría, sensación de fracaso, inutilidad.

—Ya lo sé —contestó—. No es eso. —¿Me estás escuchando acaso?

—¿No?

El gris del cielo era casi azul. Ahora veía los valores del tono. Podía ver con claridad de nuevo.

—¿Qué es entonces? —insistió la doctora y Regan levantó la mirada. La palabra que tenía en la lengua en ese preciso momento se deslizó entre sus dientes.

—Incandescencia.

La psiquiatra se esforzó por ocultar el asombro y la preocupación.

—Charlotte, si ha cambiado algo, deberíamos hablarlo.

—Sí, lo sé, y ya te lo he dicho, ha cambiado algo —confirmó, levantándose—. He empezado a pintar de nuevo.

—Sí, es maravilloso, pero Charlotte…

—Eso es todo. Es lo único diferente.

—Sí, pero si estás experimentando alguna… *disrupción*, o si no estás respondiendo a la medicación…

—Nos vemos en dos semanas —se despidió y salió del despacho. Sacó unos guantes del bolso y emergió al frío de la calle.

<hr />

Empezaba a hacer demasiado frío para usar la moto. Aldo se estremeció mientras llegaba al lugar de siempre, junto al árbol. Le sonó el teléfono antes de llegar.

—Te has adelantado —dijo y su padre resopló.

—Dos minutos. ¿Qué tal, Rinaldo?

—Hace frío.

—Esos inviernos. —Masso suspiró—. Deberías venir a casa.

—Técnicamente sigue siendo otoño y sí, iré, al final del trimestre. Después de los exámenes.

—Vas a perderte Acción de Gracias otra vez.

—Lo sé, no puedo ir. Tengo que calificar los exámenes. Tengo que trabajar en mi tesis.

—¿Esa cosa que no entiendo?

—Esa cosa que no entiendes, sí.

—Entiendo muy poco.

—Me alegro de que lo admitas. La mayoría de mi departamento no lo hace.

—Diles que busquen una afición nueva.

—Me han aconsejado que no dé consejos a la gente.

—Probablemente sea mejor así, a nadie le gusta escuchar.

—Es verdad —coincidió Aldo y se estremeció.

Un silencio breve.

—¿Has sabido algo de ella? De la chica, la artista.

Aldo negó con la cabeza.

—No espero tener noticias.

—Ah. —Carraspeó—. Mejor así. Concéntrate en el trabajo y después ven a casa.

—Sí, ya lo sé.

—Tengo un cliente habitual con una hija que va a Stanford. Es una buena universidad.

—Sí, papá, conozco Stanford. Pero no te queda tan cerca.

—Mejor Palo Alto que Chicago. ¿Y qué tal Caltech?

—Puede que vaya a ver si Caltech me necesita cuando acabe mi tesis.

—Por supuesto que te necesitan, Rinaldo.

—Sí, por supuesto.

Le pitó el teléfono en la oreja para indicarle que tenía otra llamada. La ignoró.

—¿Dónde estamos hoy?

—En el Báltico —indicó—. No, la Londres industrial. La Londres de Dickens.

El pitido cesó y su padre se rio.

—Solo tienes frío.

—Estamos trabajando como mulas en… ¿cómo se llama? Donde procesan las salchichas, la sala de refrigeración.

—Está todo refrigerado, Rinaldo. Es carne.

—Vale, sí, estamos ahí.

—Preferiría otro lugar.

—Te aseguro que yo también.

Volvió a sonar el pitido y Aldo suspiró.

—¿Qué es? —preguntó Masso.

—Hay alguien en la otra línea, espera…

Miró la pantalla, los dientes le castañeaban y se ajustó más la chaqueta. Parpadeó.

—Papá, te llamo después.

—No pasa nada, podemos hablar mañana.

—Vale, gracias…

Le temblaba el pulgar cuando cortó la conversación con su padre.

—¿Sí?

—Hola —respondió Regan.

Sonaba sin aliento, casi desesperada.

—¿Va todo bien? —le preguntó y ella soltó una carcajada.

—Necesito una cosa. Es… un favor raro. Pero, técnicamente, tú has preguntado primero.

—Vale —respondió con desconfianza—. ¿Seguro que estás bien?

—Estoy bien. Es que… —Volvía a vibrar. Podía sentirlo por el teléfono—. La he encontrado.

—¿El qué?

—La llave.

Aldo parpadeó.

—¿Aldo?

—Sí, estoy aquí.

—Necesito un favor.

—Sí, ya. ¿Cuál?

—Necesito verte. —Carraspeó—. Quiero, eh… dibujarte —aclaró y el sobresalto inicial se vio reemplazado por la curiosidad.

—¿A mí?

—Sí, ¿estás libre hoy?

Lo consideró mientras contemplaba su aliento elevándose en el frío cortante.

—Sí —contestó un momento después.

—Ah, bien.

Aldo se quedó callado, y entonces:

—¿Tengo que ir a tu casa?

—No, no, voy yo a la tuya. Tu apartamento da al norte, ¿verdad? Habrá buena luz.

Qué curioso que recordara ese detalle, pensó. La única vez que había estado allí, él había estado estudiándola, y todo mientras ella estaba comprobando la dirección a la que daban sus ventanas.

—Sí, vale. —Empezaban a dolerle los pulmones, contenidos en el interior de las costillas—. ¿Alrededor de las doce, doce y media?

—Doce y media. Tengo que acabar lo que estoy haciendo aquí.

—¿Necesitas que… haga algo o…?

—No. —Soltó una risita—. No, Aldo, no tienes que hacer nada.

—Ah, de acuerdo.

—Tal vez fumar algo —le sugirió—. Si lo necesitas, ya sabes.

Aldo sacudió la cabeza.

—No lo necesito.

—Muy bien. Nos vemos a las doce y media.

—¿Seguro que estás bien?

—Sí, ¿por qué no iba a estarlo?

—Suenas —comenzó y se quedó callado— bien —decidió.

La palabra que tenía en mente era «brillante», tal vez «cegadora», pero no tenía sentido y ella volvió a reírse.

—Tú también suenas bien. Nos vemos luego.

—Sí. Adiós, Regan.

—Adiós, Aldo —se despidió y colgó.

Miró el teléfono, apabullado, y vio cómo desaparecía su nombre de la pantalla.

Igual lo había hecho, pensó. Igual alguna versión de él había vuelto atrás en el tiempo, lo había cambiado, lo había arreglado, había abierto la puerta que ella nunca terminó de abrir y eso la había traído de vuelta. Quizás lo había resuelto en alguna parte y su yo actual nunca lo sabría.

O tal vez aún no estaba hecho. Aún no.

Se estremeció de frío; se ajustó más la chaqueta y agarró el casco.

Ya había pensado suficiente por el día.

Regan miró el almacén que había alquilado, que estaba ahora ocupado por quince lienzos de tamaños diferentes. La pintura de su padre estaba colocada de forma solemne en la esquina, sobresalía por encima del resto, todas ellas réplicas de originales de otras personas. Ese era el problema, se recordó con un suspiro. Ese fue el problema hasta el día anterior por la tarde, cuando se puso a juguetear con la llave del almacén, pensando en nada, solo en su forma.

Solía soñar así, con nada, solo líneas y patrones y texturas. El arte era un lenguaje con un vocabulario ilimitado y una sintaxis limitada; conceptos infinitos con oportunidades sin límites para expresarlos, pero solo un número finito de formas de hacerlo. Color, línea, forma, espacio, textura y valor, seis elementos en total, que eran ahora reveladores para ella hasta que comprendió por qué mientras deslizaba el dedo por el borde de la llave.

Abejas.

Miró sus falsificaciones, sus imitaciones delicadas.

«Hoy voy a hacer algo», les dijo. «Algo nuevo».

Estas la miraban sin mostrar ningún apoyo.

¿Por qué él?, preguntó la imitación de la pintura del estudio de su padre.

«Porque...», comenzó ella. Porque sé que se sentará a posar. Porque sé que no va a reírse de mí, no me va a agobiar, no va a extinguir esta cosa pequeña y frágil que he encontrado, este aliento que he tomado. Porque él sabrá lo que significa, porque me pedirá que lo haga, porque me lo ha pedido. Porque no puedo dejar de verlo a él. Porque no sé si puedo entenderlo bien sin mirar, sin prueba, pero también porque necesito saberlo, porque ya lo he intentado. Porque así es como cambiará todo o como acabará.

Ha llamado ya al museo y ha dicho que necesita el día libre. No han mostrado oposición. Le han deseado que se recupere pronto, aunque ella no ha dicho en ningún momento que no esté bien. Eso era justo lo que no le pasaba.

Ya ha llamado a Marc también, poco después de llamar al museo.

—Qué bien que hayas encontrado una afición, cariño —le dijo la tarde anterior y le dio un beso en la cabeza mientras ella se acercaba más el cuaderno de dibujo, bloqueándole la vista de los dibujos con el brazo. ¿Reconocería la mano, la forma de la palma, el ángulo de los dedos? ¿Los había visto reflejados en sus ojos igual que los veía ella en su mente? Probablemente no, pero no estaba preparada para que conociera las formas de sus pensamientos, para que viera la geografía de estos.

Eso era el arte, ¿no? La exposición descarada del interior de tu cabeza.

—Hoy tengo terapia —le dijo—. Igual me voy de compras después.

—¿No has visitado hace poco a tu psiquiatra?

—Sí. Es que tengo muchas cosas en la cabeza.

No sabía por qué se había molestado siquiera en llamar a Marc. Hacía lo que quería la mayor parte del tiempo, o, más bien, todo el tiempo. Suponía que quería que él pensara: *Qué raro*. Tal vez quería que le preguntara: ¿Estás bien? Posiblemente deseara que sintiera que algo estaba fallando de forma sistemática, que tuviera la impresión de que esta conversación no era como el resto que habían tenido.

Lo retó a preguntarle: ¿Me estás mintiendo?

Lo que dijo él fue:

—Bien, me alegro de que te estés cuidando. —Y luego le dijo que la quería, que iba de camino a una reunión con la empresa de un posible cliente, y antes de colgar le prometió que la vería esa noche. La pantalla se puso negra en su mano.

Regan miró la pintura del despacho de su padre, reproduciendo los mecanismos de su concepción. Se había pasado toda la noche en vela trabajando en ella; después, cuando llegó a casa, se pasó días perfeccionándola, y luego mirándola durante horas en busca de alguna conclusión. Las pinceladas eran del artista, no de ella. Era una falsificación en todos los aspectos posibles de su creación. No había aportado nada propio en la reproducción, se había limitado a clonar el hambre que existía allí antes, y luego había hecho lo mismo otras doce veces más, demostrándose a sí misma que al menos podía ver todavía, podía pensar, podía interpretar.

Pero no era suficiente y lo sabía. El arte era creación, le murmuró una voz al oído. Estaba diseccionando una parte de ella y sirviéndola para su consumo, para especulación. Para la posibilidad de que se malinterpretara y para la inevitabilidad del juicio. Para el abandono del miedo, la recompensa tendría que ser la posibilidad de la ruina, y ese era el sacrificio inherente. Eso era el arte, susurró su mente, y deslizó el dedo por el borde de la llave del almacén, los bordes dentados como dientes le arañaron la piel. Tú y yo, tú-y-yo, tú y yo, el corazón me va a abrir un agujero en el pecho hasta que no lo sepa, y no he terminado, no pude haber terminado aún, este no puede ser el final.

Y fue entonces cuando tomó el teléfono, eligió el contacto que decía «para cuando la encuentres» y llamó a Rinaldo Damiani.

Ella estaba en la puerta de la casa de Rinaldo con un cuaderno y lápices, vestida con un jersey gris y unos vaqueros. Él vio que llevaba los pendientes de granate, pero no se fijó en ningún otro detalle. Parecía decidida, casi desafiante, cuando abrió la boca y, todavía removiéndose, habló:

—Voy ser clara. Solo quiero dibujarte, nada más.

—De acuerdo —respondió y le hizo un gesto para que entrara.

Su apartamento tenía rieles de luz, consecuencia de los gustos del propietario. Al entrar, Regan empezó a moverse por el piso, encendiendo luces, apagándolas.

—¿Tienes algo para...?

Señaló y él asintió y le pasó una banqueta que tenía guardada en un rincón de la cocina. Regan se subió y giró las bombillas.

—Cuidado con...

—Todavía no están calientes —le aseguró con brusquedad y le indicó que se colocara junto a la ventana—. Espera aquí. Te acomodo en un segundo.

Él la complació y se puso al lado de la ventana, como le había pedido. Regan frunció el ceño y reordenó el espacio vacío dentro de su cabeza.

—Vale —dijo y volvió a fruncir el ceño—. ¿Eso es lo que vas a llevar puesto?

Su camiseta de siempre y los vaqueros negros.

—Es lo que llevo ahora, sí. Conceptualmente no, puedo cambiarme.

El ceño fruncido de ella pasó de pensativo a vacilante.

—¿Puedo...? —preguntó, señalando su armario.

—Tú eres la artista. —La animó a que se adelantara.

Regan rebuscó en el armario, que no tenía mucha ropa. Él la observaba, notó su mirada de inseguridad y carraspeó.

—¿Qué tal te ha ido?

—Bien —respondió. Se detuvo, reprimió algo y entonces se volvió para mirarlo—. Sigo con Marc.

—Bien.

—Nada nuevo, la verdad.

Aldo emitió sin querer un sonido grave, algo parecido a una carcajada, y ella dio media vuelta con brusquedad.

—¿Qué?

—Es obvio que hay algo nuevo —expuso, y añadió—: O... no sé. Todo.

—¿Algo o todo?

—Dímelo tú.

—No ha cambiado nada.

—Ha cambiado algo —replicó él y ella se volvió de nuevo hacia el armario, dirigiendo la atención a otro lugar, al espacio que había entre las perchas.

—He vuelto a pintar —comentó, mirando las camisetas.

—Pero ¿querías dibujarme a mí?

Hizo énfasis en el «dibujar» y no en el «a mí».

—Sí. Te pintaría, pero tendría que traer más cosas. Puede que otro día.

Había sido una decisión impulsiva entonces. O compulsiva.

—¿Qué vas a dibujar?

—No lo sé. A ti, supongo. No te importa, ¿no?

—No.

—Bien, genial, a otras personas sí.

—¿Estás haciendo un estudio anatómico o...?

Regan se quedó helada y se giró para mirarlo.

—Sí —respondió tan despacio que dudó que su cerebro y su boca estuvieran de acuerdo—. Sí —confirmó, con más fuerza esta vez, y luego, levantando la barbilla—: Sí. Probablemente tengas que quitarte la ropa.

Aldo parpadeó.

—Oh.

—Solo la camiseta —le aseguró y puso una mueca—. Bueno, no. Toda.

—Toda —repitió él y ella asintió.

—Ahora no quiero pintar tela. —Se apartó del armario con decisión—. La ropa es una ilusión y, además, no me gusta ninguna de tus prendas. Quiero plasmar cómo caen las sombras.

—¿Y quieres que te sirva de modelo?

—Por supuesto, ¿quién va a hacerlo si no?

—¿Cómo sabes que voy a aceptar? No he dicho que sí.

—Lo sé —dijo con firmeza y Aldo lo consideró un instante.

—¿Qué vas a hacer con los dibujos?

—Donarlos al Louvre —respondió con perfecta solemnidad.

—Tienen un listón muy alto —señaló—. Supongo. Espero.

—Puede que me subestimes. Además, me dijiste que querías la llave del arte. —Cerró la puerta del armario y avanzó en su dirección. Estaba decidida. Esto estaba sucediendo de verdad—. Esto es lo más parecido a tenerla —comentó, retándolo a contradecirla—, ¿no?

—Elegí la llave del arte porque estaba casi seguro de que no ibas a entregármela. —Era verdad. Era capaz de dedicar sus pensamientos a un buen número de problemas imposibles. También era un buscador de cosas inalcanzables.

—Estabas equivocado.

Le lanzó una mirada que decía «vamos, desnúdate».

Él accedió, se quitó la camiseta y se detuvo.

—¿Dónde quieres que me ponga?

Ella volvió a observar el lugar.

—En la cama, supongo.

Estaba muy bien hecha, como solo una cama con tan pocos elementos podía estarlo. Se adelantó y quitó el edredón, recolocó las sábanas y apoyó dos almohadas contra la pared.

—Siéntate aquí.

Aldo se quitó los vaqueros y el bóxer, los dobló con cuidado y los colocó en el suelo antes de hacer lo que le pedía. Que estuviera desnudo resultaba menos relevante que el hecho de que fuera a analizarlo, a teorizarlo a su modo, con ropa o sin ella. De pronto era muy consciente de lo que se sentía al ser una ecuación.

Se acomodó en la cama, retrepado, pero ella lo detuvo rápidamente con una mano en el esternón y ajustó las almohadas detrás de él. Sus dedos en la piel eran diligentes e impasibles, se movieron a los hombros, inclínate así, la barbilla arriba, no abajo, de acuerdo, ahora levanta una rodilla así, sí, dobla así la pierna, bien, perfecto. Se detuvo y volvió a mirarlo, y luego le agarró el codo y lo apoyó en la rodilla. ¿Así? Sí, así. Toda la comunicación fue en silencio, él la miraba mientras ella recolocaba las partes de su cuerpo. Regan miró por la ventana, las luces, de nuevo a él. ¿Debería de apartar la mirada? Giró la barbilla, la ladeó en la misma dirección que el brazo extendido, y ella corrigió el movimiento tirando de él, tomando con firmeza la barbilla.

—Mira ahí —le indicó y él ladeó la barbilla por encima del hombro, dirigiendo la mirada hacia ella—. Voy hacer unos estudios de tus manos —explicó, moviéndole los dedos para asegurarse de que estaban relajados—, y de tus piernas, pero luego quiero hacer también el cuello. Y la cara.

—¿Retrato?

—Solo de forma secundaria. —Y de ese modo se convirtió en un objeto, un artículo de la habitación, como una mesa o una lámpara. Ella lo miraba del mismo modo que podría estar mirando un anillo de condensación—. ¿Estarás cómodo si te quedas un rato así?

—Sí, estoy bien.

—Estupendo. —Le tomó la barbilla con un dedo para dejarla firme—. No la bajes.

—¿Tengo que mirarte?

—Mira adonde quieras, pero no bajes la barbilla. Deja los dedos relajados y no te olvides de respirar.

—¿Por qué iba a olvidarme de respirar?

—No lo sé, pero eso es lo que le decimos a la gente.

—¿Decimos?

—He estudiado, Aldo. En una clase. Con otros artistas.

—Ah, entonces *eres* una artista.

Ella le lanzó una mirada reprobatoria.

—*Shh* —chistó y reculó un paso para agarrar una de las herramientas de la isla de la cocina—. Voy a sentarme aquí a dibujar.

—Vale.

—Puedes hablar si quieres. Solo estoy haciendo bocetos.

—¿Hablar de qué?

—De cualquier cosa. —Eligió un lápiz y bajó la mirada. Lo movió primero en el aire, antes de que Aldo oyera el débil sonido rasposo del grafito en el papel—. Del tiempo si quieres.

Tiempo.

Érase una vez.

Tiempo para empezar.

Tiempo y otra vez tiempo.

Tiempo tras tiempo.

El tiempo es una función de mentiras, un truco de la luz, una mala traducción.

—En Brasil hay un grupo de unas ochocientas personas, una tribu —comentó—. Se llama Pirahã.

Al parecer, eso la divirtió.

—Vale, háblame de ellos.

—No se preocupan por nada excepto por lo que han presenciado personalmente. Memoria viva, podríamos decir. No se preparan para el futuro y no almacenan comida. Solo... comen lo que tienen. —Hizo una pausa, atento al sonido del lápiz—. No tienen religión... y tiene sentido porque ¿qué es la religión si no la promesa vaga de una recompensa que nadie ha visto?

Regan levantó la vista.

—¿Qué tiene que ver esa tribu con el tiempo?

—Pues al parecer el tiempo es una forma completamente distinta cuando vives en el presente inmediato.

—Una forma distinta —repitió ella, concentrándose de nuevo en el dibujo—. ¿No es hexagonal?

—Esa es la dirección del tiempo —le recordó—, no la forma.

—¿Y cuál es la forma?

—No lo sé. Solo puedo entender el tiempo según mi experiencia.

—¿Que es...?

—Un poco diferente de la de Pirahã. Por ejemplo, yo espero despertarme por la mañana. Necesito luz, refrigeración, todo eso, por lo que pago la factura de la luz todos los meses. Ese tipo de cosas. —Estaba mirándole la rodilla, ladeando la cabeza para examinar el ángulo—. No puedo entender qué aspecto tiene el tiempo porque me encuentro dentro de mi experiencia de él, pero sea cual sea la versión del tiempo en la que estoy, tiene que ser distinta de la versión que ocupa Pirahã.

—Lo dices como si estuvieras atrapado —observó Regan—. O como si lo estuvieran ellos.

—¿Y no lo estoy? ¿No lo estamos? No podemos acelerarlo ni ralentizarlo. No podemos dirigirlo.

—Todavía. —Esbozó una media sonrisa.

—Solo sabemos que el tiempo no puede existir dentro de las denominaciones babilónicas del sesenta. No puede ser. Un segundo es solo un segundo según *nuestra percepción*. Intentamos estandarizarlo, hacerlo útil, pero no conocemos las reglas. Probablemente nunca conozcamos las reglas.

—¿Y cómo te sientes al respecto? —Estaba riéndose.

—Atrapado —respondió y Regan levantó la mirada.

—¿Sí?

—Sí. De vez en cuando.

—¿Como si fueras un prisionero mortal?

—Te estás riendo —observó y ella levantó la comisura del labio como confirmación—, pero sí, algo así. ¿Alguna vez te preguntan qué vas a hacer después?

—Siempre. Todo el tiempo.

—Exacto. Eso es lo que quiero decir.

—No bajes la barbilla

—De acuerdo.

Regan volvió a concentrarse en el papel, siguió dibujando.

—No me importa estar atrapada —murmuró, deslizando con suavidad el lápiz, como si acariciara la hoja—. A veces me gusta. Es más sencillo. No hay que pensar.

Aldo se puso a dar golpecitos en la rodilla con los dedos. Ella levantó la cabeza y le lanzó una mirada que decía «para».

Paró.

—No quieres de verdad que las cosas sean sencillas, ¿no?

—No. Pero me gustaría quererlo.

—¿Por qué?

—Si el tiempo es una trampa y yo soy algo así como una maldición predeterminada, sería un alivio. La idea de que pueda tener opciones u otros espacio-tiempos que ocupar es un tanto sobrecogedora.

—¿No te gusta sentirte sobrecogida?

Parpadeó.

—¿Por qué dices eso?

—No lo sé. Sencillamente me parece que estás buscando algo que te sobrecoja.

—¿Parece que esté buscando algo?

—Creo que, si no fuera así, no estarías aquí —respondió él con cuidado.

Regan volvió a levantar la mirada y esta vez detuvo el movimiento del lápiz.

Le frustraba enormemente que nunca pudiera demostrar que el tiempo no se detenía cuando ella lo miraba a los ojos. No obstante, se recordó, tal vez si se lo grababa en la memoria, podría regresar a él en otra forma, con un entendimiento mejor.

Al final, Regan carraspeó.

—Voy a dibujarte la boca, así que es mejor que no hablemos durante un rato.

—Vale —respondió cuando ella devolvió la atención al dibujo. Aldo contempló el hecho de volver a vivir en ese único segundo del tiempo, cuando él y ella existían en perfecta sincronicidad.

Su segundo dedo del pie era más largo que el primero, tenía los pies estrechos, los arcos elevados y no había callos. Si hubiera nacido para llevar tacones altos, se los habría llenado de ampollas, y Regan sintió alivio ante la idea de que Aldo probablemente nunca conociera ese dolor. Tenía las pantorrillas estrechas y delgadas, y también los cuádriceps. Estaban bien proporcionados, aunque le había pasado algo en la rodilla. Había una cicatriz, tal vez una cirugía, puede que se hubiera caído. No tuvo beso maternal que le calmara el dolor y ahora la marca de la inatención permanecería ahí para siempre.

Las líneas remarcables eran, por cronología de su aspecto: la que tenía en el lateral del muslo, la curva del hombro alrededor del bíceps, la cresta de la clavícula, el borde de la mandíbula. El gradiente de color era más saturado en las piernas y se desteñía cerca de las caderas, se volvía de nuevo más cálido en los brazos, el cuello, la cara. El espacio más distintivo era el que no se veía entre los ojos y los pensamientos, separados por lo que a Regan le parecía una distancia de kilómetros, eones, años luz.

Los dedos, que ya conocía mejor que nada aparte de la boca y los ojos, empezaron a moverse tras unos minutos de silencio. Su cerebro se había marchado a algún lugar y los dedos danzaban junto a sus pensamientos, casi meciéndose. Estaba dibujando formas diminutas en el aire, letras pequeñas, narrando sus teorías al espacio vacío. La habitación parecía estar llena, tal vez incluso concurrida con todo lo que él había inyectado en ella, aunque mantenía la barbilla en el lugar en el que ella la había colocado. No había ninguna grieta perceptible ahí, todo él era suave e ininterrumpido, excepto la barba de dos días de la que nunca se deshacía del todo y la sombra natural bajo los huesos de las mejillas. Respiraba de forma estable, rítmica, se le notaba el pulso en el cuello. Regan contó sus latidos, dando golpecitos suaves y diciéndose a sí misma que era importante para una representación adecuada. «Hombre en reposo», pensó en denominar su dibujo, aunque no estaba en absoluto en reposo.

Movía los dedos, estaba concentrado en algo de nuevo. Algo incendiaba su cabeza y se extendía hasta sus extremidades, perturbándolas. La pendiente del torso hasta las caderas resultaba ahora más obvia y todo estaba mal. Era él de nuevo, precisamente como siempre había sabido que nunca podría capturar.

—Para —le pidió y los pensamientos de Aldo regresaron de donde estaban. Volvió a dedicarle su atención—. Te mueves demasiado.

—Ah. —Intentó recolocarse—. ¿Así?

—No, Aldo, no… —Exhaló un suspiro, soltó el cuaderno y se acercó a él para colocarlo—. Pierna aquí, manos aquí. Relaja los dedos —dijo, moviéndoselos, y él le lanzó una mirada divertida—. No, *relájalos*, mira… aquí, déjame…

Entrelazó los dedos con los suyos, abriendo y cerrando la mano, y luego le dejó los dedos sobre la rodilla, pidiéndole en silencio que hiciera lo mismo. Esperó con la palma cálida sobre sus nudillos y, después, poco a poco, dedo a dedo, se fue relajando.

Regan sentía la rigidez en el torso de Aldo, no estaba respirando. Le había pedido que respirara y, cómo no, no la había escuchado.

—Respira —indicó y volvió a tensar los dedos—. Aldo —dijo, exasperada. Le dio un empujón y se sentó a su lado, arreglando las cosas que estaban mal.

Rodilla así, sí, gracias. Brazo así. *Curva* la mano, sí, así, deja que caiga.

Se volvió y Aldo alzó la mirada, que tenía previamente fija en su cuello.

Regan no pudo evitar querer conocer sus pensamientos. Quería entrelazar los dedos con ellos, tomarlos con las manos, enredárselos en las piernas hasta que la envolviera con la red invisible de su locura cuidadosamente ordenada.

—¿Tiempo o abejas? —le preguntó.

—Esta vez solo los grupos cuánticos de siempre —contestó con tono amable. Regan sintió las palabras, como si él las hubiera depositado en sus manos—. No pienso en abejas tanto como crees.

—¿Cómo es pensar tanto que tu cuerpo cambia?

—Normal ahora. —Se quedó un instante callado—. Cuando no estoy en movimiento, me siento un tanto... estancado.

—¿Los pensamientos acelerados hacen que el resto de tu cuerpo quiera correr también?

—Algo así, sí.

Le pasó los dedos por los nudillos, flexionándolos y estirándolos.

Tú y yo, pensó rítmicamente, *tú-y-yo.*

—¿Puedo decirte la verdad? —preguntó sin mirarlo.

Él se inclinó hacia delante, rozándole el hombro con la mejilla, y asintió.

—No me estoy tomando las pastillas. No duermo. —Espiró con dificultad—. Estoy... tengo problemas. Diagnosticados, quiero decir. Problemas que debería de estar tratando.

Y, entonces, con tristeza, añadió:

—Supongo que tendría que habértelo contado antes.

Él volvió la cabeza. Notó su mirada en ella, aunque se negaba a devolvérsela.

—¿Te sientes como si tuvieras problemas?

—No. —Lo miró con una mueca y él abandonó la postura, el esfuerzo de posar—. Me siento un poco como... no lo sé. Como antes, o tal vez como ahora, pero no es igual. El tejado está arreglado pero las ventanas siguen rotas.

—¿Y antes?

—El agua entraba por todas partes. No en torrente, sino un goteo estable imposible de localizar. Siempre tres grados más fría de lo que me gustaría.

—Ah, ¿qué ha cambiado?

—Ahora estoy pintando. —Puedo pintar de nuevo—. No quiero parar. Ni siquiera quiero arreglar las ventanas, solo quiero inundar la maldita casa. —Carraspeó—. No, es mentira. No quiero que se inunde, pero no quiero la casa. —Una pausa—. Quiero incendiar la casa y salir mientras arde.

—Vale, pues hazlo.

—No puedo.

—¿Por qué no?

—Porque eso es, técnicamente, manía. O hipomanía.

—Yo no soy médico.

Tenía la boca torcida hacia arriba y si Regan miraba abajo, se vería a ella misma, vería cómo se había acercado a sus brazos, pero no lo hizo. No podía apartar la mirada de su cara, que no decía: «¿Qué pasa contigo?», sino: «Eh, hola, encantado de conocerte».

—No me has preguntado si estoy mintiendo.

Aldo se encogió de hombros.

—Porque ya sé que no estás haciéndolo.

—Lo del dibujo no es una treta. Voy a dibujarte de verdad.

—Ya lo sé.

—Lo digo en serio.

—Lo sé, te creo.

—Pero me has dicho que parezco distinta.

—Sí, así es. Suenas diferente.

Regan puso una mueca.

—Eso probablemente serían los pensamientos apresurados.

—Tómate las pastillas entonces. Si es lo que quieres.

Extendió los dedos por encima de su pecho, poseyéndolo.

—No quiero —confesó—. No puedo volver, ya no. —No solo dejas de quemarte, pensó con desesperación, y, como respuesta, Aldo puso una mano fría encima de la de ella, trazando la forma de sus dedos.

Regan deslizó la nariz por debajo de su barbilla, agradecida, y acarició con los labios el movimiento de su garganta al tragar saliva.

—¿Volver a qué? —se interesó él.

La pregunta olía como él. Sus dedos jugueteaban en su columna, saltando de vértebra en vértebra como el movimiento de sus fórmulas. ¿Qué harían cuando se embarcaran en el trabajo de resolverla a ella?, pensó.

Se estremeció, se le aceleraba la respiración, y las caricias de Aldo en su espalda pararon donde la cachemira se encontraba con la piel, expectante.

—No puedes arreglarme —le susurró, recorriéndole el cuello con la boca. ¿Lo entiendes, sabes lo que sostienes en las manos, sabes lo pronto que se rompe?

—No veo nada que haya que arreglar.

Le clavó las uñas en el pecho, un poco de violencia para combatir su propia suavidad, para subvertir las amenazas de su inseguridad, y él la tenía entre sus brazos en un segundo, antes de que pudiera negarse, antes de que pudiera pensar en hacerlo ella misma. Regan le envolvió el cuerpo con los brazos, obediente, y le pasó los dedos por el pelo, los labios por las cicatrices; él curvó la mano en su nuca. Tú y yo, resonaba en su pulso, tú y yo, y su respuesta, sí, sí, sí y lo sintió deslizarse entre sus piernas. Tú y yo juntos, sí, lo sé, yo también lo noto. Acércate y susúrramelo otra vez, acércate y dímelo de nuevo.

La boca de Aldo era cálida en su garganta, el aliento suave junto a su mandíbula, el suspiro que abandonó sus labios escapó sin permiso, dando paso a un hambre tan voraz que no comprendía cómo no había podido satisfacerla antes. Esta no era la respuesta, pensó desesperada, y mientras tanto su pulso decía: «Tú y yo», su mente le recordaba: «Este momento sabrá siempre a basura, olerá a polvo, hasta que te limpies el paladar».

Se apartó rápidamente, se levantó y agarró el cuaderno, los lápices, los metió en el bolso y se dirigió a la puerta. Él se incorporó, pero no se movió, no la siguió, no dijo nada. A Regan le temblaban las manos y salió por la puerta al pasillo, *tú tú tú* al ritmo de sus pasos.

Ya había presionado el botón del ascensor cuando se dio la vuelta y volvió, casi corriendo.

Él abrió la puerta al primer toque, con el bóxer puesto.

—¿Sí?

—Aldo, yo…

Lo miró, indefensa.

—¿Quieres verlos? —preguntó a falta de una oferta mejor mientras sostenía el cuaderno con manos temblorosas, y Aldo la miró en silencio.

Unos segundos se extendieron entre los dos.

—¿Estás preparada para enseñármelos?

¿Estás preparada?, le preguntaron sus ojos verdes, porque si te dejo entrar, no te dejaré salir.

Exhaló una bocanada de aire al comprender.

—No. Aún no.

—De acuerdo.

Dio un paso atrás.

—De acuerdo —contestó y se marchó.

Cuando volviera, como inevitablemente haría, él abriría la puerta y ella abriría los brazos, y durante el resto de la noche no habría más preguntas. Pasarían unas horas entre esos hechos, sin embargo. Tal vez un día o así.

Primero sería Madeline, en casa por vacaciones, diciendo: «¿Qué estás haciendo con la pintura de papá?», y luego lo típico entre las dos: «No se lo digas a mamá».

Madre mía, Char, es idéntico.

Sí, lo sé.

¿Lo has pintado tú?

No se lo digas a mamá.

Charlotte, ¿qué estás haciendo? ¿Estás metida en líos?

No, no, pero no se lo digas a mamá, ¿vale?

No voy a hacerlo, pero Char... espera un momento. Charlotte, ¿esos son mis pendientes?

Sí, ¿quieres que te los devuelva?

No, a ti te quedan mejor.

Ya lo sé, y luego un abrazo de despedida, un beso en la cabeza de Carissa.

¿Y luego, después de Madeline?

Luego el camello, claro, que preguntaría: ¿Es original?

Por supuesto que es original. ¿Ves la firma? Busca autentificación, si quieres.

Esto vale... en fin, una buena suma de dinero, a decir verdad.

¿Lo bastante bueno para que lo quieras?

Sí, definitivamente sí, deja que haga una llamada de teléfono.

¿Y luego, qué?

Una maleta, la que siempre supo que haría algún día, solo que esta vez, cuando se detuvo para meter dentro las cosas que le importaban, comprendió que no había aquí nada que le importase de verdad. En cambio, metió casi todo en bolsas de basura, muchas bolsas de plástico con sus materiales inmateriales, y faltaba una conversación. Dos conversaciones, en realidad.

La primera sería breve: Regan, voy de camino a una reunión, ¿qué pasa?

Nada importante, solo es para avisarte de que no estaré en casa cuando vuelvas, gracias por la forma que le has dado a mi vida, pero se acabó, no va conmigo.

Y luego la segunda: ¿Puedo ayudarle?

Sí, ¿cuánto vale todo esto?

No lo sé, es un armario completo.

Sí, lo sé. ¿Cuándo lo sabrá?

Tal vez... ¿mañana? ¿Pasado mañana?

Está bien, tómese su tiempo, este es mi número de teléfono.

¿Dónde tiene su residencia? Si hay cosas que no podemos aceptar...

Aún no lo sé. Si no puede aceptarlo, dónelo.

¿Seguro? Son muchas cosas, la mayoría parecen caras.

Sí, seguro.

Luego, cuando todo hubiera desaparecido, encontraría algo, cualquier cosa. ¿Noventa metros cuadrados? Claro, bien, no necesitaba espacio. ¿Qué tenía? Siempre que la luz fuera buena, bastaría.

Tendremos que realizar una verificación de crédito rutinaria, claro. Lo comprende.

Puedo darle la renta de un año por adelantado.

¿Puede...?

Sí. Un cheque, ¿de acuerdo?

Bueno... de acuerdo, sí, bien.

(No es el mejor barrio, pero tampoco el peor).

No iba a lanzar el teléfono al río ni al lago. Eso era huir, y no estaba huyendo.

No estaba huyendo. No estaba escapando. Estaba regresando y solo parecería que huía hasta que llamara a la puerta de Aldo y él abriera y sucediera lo siguiente:

¿Estás preparada?

Y ella diría: Sí, estoy preparada.

Vamos, Rinaldo, empecemos de nuevo.

CUARTA PARTE

PRIMERAS VECES

La primera vez con ella es apresurada, embarazosamente acelerada, más rápida de lo que le gustaría. La primera noche es ella en la puerta de su apartamento, diciendo palabras que apenas puede oír por el esfuerzo de reconocer la realidad, de pedirle a su cabeza que no diga ¿es un sueño?, ¿no hemos soñado esto?, y recordarse que no, que es real, es real porque detrás de él va a hervir pronto el agua, hay que echar la sal y luego la pasta, va a pitar el horno y la cena llegará a continuación. Su cerebro no está pensando *oh, está aquí, lo sé*; su cerebro no es de ninguna utilidad para él. Está pensando ¿qué hora es? Y no quiere decir que son las seis, no quiere decir que es por la tarde, ni siquiera quiere decir que es la hora de cenar, solo quiere decir ¿dónde estamos *en el cosmos*?, porque he vivido esto tantas veces en la fantasía que tiene seis formas diferentes en la realidad y ahora, dime, ¿en qué realidad estamos?

La primera vez, él no hace preguntas que cuenten como preguntas; nada periodístico como cuándo, cómo, dónde, qué y, más importante, por qué. Como por qué él, por qué nadie, pero, en especial, ¿*por qué él*? Pero no pregunta nada informativo, solo se hace a un lado, le permite entrar. Ella mira a su alrededor, el agua que va a hervir y la pasta y el pollo en el horno; reconoce que ha entrado en una habitación que no tenía planes de contenerla a ella y que ahora tiene que expandirse. Abre la boca para disculparse y él, sin pensar (pensando solo que no quiere que se disculpe, que el «perdón» de su lengua solo debería de reservarse para la más capital de las ofensas, como desaparecer de su vida para siempre), le toma la mano y la sostiene con urgencia. Ella baja la mirada y cierra la boca y puede que el corazón le lata más deprisa. Puede que se le acelere la respiración, puede que deje de respirar. No oye los sonidos de sus reacciones físicas por culpa del ruido que resuena en sus oídos. Es un matemático, un científico, y es preciso en su espera, es ella quien se abalanza por él, hacia él. La alza en la isla de la cocina y están los dos casi vestidos del todo cuando se hunde en ella, justo ahí, al lado de la pasta que pronto estará cocinada. Presiona la frente en la de ella y ella alza las caderas de la encimera tal vez de mármol, tal vez no, nunca ha sido un experto en materiales, pero sabe que la siente a ella suave, delicada, como el terciopelo. Conoce ahora su textura y no puede volver a no conocerla. El agua hierve y él se corre, no sabe si ella también, le pregunta y ella se ríe. Ella tira de él para pegar sus bocas, le dice a su lengua y dientes y aliento entrecortado tengo hambre, ¿qué hay para cenar?

La segunda vez es más lenta, perezosa incluso. Esta vez los dos están llenos, él tiene la camiseta salpicada de vino porque han bebido sobre el otro, inestables. No saborea la pasta, solo la mira mientras come, mientras habla, ¿has hecho tú esto? Sí, lo he hecho yo, Masso dice que la comida precocinada es inaceptable, vaya, bien, mejor para mí. Ella tiene la blusa desabotonada, le ve el sujetador y el pecho enrojecido, donde sus labios y probablemente la barba de dos días le han arañado la piel. Piensa desesperadamente *tendría que afeitarme*. Lo sorprende mirando y se ríe, se inclina hacia delante, señala el vino en su camiseta y dice eres un desastre. Él piensa en cómo le envuelve las caderas con las piernas. Sí, es un desastre. Métela en la lavadora antes de que impregne, dice, y aunque sacrificaría encantado una camiseta por la prueba de que esto ha sucedido, dice vale, vale, se quita la camiseta y la mete en la lavadora (lavandería en casa, la mayor de las bendiciones) para lavarla, pero ella está en el pasillo, mirándolo. Ha estado dentro de ella, le ha gustado su comida, ha venido aquí por él. Lo inunda como una ola, ahogándolo, y al principio lo deja entumecido para después encenderlo, iluminarlo, resucitarlo. Ella se acerca y se agacha para inspeccionar su trabajo, y cierra la puerta de la lavadora. Se coloca detrás de ella mientras ella finge que examina los botones. Posa la mano en sus caderas y ella se estremece.

Esta vez, será para ella.

Le coloca las manos abiertas en la lavadora cuando esta empieza a vibrar con esfuerzo, zumbando bajo sus palmas. Desde donde se encuentra él, con los labios en su nuca, todo tiembla. Esta vez, son el Barolo y ella en su paladar. Esta vez le quita la ropa despacio, le arranca los pétalos con cuidado, espera a que sus nudillos se tornen blancos en la lavadora y luego desliza la lengua entre sus labios, con las manos en sus muslos. Se olvidará de la pasta, se olvidará del color de la etiqueta, pero recordará el vino. Pensará en él cada vez que le vea las piernas desnudas, cada vez que se coloque a su espalda. Colada limpia, vino tinto y ella, por primera vez ve la peca tenue que tiene en la parte de atrás de la rodilla y a partir de entonces la marca como una estrella del norte. Esta vez termina con un gemido. Rechina entre sus dientes y se acerca a él para decirle, sin aliento, sabía que serías así. Sabía que te sentiría en todas partes, en todo mi cuerpo, lo sabía. Se bambolea contra él despacio, susurrándole lo sabía, lo sabía, lo sabía al oído hasta que vuelve a gemir, las manos de él aferradas a sus caderas.

La tercera vez es turbulenta, llena de réplicas que ascienden por la columna y descienden de nuevo en caída libre. Están en el tejado, hace mucho frío, él intenta llevarla abajo, al apartamento donde se está caliente, pero ella dice no, no, vamos a quedarnos aquí, así me siento viva, como si pudiera morir así. Él no le dice que a menudo ha pensado lo mismo, pero cree que es posible que ella lo vea, pues encuentra sus mejillas con las manos. Lleva puesta ropa de él, está envuelta bajo una manta con él cuando empieza a mover las manos, cuando estas expresan su desinterés en permanecer vacías, cuando se llenan de él. Él se atraganta, ya no soy un adolescente, ella se ríe, ¿no? Y sí, tiene razón, vuelve a estar duro, madre mía. En algún lugar hay reglas sobre esto. Reglas de la física, reglas del esfuerzo humano básico, reglas sobre no tener sexo en un condenado tejado, pero ella es persistente y él sigue lamiéndose el sabor de ella en los labios. Tiene un porro sin encender entre los dientes, finge que es capaz de rechazarlo. No lo es. Ella lo ve. Baja la cabeza para retarlo y el porro cae de la boca en alguna grieta del hormigón, en las fisuras de su constitución. Cede, se gira, y los dos están temblando de frío y probablemente por la adrenalina, y esto es lo que recordará, cómo tiemblan los músculos de sus brazos y las piernas de ella mientras se mantiene en pie, mientras ella lo consume.

Consumo, eso es. Lo está comiendo vivo. Dice buenas noches y ella sonríe y dice hasta mañana, enreda las piernas con las suyas. Lo ancla, después se aparta y orbita a su alrededor. Él se mueve, ella se mueve. En sueños ella es diferente. Tiene el pelo suave, sedoso y él no lo toca por miedo a despertarla, pero quiere hacerlo. En sueños parece que está flotando, como si él y ella estuvieran bajo agua, conteniendo la respiración. Ella se despierta cerca de las cuatro y parece desorientada (¿cómo hemos llegado aquí, al fondo del océano?) y entonces lo ve y se tranquiliza con un ah, bien. La cuarta vez que la toca es por eso: oh, bien. ¿En qué estaba pensando al decirlo? ¿Estaba pensando lo que él espera? «Oh, bien, estás aquí, no lo he soñado». ¿O estaba pensando otra cosa? «Oh, bien, no te has ido». «Oh, bien, sigo sintiéndome igual que anoche». «Oh, bien, hoy es domingo, me he despertado y no me he muerto en sueños». ¿Qué es?, le pregunta en silencio mientras tiene sexo con ella, le suplica con los labios presionados en los suyos. Ni siquiera ha empezado a pensar en su beso, en cómo se siente al besarla, que es normalmente el paso uno, pero con ella es algo que va más allá de la intimidad. Ser lo que hay en su lengua significa más para ella, se da cuenta. Requiere más permiso besarla que compartir su aliento, que hundirse en su vagina, que ocupar su sexo.

«Oh, bien», dijo cuando lo vio al despertarse y eso es lo que él piensa mientras la besa.

Oh, bien. Eres tú.

Hay un breve descanso cuando lo acompaña a la iglesia. Esta vez entran de la mano, no se la suelta. Tendrían que haberse duchado, pero a él le gusta tenerla por todo el cuerpo. Lo hace sentir más sagrado, cubierto de algo que no supone duda. Lleva su olor sobre los hombros, donde han estado sus piernas. Nadie conoce las profundidades que ha alcanzado, el hombre en el que se ha convertido desde que la ha tocado a ella. Piensa en todas las otras versiones de sí mismo haciendo el amor con todas las versiones de ella y decide sacarlas de todas las realidades alternativas, de todos los espacios y tiempos alternativos, y colocarlas en este. Espera que ella no haya desarrollado la habilidad de leerle la mente, que no se esté viendo a sí misma agachada en el banco o posada de forma majestuosa sobre el altar, con su cabeza embelesada entre sus piernas. Se muestra especialmente reverencial este domingo. Este particular domingo se pone de rodillas encantado.

La quinta vez es novedad y extrañeza, desconocimiento en sí misma. Ella le enseña el estudio que ha alquilado. Es difícil llegar allí en transporte público, pero él prefiere caminar de todos modos. Le enseña sus pinturas, sus dibujos de él. Todo esto es imposible, joder, ella es imposible. Ha agarrado una página en blanco y la ha convertido en algo hermoso, ¿cómo ha podido hacerlo? Es una maga, por supuesto que puede leerle la mente, sabe exactamente lo que estuvo haciéndole durante una hora en la casa del Señor. Ella sonríe. Estás muy callada, le dice. Ah ¿sí? Se encoge de hombros. Deberíamos ducharnos. Ella está resbaladiza, cuesta agarrarla, pero así y todo la agarra con firmeza.

Se separan un rato, él tiene que trabajar, aunque la verdad es que no quiere abrumarla. Lo que quiere es subirse a la moto e ir a alguna parte donde pueda gritar al aire vacío, donde pueda inspirar algo que no esté lleno de ella solo para demostrar que aún puede significar algo, solo por si acaso. Por si acaso. Ella es elusiva, impulsiva, lo deseaba ayer y hoy él está en plan «ah, bien», y luego solo «ah». Anota sus pensamientos, o lo intenta. Lo que se le escapa son las formas, organizadas, ajustadas. Orden, eso es lo que necesita. Su apartamento es un desastre, tiene platos sucios y en la lavadora hay una camiseta manchada y ella está en todas partes. Está en todos sus espacios y todos sus pensamientos. Contempla fórmulas y grados de racionalidad y todos se convierten en ella. Piensa en el tiempo, que acaba de empezar, o al menos ahora es distinto. Piensa: *Los babilonios estaban equivocados, el tiempo está hecho de ella.*

La sexta vez ve motas de pintura en sus brazos, un poco en la mejilla. Se ríe, ¿qué estabas pintando? Ella dice muy seria: A ti, siempre a ti, no puedo evitarlo. Últimamente solo a ti. Madre mía, piensa él, algo nos pasa, no estamos bien, no ha habido nunca nadie que sienta nada de esto sin que acabe en destrucción. Han caído imperios como este, piensa, pero eso solo hace que la desee más, que se mire las manos y piense dios mío, qué pérdida de tiempo haciendo otras cosas que no sean abrazarla. Qué desperdicio, y después dice en voz alta: Madre del amor hermoso, ¿qué me has hecho? Y ella dice: Bésame.

La besa, piensa: *Vamos, destrózame. Acaba conmigo, por favor.* Ella le devuelve el beso y eso hace.

La primera vez que discuten está segura de que lo ama. Es la primera vez que lo sabe de verdad porque, aunque sus pensamientos se lo han estado diciendo durante días y en alguna parte hay un incendio por él que es imposible de extinguir, no cree de verdad que el amor sea más que ciencia. Hormonas, evolución, amor, fusión nuclear, teoría cuántica, es todo una teoría. Es todo una sensación a la que tratan de dar una explicación porque los humanos son insignificantes y estúpidos. Porque la gente quiere ser romántica con todo, quiere poner nombre a las estrellas, contar historias. El amor es una historia, eso es todo, hasta que discute con él la primera vez.

La primera vez que discuten sabe que lo ama porque nunca antes le ha merecido la pena tener una discusión. Con otros, con Marc, siempre era: «Regan, por favor, Regan, sé razonable, no quiero hacer esto ahora, estoy cansado. Regan, ¿estás así de difícil porque estás aburrida?». Y en cuanto a ella, siempre era: «Vale, vale, lo siento». Puede que la parte de *lo siento* no, porque casi nunca lo sentía, pero sí el ceder. La resignación estaba ineludiblemente vinculada a La Discusión. Antes de Aldo, el amor era concesión. El amor era un fulminante: «Sí, cariño», o la sensación de: «No discutas», «Ten cuidado», «Esta no es tu casa y pueden echarte fácilmente». Pensaba que el amor significaba ser Razonable, un nombre propio para un esfuerzo propio, para el trabajo evasivo de Amor y Relaciones, y le hacía pensar de vez en cuando en su historia de amor más corta. En aquella vez en Estambul en la que estaba cruzando una calle, un tren le bloqueaba el paso, un hombre dentro del vagón central, guapo. Sus ojos la encontraron (los ojos siempre la encontraban) y le hizo un gesto, ven, ven. Ella negó con la cabeza, no, no seas loca, él puso una mueca y articuló con la boca: «Por favor». Y, por un segundo (por un instante, por una exhalación), lo consideró. Consideró subir al tren solo para decirle: ¿Es esto el destino? No lo hizo y él desapareció, se fue para siempre. Ya no recuerda su cara, pero recuerda la sensación: ¿Soy la chica que se queda cuando otras se van?

A veces odia no haber cometido la locura de subir a aquel tren, y el ansia de arreglarlo, de hacer algo de otro modo, siempre la ha acompañado. Se convirtió en una impulsividad que no la ha abandonado. Piensa: *Odio no haber subido a aquel tren, odio haberlo visto marcharse y desvanecerse,* y al principio piensa que ama a Reinaldo Damiani igual que amó al chico del tren. Como si verlo marchar la fuera a perseguir durante el resto de su vida.

Pero entonces discuten y piensa: *Puede que esto sea diferente.* No es una discusión muy grande, pero lo importante es que la tienen, que sucede. Sorprendentemente, así no es cómo sabe que él la ama. Esto no tiene nada que ver con él. Ya sabe que su cerebro es algo foráneo a ella, que contiene pocos bolsillos de misticismo que ella nunca comprenderá, por mucho que pueda hundir sus tentáculos avaros. Por lo que cuando él dice _____, ella dice _____, más que nada para retarlo. Después se olvidará de sobre qué discutían, solo que sucedió y, más importante, que cuando ella dijo ???, él dijo !!!, y no lo negó. No dijo Regan, ¿de verdad quieres hacer esto ahora? Regan, estoy cansado, mejor no. Regan, vete a la cama, es tarde y estás discutiendo por discutir. Él no hace nada de eso, en cambio él !!! cuando ella ???, y cuando ella !!, él ??, y debería de estar enfadada, lo sabe. Debería de estar irritada o cansada, como siempre se muestra la gente con ella, pero no es así. En cambio, piensa: *Lo amo*, y por un momento no importa si él la ama a ella. Basta con saber que el interior de su pecho es más que un lugar de almacenaje.

Sabe lo suficiente como para no confundir disculpas con afecto. La gente siempre se arrepiente, así que cuando se acerca a ella en el colchón, ella sabe esperar, suspirar y decir: «Está bien», pero él la sorprende y dice: «Amo tu cerebro». No sabe qué analizar primero, si el uso de la palabra «amo» o que no sea lo que estaba esperando, o la idea de que alguien pueda sentir afecto por su cerebro cuando apenas se ha esforzado por moldearlo. Su cuerpo, eso es fácil de amar, y su personalidad, la versión que sea, está diseñada para cada ocasión. Siempre ha estudiado a otras personas, a pesar de lo que piense su madre. Su madre cree que se rebela solo por rebelarse, para provocar, pero esa es otra forma de estudio, piensa Regan. Entiende lo que quiere la gente de ella, sabe cuándo darlo y cuándo no. ¿No se trata de eso? ¿No es ese el éxito de una rebelión, saber lo que quiere la gente para negar con vehemencia lo que otros desean con desesperación?

A Regan siempre se le ha dado bien eso, hacer que la gente la odie o la quiera dependiendo de su humor, pero nunca se ha parado a pensar en sus pensamientos. Y entonces lo dice, amo tu cerebro, y está tan sorprendida que le dan ganas de discutir de nuevo con él. Quiere lanzarle cosas de forma desesperada

(¡Dios es un mito! ¡El tiempo es una trampa! ¡La virginidad es un constructo! ¡El amor es una prisión!) solo para hacer que lo diga de nuevo, que demuestre que es verdad. Oh, ¿te gusta mi cerebro? ¿Te gusta cuando hace esto o esto otro? ¿Te gusta cuando significa que estoy sin vida en el suelo, con una pastilla en la lengua o el pene de un extraño? ¿Puedes amar mi cerebro incluso cuando es insignificante? ¿Cuando es malévolo? ¿Cuando es violento?

¿Puedes amarlo cuando no me ama a mí?

Piensa tan fuerte que quiere acallar los pensamientos con sexo, algo que casi siempre funciona. Le gusta el sexo con Aldo, lo desea, tan solo la idea hace que todo su cuerpo vibre. Cómo encajan juntos, él dentro de ella, lo desea en exceso, desea, igual que siempre, calmarse con él, ahogarse en él, que sea tan vasto y devorador que la engulla por completo, pero ya antes se ha sentido de ese modo con el sexo, con los hombres y chicos. Ya se ha perdido a sí misma muchas veces, de muchas maneras, así que quiere hacerlo de nuevo y piensa que será familiar. Pero con él nada es familiar y el sexo mucho menos. Duerme con la mano en su pene solo para confortar a su subconsciente con la forma, pero esto, amo tu cerebro, es más. Ya sabe que está enamorada de él y ahora sospecha que él también lo está de ella, de un modo que hace que se lo crea. Tira de él hacia ella, lista para recompensarlo, pero él se ríe y para sus manos apresuradas. Podemos respirar, ya sabes, le dice. Ella refunfuña un poco en la cabeza: Oh, su cerebro, ¿eso es lo que quiere? Pues aquí lo tienes, todo él. Acerca su cara a la de ella, le muerde el labio, dice: Voy a contarte mis secretos.

Él le lame la boca. Cuéntamelos.

Comienza leve, pero moderadamente pecaminosa, no está convencida de que esté preparado para escuchar las cosas importantes, las peores. Le cuenta que flirteó con un profesor para que le cambiara una nota. Le habla del vecino, la primera persona que le tocó la teta y le dijo: «Genial». Le habla de la clase de la asignatura de Química que estuvo a punto de suspender por el chico que se sentaba a su lado, que hizo sus tareas de laboratorio porque ella le puso ojitos, le envió unos mensajes guarros, sí, vale, hay fotos de sus tetas en alguna parte, en la nube de alguien, probablemente sí. Aldo escucha con una sonrisa, una sonrisa que dice: Ummm.

Antes de darse cuenta, está confesando otras cosas: No soy muy buena en nada en particular. No soy muy inteligente. La gente no lo sabe enseguida, pero al final lo averigua. A veces pienso... No, espera, estoy mintiendo, a todas horas pienso: *Todo el mundo tiene razón conmigo. Soy el factor común, lo que quiere decir que tienen razón.*

Al principio, Aldo no dice nada, le acaricia la mejilla igual que cuando está pensando (Regan no espera que lo entienda, el tiempo ni nada, ni tampoco quiere, en serio, los misterios le gustan), pero entonces vuelve a decir: ¿Por qué lo hiciste?

Se refiere a ¿por qué tú, una persona con mucho dinero y talento y un futuro prometedor, decidiste cometer un crimen?

Su psiquiatra, la doctora, dice que fue porque quería fracasar. Porque se estaba autosaboteando.

Es una teoría, pero él no le ha preguntado qué piensa su psiquiatra.

¿Quién dice que se conoce a sí misma? Si supiera que iban a atraparla, ¿no se habría limitado a no hacerlo?

A él le parece una pregunta excelente.

Le alegra que lo piense.

Quiere que responda la pregunta, o que lo intente.

Ella piensa que le ha incautado un tiempo secreto.

Así es, pero no le importa.

Quiere que la bese. (Coloca la mano de él entre sus muslos).

Él no va a permitir que se salga con la suya.

Bien, puede que entonces se vaya, tiene su apartamento, no necesita dormir allí, además, es un entrometido.

Puede que lo sea, pero ha empezado ella y puede irse en cualquier momento si quiere, siempre y cuando regrese.

Vale, pero solo porque ha dicho la última parte. Está harta de que la gente le diga que es libre para marcharse, lo odia.

Él no quiere que se vaya, pero aparece en el libro de normas para dejar que las personas tengan voluntad. «Si tiene que ser, que así sea» y todo eso.

Ella piensa que es una estupidez, ¿acaso no puede aguantar la gente?

Él está de acuerdo.

Vale, no sabe por qué exactamente, pero cree que una parte tenía que ver con tomar un barco que se hundía y dirigirlo a algún lugar, cualquier lugar. Incluso la idea de un choque era mejor que flotar sin rumbo fijo.

¿Por qué se estaba hundiendo su barco?

Solo era una metáfora, solía usarlas.

Vuelve a preguntarle: ¿Por qué se estaba hundiendo su barco?

¿Su barco? Siempre se está hundiendo, lo odia, es hundirse o explotar, pero nunca parece ir a ninguna parte.

Él no cree que sea verdad.

Él no la conoce tan bien, ¿no? Solo ha mantenido un número «x» de conversaciones con ella y se han acostado un número «y» de veces.

No, no, él quiere ser muy claro: así no funcionan las matemáticas.

Dios, ¿está haciendo esto ahora?

Él está muy interesado en la exactitud, se sienta para hacerle una gráfica: «x» es desde cuándo conoces a una persona, «y» es lo bien que la conoces. Puede que solo la conozca desde hace «x», pero mira el crecimiento exponencial de «y». Mira lo empinada que es esta curva, ¿ve lo que quiere decir?

Sí, sí lo ve, a regañadientes. ¿A dónde quiere llegar?

No quiere llegar a ninguna parte, pero quería decírselo.

Ella cree que es increíblemente rarito.

Él lo sabe. ¿Le parece bien a ella?

¿Bien? No tiene ni la más remota idea.

Él le recuerda que no han hablado de cómo se encuentra, por lo de las pastillas y todo eso.

Ella no quiere seguir tomándolas. No le gusta lo que le hacen, lo perdida que la hacen sentir. Puede que ese sea el gran secreto, que aunque odia sus sentimientos, prefiere tenerlos a no tenerlos. Tal vez la enormidad de todo es que odia los altibajos y sabe que están mal, que no deben pasar, pero sin ellos no es ella misma. Se echa de menos a sí misma. No sabe quién es, pero *quiere* saberlo, quiere *descubrirlo*, y no puede hacerlo con pastillas. Entiende que eso debe de ser duro para él.

¿Por qué importa lo que es duro para él? Él no tiene nada que ver con esto.

Por supuesto que sí, tiene que ver, porque está inscribiéndose para compartir su espacio cerebral, su espacio de pensamientos. Lo quieran o no, la discusión que acaban de tener volverá a suceder, y él se cansará de ella y entonces *ella* se cansará de sí misma, pero prefiere cansarse de ella que cansarse de la mitad de ella que le hacen sentir las pastillas.

Por supuesto que se ha inscrito para ello.

¿Qué?

Por supuesto que se ha inscrito para ello, es lo que quiere. ¿Por qué va a entender nadie sus altibajos? Él los quiere todos, egoístamente, posesivamente. Quiere tenerlos, él no tiene altibajos, ha estado… estancado.

¿Estancado? Él no está estancado, es un genio.

Lleva años intentando resolver el mismo problema. Él es la definición de estancamiento.

Esa es la definición de locura, y definitivamente está loco. (Esto lo dice con cariño).

Vale, está loco, ¿está contenta ya?

Muchísimo. (Lo está).

La cuestión es que él no necesita que ella sea nada, no necesita que tome pastillas. Le gustaría que fuera honesta si quiere serlo, pero si va a mentirle, quiere saberlo.

Eso no tiene ningún sentido.

Sí lo tiene, no quiere ser la persona *de* la que se esconde, quiere ser la persona *con* la que se esconde. Esto es muy claro, ¿no se da cuenta? ¿No tiene ni idea de lo difícil que le resulta existir con otras personas? Y aquí está ella, este misterio, este acertijo, ¿no sabe lo mucho que le encanta su impredecibilidad, sus giros y cambios? ¿Ella considera su cerebro un problema? Bien, él ama los problemas.

Sigue usando el verbo «amar», ¿se da cuenta de eso?

No lo ha pensado de verdad, pero ¿qué va a decir?

No espera que diga nada, solo está… comentándolo. Nunca antes han hablado de amor, solo de sexo.

Eso es porque solo ha amado a personas con las que nunca se ha acostado y se ha acostado con personas que no ama, una coincidencia. El sexo ha sido siempre una ocurrencia posterior.

Es curioso que tenga ocurrencias. Son demasiados pensamientos. Además, el sexo es olvidar, sentir.

A él no le gusta olvidar ni sentir.

¿No le gusta entonces el sexo con ella?

No, no ha dicho eso, ama el sexo con ella.

Otra vez «amar». Está haciéndolo otra vez.

Vale, le *gusta* el sexo con ella, ¿mejor así?

No. ¿Le *gusta*?

Por eso ha dicho que lo ama.

No se le dan muy bien las palabras.

No, ya lo sabe, a la gente le desagradan sus palabras y, además, no puede explicar nada. Ya lo ha visto enseñando, eso lo sabe.

¿Por qué no mejora?

Ella debería ir a la escuela de arte.

Está evadiendo el tema.

No, está pensando. Debería ser artista y, si quiere ir a la escuela de arte, debería hacerlo.

Él no sabe nada de arte, solo se muestra parcial.

¿Con qué?

Con ella, claro.

No, si pensara que no es buena se lo diría. O al menos no le diría que es buena si no fuera así.

Está equivocado. Puede que para su ojo desentrenado sea agradable, pero ella no puede *convertirse* en artista así sin más, no funciona así.

Por eso ha sugerido la escuela, si ella quiere.

Antes necesita algo. Una idea.

¿Un problema imposible? (Está bromeando, pero ella está seria).

Sí, eso. Algo a lo que merezca la pena consagrar todos los pensamientos.

¿No puede encontrarlo?

Sí, podría, pero quiere descubrirlo antes de decidir invertir en ello.

¿Cómo va a descubrirlo? No, así no, para ser claros. (Está sacudiendo la cabeza mientras ella baja por su torso).

No lo sabe. Por Dios, ¿no puede ser un tipo normal, aceptar la mamada y decir gracias?

Le da las gracias. Pero también está serio, quiere que lo descubra, ¿puede ayudarle?

Puede ayudarle estándose quieto.

Debería saber que los secretos del universo no están en su pene.

¿Lo ha comprobado él?

Está familiarizado con el estado real.

No se refiere a eso.

Él no tiene ni idea de qué quiere decir.

(Silencio).

Deberían discutir más a menudo.

Ella estaba pensando lo mismo. ¿Cuáles eran sus motivos? ¿Las mamadas? Podía tenerlas sin necesidad de discutir, es parte del pack de todo incluido.

No, las mamadas no, piensa que es capaz de sentir que ellos (él-y-ella, ellos) cambian un poco de forma. Y lleva tanto tiempo con esta forma que podría hacer alguna expansión.

Es una idea extraña, pero no le sorprende.

¿No sabe qué es lo que quiere decir? Está bastante seguro de que sí lo sabe.

Bueno, puede que sí. Pero ella se siente ahora distinta, así que a saber si es él, otra cosa o todo.

¿Podría amarlo si siguiera con las pastillas?

No, no podría, no se lo habría permitido, o las pastillas no le habrían dejado. Además, lo ha vuelto a decir.

¿Qué? ¿Amar? Probablemente porque no es tan buen mentiroso como ella.

Ella lo sabe.

¿Significa que se siente de la misma forma?

¿Acaba de arruinarlo o no? (No piensa admitirlo).

Sabe perfectamente que eso no es amor.

Le sorprende incluso que él crea en el amor.

No es así, pero es lo más parecido a tener un nombre para el concepto. El tiempo existe solo según su conocimiento de qué es el tiempo, aunque probablemente sea otra cosa totalmente diferente. Pero pueden seguir llamándolo tiempo, porque todo el mundo ha aceptado llamarlo así.

Es… increíblemente teórico por su parte.

Es un matemático puro.

De acuerdo, digamos que no hay un nombre preestablecido para eso, ¿cómo se siente?

Ella le está haciendo preguntas muy complicadas.

Bien, no le gusta lo fácil.

Él ya lo sabe. Le gusta eso.

Ah, así que le gusta.

Quiere abrazarla, pero no puede.

La está abrazando ahora mismo, ¿lo ve? (Así es).

Así no, físicamente no.

Quiere… ¿abrazarla mentalmente?

Algo así. Sí. Si es que le ve el sentido. (No se lo ve).

Tal vez deberían de hablar de ello otro día. Tienen mucho tiempo para las conversaciones, dice él, y ahí es cuando ella sabe, dios, *¡lo sabe!,* que lo ama tan profundamente, tan pasional y devastadoramente que cuando se lo diga, las palabras parecerán inevitablemente vacías e insignificantes.

La primera vez que discuten, ella está segura de que lo ama.

Pero no se lo dice, aún no.

—Ven a casa conmigo —le pidió él.

Regan estaba remoloneando, mirando a su alrededor, estirándose lánguidamente para pasar los dedos por su pecho.

—Creía que ya estaba en casa contigo.

Él negó con la cabeza.

—A casa, casa.

—¿*Casa*, casa?

—Casa, casa.

Lo consideró, algo que tal vez debería haber hecho antes, pero le estaba costando cada vez más hacer cosas sin ella, incluso en la cabeza. Ella y sus pensamientos estaban ahora unidos, hasta el punto en el que incluso las matemáticas, que siempre habían resultado agradables por ser solitarias, se habían vuelto profundamente solitarias. En ocasiones la imaginaba en su clase, contemplándolo desde el fondo del aula. «Paciencia, Aldo, explica esto, no lo has explicado». La veía en sus reuniones de la tesis, sentada a su lado: «¿Estás seguro, Aldo?», con el ceño fruncido, pensativa. «Pero ¿has considerado esto, o esto, o esto otro?», cosas que le decía de forma regular, como un bache en su narrativa interna. Siempre estaba interrumpiendo, parándolo para decir de un modo u otro «no tiene sentido». Siempre necesitaba mirar las cosas desde todos los ángulos, darles la vuelta, mirar por los agujeritos para encontrar la verdad.

La Verdad. Parecía encontrarla solo indagando con una fascinación obscena, una destrucción que se acercaba a la perversidad, sin importar el tema. Este tipo de pasta, ¿por qué? ¿Por qué esta temperatura? ¿Qué pasa si pones «x» aquí?, no funciona así, ¿por qué no? Incluso el sexo era una obra de experimentación, prueba esto, Aldo, háblame así, no, así no. Regan estaba siempre pensando, pero ella lo llamaba sentir, y fuera lo que fuese, era rápido y difícil de seguir. Aldo se sentía perdido consistentemente, pero notaba que estaba cambiando. Sentía caminos de pensamiento nuevos, unos que no había seguido previamente por supervivencia (cosas que había rechazado por motivos de: no es una pregunta práctica, imposible, nunca funcionará así) y que ahora aparecían, desgastados, bajo sus pies. Sentía a Regan entrelazando los dedos con los suyos y tirando de él: ¿Y *esto*, has pensado en hacerlo *así*, Aldo? Aldo, hazme el amor y responde todas mis preguntas, ¡plácame con respuestas!, ¡con atención!, con tus caricias. Aldo, házmelo hasta que se calle mi mente, arrójate conmigo, eufórico, por el borde de una maldita colina.

Por fin había terminado el semestre. Había pasado la siguiente ronda de presentaciones orales para su tesis, había calificado los exámenes, se había enfrentado al «gracias, Damiani» murmurado por los alumnos que habían aprobado por los pelos, había entregado sus evaluaciones del final del trimestre al decano. Todo era como antes, como el trimestre anterior, excepto por unas pequeñas y sutiles diferencias. El casco extra que llevaba amarrado a la mochila, solo por si acaso. Comprobar el teléfono más a menudo, esperando que apareciera su nombre en la pantalla. La llave extra en el llavero, recién cortada y pulida, para cuando estaba despierta a las tres de la mañana y decía con un susurro ronco: Aldo, tienes que ver este tono de azul *ahora mismo*, quiero que lo veas conmigo. Quiero verte viéndolo por primera vez.

Nunca le había ocultado muchas cosas a su padre y Regan no era un secreto. ¿Qué era?, ¿su novia? Suponía que sí, aunque le parecía una palabra estúpida para referirse a ella. ¿Qué era entonces? Es... no lo sé. ¿A qué te refieres con *no lo sé*, cómo es posible que no lo sepas? No, sí lo sé, es solo que no creo que exista la palabra. Eh, bueno, cuéntame entonces dónde estamos en el tiempo, Rinaldo. Perdidos, papá, perdidos, ya no entiendo qué es el tiempo, cómo funciona, qué hace, lo dejo. Ah, dijo Masso, de acuerdo, ya veo lo que es. ¿Qué significa eso, papá? ¿Qué es? Es tu... ya sabes, tu provocadora, es tu perturbación. Palabras muy grandes, papá. Sí, Rinaldo, palabras grandes para un concepto grande, buena suerte, te quiero, nos vemos pronto.

—Casa —repitió Regan. Él estaba jugueteando con su pelo, enrollándolo alrededor del dedo, los mechones sedosos y densos brillaban en espiral—. ¿Estás seguro de que quieres llevarme? Sé lo mucho que significa tu padre para ti.

—Sí. —Exactamente, esa es la cuestión.

—Igual no le gusto.

—¿Y? Yo no les gusto a tus padres.

—Es diferente, ellos odian a todo el mundo y, además, ellos no importan.

—No creo que sea verdad.

—Créetelo. —Resopló y rodó en la cama para ponerse frente a él. Tenía los ojos demasiado abiertos, vulnerables. Había dejado de maquillarse cuando estaba con él y era hermoso, destructivo, verle los ojos con tanta claridad. Parecía más joven, cinco años o vidas enteras al menos. Hacía que gruñera algo en su interior, algo primitivo que le hacía querer matar tigres por ella, aporrear a otros hombres con mazas. Marc había llamado dos veces al menos. No se lo había ocultado, se había reído incluso y le había ofrecido el teléfono a Aldo, pero no lo había aceptado. Ya no confiaba en sí mismo.

—No causo siempre buena impresión, Aldo. Especialmente con padres.

—¿Por qué con padres?

—No lo sé, yo solo sé flirtear. Los hombres mayores me hacen sentir incómoda.

Hombres, pensó. Los hombres te hacen sentir incómoda.

—Vas a gustarle. A él le gusta... lo raro.

—Ah, ¿ahora soy rara?

—Pasas tu tiempo libre conmigo, ¿no?

—Ya. —Deslizó una uña por su pecho hacia abajo, haciendo circulitos en el esternón—. ¿Le has contado que soy artista?

—Sí.

—Pero no lo soy.

Le besó la cabeza.

—De acuerdo, pues no lo eres.

—No me trates con condescendencia —gruñó, aunque le rodeó el cuello con un brazo y acercó los labios a los suyos—. Lo odio —le susurró, acariciándole los dientes con la lengua. Regan sabía a sal, a salsa amatriciana, que a él siempre le sabía salada.

—Ven a casa conmigo —repitió y ella suspiró con los dedos enredados en su pelo.

—¿Y si tu padre me odia?

—No va a odiarte. No odia a nadie.

—Podría odiarme. —Su voz era amarga, sabía ahora a anís—. Mucha gente me odia.

—No importa —murmuró él, levantándole la barbilla.

Regan le rodeaba la garganta con la mano de forma experimental. Deslizó el pulgar por la nuez, probando. Aldo se preguntó qué estaría pensando. Se preguntaba a menudo por sus pensamientos, incluso en casos extraños en los que sabía que no tenía. ¿Qué pensaba Regan sobre los grupos cuánticos? Respuesta: Regan no pensaba en grupos cuánticos y, así y todo, la mente de él no podía dejar de preguntárselo. Se colaba en sus calculaciones e insistía, haciendo comentarios. ¿Qué pasa de verdad en una superposición, Aldo? Cuando las partículas están en dos o más estados a la vez, ¿qué significa?, ¿qué significa para nosotros?, ¿qué significa para el tiempo? ¿Conoceremos algún día *la Verdad*?, y él pensaba, insatisfecho: no, Regan, no la conoceremos, no puedo hacerlo, siempre supe que nunca lo sabría, y ella expresaría su decepción con el chasquido de los dedos. Dame la verdad, Aldo, o desaparece de mi vida, fuera.

El beso progresó, como solían hacer los besos. Le gustó cómo cambió ella la dirección, cómo eligió su rumbo o al menos colocó las manos en sus manos y le dijo tú eliges, dime, ponme donde quieres que esté, colócame a tu antojo y veamos adónde nos lleva esto. Aldo estaba siempre pensando, incluso durante el sexo, pero al parecer a ella le gustaba. Le acariciaba el pelo con las manos, el cuello, o las presionaba en su cráneo, como si quisiera abrirlo y descubrir lo que había dentro. Le gustaba. Le gustaba lo acaparadora que era, lo egoístamente insistente que resultaba. Le gustaba incluso cuando era avara, cuando no era generosa. Le gustaba más cuando decía, con un chasquido de dedos, eres mío ahora.

—Supongo. —Regan exhaló un suspiro—. Debería de hacer lo que me pides, ¿no?

—¿Te pido mucho?

—No, solo todo —respondió, medio sonriendo, y giró la cabeza—. ¿Voy a decepcionarte? —Su voz era un susurro, la juventud de su rostro volvía a engañarlo, a atraerlo a una seguridad falible. Por eso eran ridículos todos sus instintos primarios. Ella era la cazadora, no él.

—No.

Regan lo pensó un momento, pasándole el pulgar por el pómulo.

—Vale, entonces iré —concluyó y le dio un beso.

Cosas que sabe Rinaldo Damiani:

Física cuántica, o algo así. Regan no lo entiende del todo, pero sea lo que sea, Aldo lo sabe. Sabe cálculo, álgebra, la mayoría de las cosas que vienen después del cálculo y el álgebra, todas las cosas que van antes. Sabe cierto grado de física, no le importa; el hecho de que las cosas funcionen es para él menos importante que la idea de a qué podría *convencer* para que funcione si lo pensara con suficiente insistencia. Conoce los rasguños, las cicatrices del cuerpo de ella, sabe cuándo come y cuánto, sabe que no le gusta el queso de cabra a menos que lo combine con algo dulce. Sabe boxear, le ha enseñado a hacerlo, sabe lo suficiente como para quedarse quieto y decir: Pégame aquí, no me va a doler. Bloquearé el golpe si es necesario. Sabe cómo defenderse y aquí está de nuevo la ironía: odia la física, pero entiende los rasgos de lo físico. Conoce el ángulo por donde agarrarla de las caderas. Conoce lo profundo que puede llenarla, lo duro que puede ser antes de que duela. Conoce esa expresión de ella que significa ahora no, estoy pensando; conoce la que significa sí, ahora, pero un segundo; conoce la que significa no te molestes en hablar, limítate a quitarte la ropa, no sé por qué la llevas puesta. Sabe que sus relaciones son complicadas. Sabe qué llamadas atiende y cuáles ignora. Sabe, mientras que su doctora no lo sabe, que no se está tomando las pastillas. Sabe que oye la voz de su madre en la cabeza y que a veces pierde su propia voz dentro de ella; sabe que vuelve a encontrarla cuando él le toma la cara entre las manos y le dice: ¿Estás ahí? Sabe mucho, lo sabe casi todo. Ella sabe que es un genio.

Cosas que Rinaldo Damiani no sabe:

«Charlotte, ¿estás ahí? Te llamé hace dos semanas, no me has devuelto la llamada, he llamado a Marc y me ha dicho que te has ido. ¿En qué estás pensando?». «Charlotte, solo llamo para comprobar que estás bien, faltaste a nuestra última cita. Por favor, llámame para ponerle fecha». «Char, mamá está como loca, devuélvele la llamada. Saluda a Aldo de mi parte. Carissa pregunta si vas a venir en Navidad. Más te vale que sí o creo que mamá va a explotar. No bromeo». «Hola, este mensaje es para Charlotte Regan de la consulta de la doctora __, por favor, llámenos cuando pueda». «Regan, esto es muy propio de ti, en serio. Si has recuperado la cordura, ya sabes cómo encontrarme». «¡Regan! Estoy en la ciudad hasta Navidad, ¿quieres que comamos juntas? Lo sé, lo sé, no se me ha dado muy bien mantener el contacto, pero deberíamos de ir a tomar algo». «Vaya, no puedo creerme que me hayas devuelto la llamada, qué milagro. Lo siento, estaba trabajando, un turno largo, pero escucha, no quiero ser yo quien se lo cuente a mamá. ¿Hay alguna manera de que... ya sabes? Me alegro de que seas feliz con Aldo y de que estés viva, pero, Char, de verdad, no puedes creer que esta es la mejor manera de tratarlo». «Charlotte, por supuesto que podemos encontrar a un sustituto mientras no estás, las vacaciones son una época complicada. ¡Espero verte a tu regreso! En cuanto a las clases, me pondré en contacto con alguien del Instituto, seguro que podemos encontrar algo».

«Hola, este mensaje es para Regan, el libro que solicitó sobre dibujo de figura humana ha llegado, tiene cinco días para recogerlo». «Regan, cielo, llama a esa hermana de sororidad tuya, ¿Sophie? ¿Samantha? Como sea, me dijo que te llamó para decirte que estaba en la ciudad y que no le devolviste la llamada. Estoy un poco preocupado por ti, no voy a mentirte. Perdona por el mensaje de la otra noche, estaba fuera de mí, pero sigues importándome. Solo dime que estás bien». «CHARLOTTE, ¿POR QUÉ PAGAMOS UN TELÉFONO SI NO TE MOLESTAS NUNCA EN CONTESTAR?».

—Eh. —Aldo le dio un codazo—. ¿Estás bien?

—Estaba pensando que debería comprarme un teléfono nuevo. O tirarlo sin más, vivir desconectada.

—No es práctico, sospecho. —Aldo se encogió de hombros. Le lanzó una segunda mirada, tal vez una tercera. Regan se metió el teléfono en el bolsillo, se volvió hacia él con una sonrisa y él sacudió la cabeza—. Estás mintiendo.

—¡No he dicho nada!

—Sí, y es una mentira. —Miró por encima del hombro y luego tiró de ella hacia él, rodeándole el cuello con el brazo, casi parecía una llave de cabeza, pero así era Aldo. Su versión de proximidad era limitante, y le gustaba. Le gustaba cuando le pasaba la mano por la nuca y la movía así. La hacía sentir estable, segura. Se inclinó hacia delante y deslizó los labios por su mandíbula, le mordió suavemente.

—*Auch...*

—Me has llamado mentirosa. Te lo merecías.

—Vale, no estás mintiendo. Pero sí que estás pensando.

Como respuesta (y en represalia), metió la mano por sus vaqueros negros. Él la miró con reprobación.

—Estamos en el aeropuerto.

Tiró de la cremallera, solo para probar algo, y él suspiró.

—Vale, no me lo cuentes —dijo y ella alzó la barbilla, mirándolo a los ojos.

—No le he dicho a mis padres que no voy a ir a casa por Navidad.

Aldo enarcó una ceja.

—No les he contado nada en realidad —aclaró.

La empujó hacia delante para avanzar en la cola.

—¿Porque no quieres que sepan de mí? —le preguntó.

—No, no quiero que sepan de *mí*.

—De acuerdo. —Le dio un beso rápido en la frente—. Es tu decisión.

Ja, como si fuera a dejar que acabara la cosa ahí.

—Lo desapruebas, ¿verdad?

—No voy a fingir que entiendo tu relación con tus padres.

—¿Por qué no? Entiendes todo lo demás.

—Un día descubrirás que mi comprensión de las matemáticas no se traduce a un entendimiento del comportamiento humano. —Exhaló un suspiro—. Y entonces pensarás que en realidad soy un idiota.

—Oh, eso ya lo sé —le aseguró, haciendo que sonriera ligeramente—. Eres un inútil integral, pero aun así. Sé sincero, lo desapruebas.

—No tengo fundamento para aprobar o desaprobar. Yo solo… ya sabes, estoy aquí mientras quieras quedarte conmigo.

Ella lo miró, impactada.

—¿No crees que vaya en serio contigo?

—No he dicho eso.

—Algo así.

—Pues no quería decir algo así, solo quería decirlo: estoy aquí mientras tú quieras.

—Pero eso implica que no crees que dure.

—¿Sí?

—Sí, por supuesto, si no, no lo dirías.

Aldo no dijo nada.

Ella insistió.

—¿Crees que no les hablo de ti a mis padres porque no voy en serio contigo?

—Yo no he dicho eso.

La cola se movió hacia delante.

—No es eso —dijo ella con tono tranquilo—. Yo… me gusta así, me gusta cómo estamos. No quiero que se metan. Ni que se acerquen siquiera.

—No quieres que lo arruinen, quieres decir.

—No, yo…

—No pasa nada. Estoy intentando decirte que no tengo expectativas.

—¿Y por qué no? —El comentario la había agitado, la había dejado inquieta—. ¿Y si quiero que tengas expectativas?

—¿Sí? ¿Y tú?

—¿Si quiero que las tengas o si las tengo yo?

—Las dos, supongo. Lo que te apetezca responder.

—Bueno… —Carraspeó—. Quiero que las tengas.

—¿Qué expectativas debería de tener? ¿Grandes?

—No seas así —refunfuñó, mirándolo con odio. La boca titubeante de él significaba que se estaba riendo—. No quiero que pienses que no voy en serio, Aldo. Voy en serio.

—Vale.

—Muy en serio.

—Aunque no fuera así, estaría bien, Regan.

—¿Por qué? —preguntó, de nuevo a la defensiva—. ¿Porque puedo entrar y salir de tu vida sin que suponga nada?

Se quedó un segundo en silencio.

—¿Qué quieres que te diga? —preguntó él.

Lo preguntaba de verdad, no como Marc. Marc, que le envió un «¿estás despierta?» la otra noche, haciendo que volviera a sentirse sucia, como si fuera una recaída. Aldo no era Marc. Él no era como sus amigos tampoco, que le habrían preguntado lo mismo, solo que de forma sarcástica. Él no era como nadie que conociera, como nadie que esperara que ella fuera de una forma concreta. No era como todas las personas de las que lo había estado protegiendo, no por él, sino por ella, porque temía que comprendiera qué era ella en realidad, qué llevaba siendo años, qué sería siempre. Miedo, siempre miedo a que esta siguiera siendo una versión libre de pretensiones, que solo estuviera dibujando una versión nueva para él cuando lo que quería era creer que era ella misma de verdad. Miedo de ser ahora la Regan de Aldo, lo que significaba que la Regan de Aldo podía desvanecerse, que su honestidad con él fuera solo otra versión de una mentira.

—Quiero que esperes... no, quiero que *exijas* —rectificó—. Quiero que exijas cosas de mí, que me pidas que haga esto, que me obligues si hace falta. Quiero que apuestes por mí, Aldo. Quiero que hagas inversiones, quiero tu futuro. —La última parte se le escapó—. Quiero tu futuro, Aldo. Lo quiero para mí.

Él la miró entre sorprendido y confundido. Algo que parecía diversión, pero que era en realidad satisfacción.

—Vale.

Y entonces le acarició el pelo con suavidad y ella pensó:

Rinaldo Damiani sabe cómo amarme y yo ni siquiera he pensado en ponerlo en la lista.

A Aldo nunca le molestó el tedio, la angustiosa salida de LAX, caminar, la monotonía del tráfico cuando iba él solo. Ahora, con Regan a su lado, estaba constantemente disculpándose, asegurándole cosas (seguro que las maletas llegan pronto, lo siento, la cola para el taxi es muy larga, ¿estás bien?, ¿tienes hambre?, mi padre nos dará de comer, seguro que ni siquiera se detiene a respirar hasta que no te ponga comida, este sabor, este otro, este), pero, por suerte, ella estaba de buen humor, sonriendo. Calmándolo; no me importa esperar, Aldo, está bien todo, estoy deseando ver dónde te has criado. Miraba por la ventanilla las calles desconocidas, y estaba en silencio, algo poco usual. Movió los dedos por el asiento para encontrar los suyos y darle un apretón en la mano.

—¿Estás…?

—Estoy feliz, Aldo, todo es genial, no te preocupes por mí. No pienses tanto. —Y un beso en la sien antes de volver a mirar por la ventanilla.

El trayecto parecía más largo, la dirección mayor, el tráfico más ruidoso. Todo el mundo tocaba el claxon y a Aldo le pitaban los oídos. Buscaba la expresión de Regan con frecuencia, constantemente, y se aliviaba al encontrar una sonrisa plácida, pensativa en su cara mientras miraba por la ventanilla, pero entonces volvía a mirar para asegurarse de que no se lo perdía si esta desaparecía. Para asegurarse de que podía arreglarlo en cuanto un pensamiento desagradable le cruzara la mente, algo que no sucedió, pero solo por si pasaba, nunca dejaba de mirarla. Ella debía de sentir su mirada, se volvió y le besó dos veces, y luego apartó la cara.

—¿Qué te preocupa tanto?

—Tú.

—Pues no te preocupes.

No tenía motivos para hacerlo. Fueron primero a su casa, y le preocupaba que fuera diminuta y desordenada comparada con la de ella, pero Regan ensalzó lo íntima que resultaba, qué acogedora, Aldo, me encanta, me encanta esto. Te has criado aquí, ¿solo con tu padre? Sí, Masso y yo, y mi *nonna* venía a menudo. Qué dulce, Aldo, es muy dulce, me encanta, otro beso en la mejilla, en la boca, un tirón del cinturón. ¿Ahora? Sí, ahora, le susurró en la boca, ya me he comportado muy bien, he estado cuatro horas enteras en el avión sin tocarte. Lo empujó a su cama, la cama de sus años de instituto, ¿te has acostado aquí con alguien? Sí, no fui el hijo perfecto y no siempre me escabullía detrás de las gradas. El sol se colaba, cegándolo un poco mientras ella le quitaba la camiseta y se retorcía para quitarse el sujetador. Se subió encima de él, le sujetó los hombros contra la cama, le susurró:

—Voy a cambiar esos recuerdos, Aldo. Los voy a cambiar por mí.

Fue rápido, apresurado, como rascarse cuando te pica. Aldo había prometido a su padre que irían para el almuerzo y se vistieron con prisas, él le arregló el pelo y ella le colocó bien el cuello y se aplicó de nuevo labial. ¿Seguro que voy a gustarle a Masso? Vas a encantarle, ven aquí.

Su padre, fiel a su costumbre, se mostró extasiado, corriendo a un lado y a otro, medio gritando. ¿Te acuerdas de mi hijo? ¿Te he hablado de mi hijo Rinaldo, el matemático? El genio, corrigió Regan con una risita, y Masso radiaba de placer. Me alegro de que tenga una novia lista, por fin alguien que esté a su altura. ¿Cómo sabes que soy lista? Ah, lo sé, lo sé, tienes aspecto de serlo.

—Aldo, tengo *aspecto* de serlo —repitió ella, tomándole la mano.

Sí, lo sé, yo lo vi primero.

—Papá. —Exhaló un suspiro—. Vas a ahuyentarla.

—Regan, ¿te gustan las setas? ¿Trufas?

—Sí, me encanta todo, como de todo...

—No, papá, está mintiendo, sé bueno con ella...

—Calla, Rinaldo, están hablando los adultos.

Durante casi una hora, Aldo estuvo en silencio, aliviado, tan maravillado y lleno de satisfacción que apenas podía decir una palabra. Regan, por el contrario, estaba habladora y exuberante, moviendo el tenedor, contándole a Masso esto y eso y aquello.

—Es un modelo malísimo, de verdad, se mueve mucho...

—Igual que cuando era un niño, siempre moviéndose, imposible decirle que se sentara quieto.

—¡Sí! Pero míralo. —La sonrisa de Regan era brillante, coqueta—. No puedo evitarlo, tengo que plasmarlo en papel, solo para asegurarme de que es real.

Se separaron cuando Masso se dispuso a prepararse para el turno de cenas y les prometió llevar a casa más de los quesos que le habían gustado a Regan en la comida, y a ella le indicó dónde encontrar un buen vino. No dejes que lo elija Aldo, tiene un gusto demasiado dulce, y que te cocine o te saque a la calle, no dejes que Regan mueva un dedo. Aldo, que por supuesto protestó diciendo que no pensaba ponerla a trabajar, fue alegremente ignorado.

Fuera, Regan resplandecía, vibraba.

—Se está muy bien aquí, apenas es invierno.

—Vamos a caminar entonces.

—¿Es un paseo corto?

—No, como tres kilómetros, pero es un paseo bonito.

—Ah, es lo bastante corto.

Regan le tomó la mano mientras caminaban. Él le acarició los nudillos, dando un golpecito en este y este y este. A ella le gustaban los árboles, le dijo, lo cálido que es el sol, lo diferente que se está en la sombra. Lo amable que es tu padre. Lo agradable que es la gente del restaurante, te adoran de verdad.

—Trabajé en el restaurante mucho tiempo —señaló él—. Me conocen.

—¿Cuánto tiempo es mucho tiempo?

—Solía ir al restaurante justo después del colegio y hacer los deberes en la cocina. Después, cuando iba al instituto, era ayudante de camarero. Cuando dejé un tiempo la universidad, era camarero y después camarero en la barra.

—Es como una casa para ti entonces.

—Sí, algo así.

—Me alegro de haber venido contigo.

—Yo también.

Su padre llegó a casa tarde, como siempre, pero Regan no estaba cansada, insistió en que se quedaran despiertos. Enséñame fotos, vídeos, quiero verlo todo. A Masso no tuvo que decírselo dos veces. Sacó los álbumes, se los enseñó a Regan: Mira, esta es la primera moto de Rinaldo, esta su primera competición de matemáticas, se le han dado siempre muy bien, no tenía ni idea. Di por hecho que todos los niños eran así, qué ingenuo, ni siquiera le ayudé nunca, no lo sabía. Masso parecía triste por ello y Regan le echó un brazo por los hombros. Has criado a un buen hombre, Masso, le susurró, y Aldo se sintió pesado, a punto de llorar, pero Masso se volvió y sonrió. Gracias, Regan, solo fue por accidente, simplemente era así.

Esa noche, Regan lo tocó como nunca antes lo había tocado, despacio y dulce y melosa. Lenta, persistente, tomándose su tiempo. Tiempo, aquí tenían mucho, y ella parecía sentirlo; parecía dispuesta a hacer que él también lo sintiera. Su cama era muy pequeña, la habitación era muy pequeña, pero sus necesidades eran también pequeñas, solo se necesitaban el uno al otro. Aldo abrió la ventana y contemplaron la luna.

—¿Cómo fue no tener a tu madre?

—Normal, supongo. No pienso mucho en ello.

—¿Quieres encontrarla?

—No, la verdad es que no. Hizo infeliz a mi padre y a mi abuela no le gustaba. Puede que lo haya pensado una o dos veces, sí, pero luego pensaba… si quisiera encontrarme, podría hacerlo. Sabía mi nombre y sabía el nombre de mi padre. No nos hemos mudado nunca.

—Ah.

Aldo se movió, liberó el brazo para agarrar del cajón una foto de su madre y su padre.

—Tengo esto. —Se la dio a Regan, que se incorporó y la tomó como si fuera algo frágil que pudiera romperse en sus manos—. Algo sé de ella.

Su madre era preciosa, de piel oscura y encantadora, con el pelo precisamente igual que sería el de Aldo si se lo dejara largo. A Aldo le gustaba verla así, permanentemente joven y enamorada de su padre, algo que podía ver cualquiera. Esta, le explicó a Regan, era la única versión de su madre que necesitaba.

Regan le devolvió la fotografía y él volvió a meterla en el cajón.

—Quiero decirte algo —anunció Regan—, pero seguro que es muy estúpido.

—Yo hablo de estupideces a todas horas.

—No, tú hablas de cosas interesantes, solo son raras. Esto, sin embargo, es... es ridículo. Ni siquiera debería de molestarme.

—No, dilo. —Quiero que lo digas todo, cualquier cosa. Quiero tener tus pensamientos, quiero embotellarlos, quiero meterlos en mi cajón para mantenerlos a salvo.

—Vale. —Posó la cabeza en su hombro y luego volvió a incorporarse—. No, espera, mejor te miro, creo. —El brillo de la luna era como un halo y lo tenía en la camiseta. Se acomodó entre sus piernas y lo miró muy seria—. Aldo —dijo y se quedó callada.

—¿Regan?

—No, déjalo, es una estupidez.

Aldo se rio y le pasó un dedo por la mejilla al tiempo que ella se inclinaba contra su palma.

—Regan —dijo un instante después—. Te amo.

Ella cerró los ojos y exhaló un suspiro hondo.

—¿Por qué no suena estúpido cuando lo dices tú? —murmuró, sacudiendo la cabeza con un suspiro irritable, y luego volvió a acurrucarse en sus brazos, a acomodarse en su torso.

—Probablemente porque yo digo cosas estúpidas a todas horas. Estás acostumbrada.

Aldo notó su sonrisa.

—¿Estás así porque no tengo madre? —le preguntó, fingiendo solemnidad.

—Sí. Me siento muy tierna, como si necesitara alimentarte.

—Estoy totalmente formado, Regan, no necesito que me alimentes.

—¿No?

Aldo se dio cuenta de que estaba seria.

—¿Por qué lo hiciste? —le preguntó, apartándose para mirarlo—. ¿Por qué intentaste hacerte daño?

—No estaba intentándolo.

—¿No?

Esto también era serio.

Aldo suspiró.

—No lo sé. Puede que sí.

—¿Por qué?

—Yo solo… —Pensó en las palabras de Masso—. Soy así, creo. No fue nada que sucediera, no estaba triste ni molesto por nada. Yo solo…

Se quedó un instante en silencio, considerando la delicadeza de lo que podía decir y prefiriendo la seguridad del silencio, pero ella le dio un golpecito en el pecho.

—Dime.

Enarcó una ceja y se volvió hacia ella.

—Es estúpido —comentó con ironía y ella suspiró.

—Vale, iba a decirte que te amo —dijo ella con brusquedad—. Ahora acaba tu pensamiento.

Algo se hinchó entre sus costillas, resquebrajándolas. Sintió que rellenaba las fracturas, se alzaba y, como si fuera un ofrecimiento, se resignó a aceptar.

—A veces siento que solo estoy esperando algo que nunca sucederá —comenzó—. Como si estuviera existiendo un día y otro, pero nunca importará de verdad. Me levanto por la mañana porque tengo que hacerlo, porque tengo que hacer algo o solo estoy desperdiciando espacio, o porque si no respondo al teléfono mi padre estará solo. Pero es un esfuerzo, me supone un trabajo. Tengo que decirme cada día: Levántate. Levántate, haz esto, muévete así, habla con la gente, sé normal, trata de ser sociable, sé amable, sé paciente. Por dentro me siento como… no sé, no siento nada. Como si fuera solo un algoritmo que alguien ha establecido.

Regan permanecía en silencio.

—Excepto cuando tengo estas… adicciones —admitió Aldo—. Obsesiones, las llama mi padre.

Ella carraspeó suavemente.

—¿Como el tiempo?

—Sí, como el tiempo. O… tú.

Por un momento, Regan no dijo nada e, inmediatamente, antes incluso de su silencio, le dieron ganas de retirarlo.

—No me refiero a que seas una obsesión, perdona, ha sonado a locura, solo quería decir…

—No, lo entiendo —lo interrumpió—. Lo entiendo, sí. Puede que sea tóxico, pero a la mierda, no lo sé, ¿quién decide qué es sano? —Parecía segura, irreverente—. Ni siquiera comprendemos el tiempo, ¿cómo se supone que vamos a entender la salud, que es un concepto que hemos inventado nosotros? Yo no solo me siento diferente contigo… me siento *más*, mucho más. Como si hubieras despertado algo dentro de mí y no pudiera acallarlo. Se niega a calmarse, y ¿por qué iba a hacerlo? No es un «eh, hazme feliz», no es un cliché como ese. Me haces sentir que estoy viva por una jodida razón. Como si por primera vez no fuera una pérdida de tiempo.

Se detuvo, un tanto jadeante, y lo miró.

—Si esto es insano, obsesivo o lo que sea, a quién demonios le importa. No vas a hacerme daño, ¿verdad? No le estamos haciendo daño a nadie, solo estamos… estamos enamorados. A la mierda, estamos enamorados, y ¿por qué tengo que explicarle eso a nadie?

Sonaba agitada, casi enfadada.

—Me dejas ser yo misma, me gusta cuando eres tú. ¿Por qué es eso malo?

—No es malo.

—Justamente, así que no te disculpes.

Su diatriba terminó tan rápido como había comenzado. Volvió a recostarse en su pecho, se acomodó ahí y dijo con serenidad:

—Por cierto, te he dicho que te amo, ¿lo has oído?

Era más peligrosa así, cuando se mostraba inocente.

—Sí —respondió, acariciándole el pelo—. Lo he oído.

—Esa era la estupidez.

—Ya, me lo he imaginado.

—Madre mía, estamos jodidos, ¿verdad?

Sí, probablemente.

—¿Qué más da?

—Exacto. —Sonaba petulante—. Además, si la jodemos, puedes volver atrás en el tiempo y arreglarlo, ¿verdad? Prométemelo, Aldo. Si jodemos esto y va mal, volverás atrás en el tiempo y te asegurarás de que nunca nos conozcamos. ¿De acuerdo?

Aldo asintió.

—De acuerdo. —Al fin parecía satisfecha.

—De acuerdo —repitió y él apoyo la mejilla en su frente, oyó el sonido de su respiración conforme se ralentizaba y se estabilizaba.

Cuando se despertaron, Masso ya se había ido al restaurante y había dejado una nota diciéndoles que los veía en la fiesta anual del restaurante esa noche. Aldo preparó *strata* para desayunar mientras Regan lo observaba desde la encimera de la cocina con sus ojos oscuros, y mientras la comida estaba en el horno, él le subió la camiseta por las piernas y tuvieron sexo despacio, con los dedos de ella enredados en su pelo. Regan le besaba el cuello mientras él lavaba los platos, diciéndole: Necesitas otro corte de pelo. Deslizó la lengua por el lóbulo de la oreja y él suspiró, para, solo soy un humano, vas a tener que esperar a después.

—Vale, vale. ¿Qué vamos a hacer hoy?

Aldo no lo sabía. Hasta que llegó ella, nunca había pensado en logística, como qué hacer un día.

—Nada, supongo.

Ella sonrió, lamiendo Nutella del dedo y pasándolo lentamente por los labios de él.

—Perfecto —dijo y él le creyó.

QUINTA PARTE

VARIABLES

Cada año, el padre de Aldo, Masso, organizaba una fiesta para sus empleados en el restaurante, los invitaba a ellos y a sus familiares a una velada mientras él cocinaba y ellos socializaban, como si fueran todos su familia. Saludaba a cada uno, hablaba largo y tendido con ellos; abría buenas botellas de vino, hacía un brindis extenso en el que deseaba que tuvieran un año próspero y los invitaba a comer todo lo que quisieran, incluso a llevarse comida a casa si querían. Masso, que para Aldo había sido un padre y una madre, era amable, cálido, simpático. Era completamente distinto a su hijo, de todas las formas posibles, y aun así a Regan le pareció muy obvio de quién había heredado Aldo su corazón, sus ojos atentos, su bondad.

Observar a Masso era para Regan como enamorarse de nuevo de Aldo, parte por parte. Veía las manos de Aldo, sus gestos, cómo se detenía a mirar el espacio un momento cuando buscaba las palabras correctas. Las pausas de Masso eran más breves, su voz era más amable (estaba más acostumbrado a la conversación y su paciencia con otros parecía infinita mientras que Aldo tenía tendencia a ser cortante, apresurado), pero en este clima de afecto, Regan podía ver los elementos familiares que pertenecían al hombre que había junto a ella, avergonzado por los elogios de su padre. Aquí y ahora, podría enamorarse de nuevo de él; otra y otra y otra vez.

Masso solo llamaba a Aldo por su nombre completo, Rinaldo, y hablaba de él como un hombre, no como un niño. Como si siempre hubieran sido dos amigos tropezando juntos por la vida, uno con su amor por la comida y el otro con su amor por las matemáticas.

—Mi hijo —dijo Masso— siempre ha estado en mi cabeza, es demasiado inteligente para su bien, nadie podía entenderlo nunca. Imaginad mi sorpresa, me trae a una chica a casa, sí, lo sé, una *chica*, y una muy guapa, y ha venido a celebrar con nosotros, ¿no es maravilloso?

Regan, vibrante por el vino y la atención y la emoción de tener la mano de Aldo en la suya, hablaba rápido, las palabras emergían de sus labios y se derramaban en la fluidez de la conversación sin sentido, o no, los pensamientos aparecían y burbujeaban dentro de su cabeza. Aldo hablaba poco, solo presentándola a esta persona, o a aquella otra, y respondiendo preguntas: «Sí, me gustan las clases», «Nos conocimos en el museo de arte», «Sí, me gusta mi trabajo», «Es una artista, ella insiste en que no lo es, pero es muy buena, tendrías que ver su obra». Cuando Aldo hablaba de Regan, su voz tenía tendencia a cambiar, se le iluminaban las mejillas. «Tendrías que ver su obra», lo dijo de la misma forma que otra persona diría: sal, ven a ver las estrellas.

Al final, a punto de estallar, Regan llevó a Aldo al pasillo del fondo del restaurante, tirándole de la corbata («¡Con *corbata*! Imaginaos», exclamó Masso en el brindis, sonriendo con orgullo), hasta el baño, que olía a albahaca fresca y parecía Sorrento; era como estar cerca del mar.

—¿Qué estás haciendo?

Respondió tirando de él hacia ella, sintiendo su sonrisa en los labios.

—¿Aquí? —preguntó Aldo.

Regan, vestida siempre de forma apropiada para cada ocasión, se metió la mano de Aldo por debajo del vestido y notó cómo se estremecía.

—Ah —musitó él, aturdido, y la besó con firmeza, adoptando esa mirada de consentimiento.

Era la que significaba que no iba a decir que no (la que significaba que no quería decir que no y, por lo tanto, no lo haría), y ella pensó: este sentimiento, este aleteo en el pecho y esta ligereza en los huesos y este titileo en la sangre... debe de ser felicidad. Debe de ser lo que se siente al ser feliz.

¿Cuántas formas había de sentir el sexo, de sufrirlo, de describirlo? Pensó en la nota del teléfono llena de pequeñas pistas de erotismo y se rio. Qué triste era esa Regan. Qué patética al pensar que podía mirar una galería con fotos íntimas y excitarse. Qué curioso cómo se había mezclado el deseo con la estrechez de su mente; cómo había confundido la física pura con la sensación de estar completa. Qué risible parecía ahora que había llegado tan lejos.

No se sentía completa con Aldo dentro de ella. Se sentía astillada, como si se convirtiera en sus manos en un número infinito de piezas, todo un infinito por sí misma. Como si ella y la eternidad y la omnipotencia fueran lo mismo, o como si la omnisciencia pudiera igualarse con el sonido de la respiración entrecortada de Aldo en su oreja. Quería que la revolviera, que la agotara, que la entregara a algo menor, algo más bajo. Algo menos inclinado al pensamiento racional y reducido únicamente a sensaciones.

Pensó en la última vez que había estado así sentada en el lavabo de un baño. Aquel día pensó: *¿Volveré a sentir alguna vez algo?*, y mírala ahora, ahora lo sentía todo. ¿Eso era madurar? Por supuesto que sí, ahora era incontenible. Había superado a su recipiente y sí, seguía habitando su cuerpo, y él también de forma temporal, pero eran más que eso. Esto era vastedad, ¿era él? ¿Era ella? ¿Eran los dos? Puede que fuera todo, puede que él y ella fueran una pequeña mota de todo cuando se tocaban así, unidos a diminutas partículas en el aire. A cosas que la ciencia aún no había encontrado, ni dado nombre, ni visto.

Ella era colosal así, la enormidad de lo que ahora era constantemente incontenible, efervescente por estar en sus brazos; bésame otra vez, por favor, no pares, oh, dios, no pares. No lo haría nunca, no, pero no lo hagas, por favor, encogeremos a tamaño humano cuando terminemos, pero por ahora quédate así conmigo; mira la magnitud de ser, mira la existencia a través de mis ojos; no parpadees o te lo perderás. Estoy eclipsada, Aldo, por la felicidad de la habitación, me abruma. Me ha hecho sentir tan infinitamente menuda; necesito que me ayudes a recordar lo que se siente al ser enorme de nuevo.

Al final Aldo se subió la cremallera de los pantalones, ella se arregló el pelo, él la besó en la nuca y salió cuando ella le limpió el labial de la mejilla y le dijo: «Te veo luego».

Lo vio cuando se marchaba y volvió a concentrarse en el espejo, en su reflejo encima del lavabo. Se miró en el espejo y pensó: *Tengo los ojos demasiado grandes, todo el mundo sabrá que lo he visto todo, sabrán que he visto el mismísimo universo. Me mirarán y pensarán: Esta pobre chica sabe demasiado, no puede regresar.*

—Sí puedo regresar —susurró y se arregló un rizo enrollándoselo en el dedo.

Bien, decían sus ojos, bien, de acuerdo.

Y entonces se preparó para seguir.

—Rinaldo —dijo Masso medio sonriendo cuando Aldo se acercó a él—. ¿Dónde estabas?

No puedes ni imaginártelo, papá. He estado en todas partes y en todo, dentro de ella, fuera de mi cuerpo; he comprendido al fin cómo es existir fuera de mi propia cabeza.

—En el baño —respondió mientras se ajustaba la corbata y la sonrisa de Masso titubeó un poco. Tensó los dedos alrededor de la copa, como si lo que un momento antes le había entusiasmado le hiciera recobrar la seriedad ahora, deslizándose como una capa por sus hombros.

—Rinaldo. —Masso se volvió y miró por la ventana. Aldo atisbó el gris en el pelo de su padre. Tommasso Damiani estaba en la mitad de la cincuentena y envejecía bien, como un buen vino. Era una broma que Aldo escribía en todas las tarjetas de cumpleaños, pero era verdad. Masso se conservaba bien, correctamente destilado. Masso Damiani era una cosecha excepcional, una que Aldo había admirado siempre, y fue por esa razón por la que notó un nudo en el pecho cuando su padre dijo—: ¿Estás seguro?

—¿Seguro sobre qué?

—Sobre... no sé, todo.

Aldo, que había hecho una carrera de preguntas con solo una mínima promesa de certeza, sacudió la cabeza.

—No sé a qué te refieres, papá.

—Lo siento, lo sé, yo... —Se pasó una mano por las mejillas—. Yo tampoco lo sé.

—Prueba —le sugirió—. A ti se te dan mejor las palabras que a mí.

Masso torció los labios y sacudió la cabeza.

—Estoy preocupado por ti, Rinaldo.

—Siempre estás preocupado por mí. Te lo repito, no tienes por qué.

—Sí, pero... es una preocupación diferente ahora.

Aldo metió una mano en el bolsillo del pantalón. Comprendía el concepto del cambio, las variables. Había una distinción obvia, indiscutible entre el antes y el ahora.

—Pensaba que te gustaba —murmuró con cautela y Masso asintió.

—Y me gusta. Me gusta mucho, es brillante.

—¿Pero?

—Es... —comenzó Masso y se detuvo. Se volvió para mirar de frente a Aldo—. Es demasiado rápida para ti.

Evidentemente, el sexo en el baño no había sido una gran idea, tendría que haberlo sabido.

—Papá, no estamos en los cincuenta...

—No, no me refiero... no es eso. —Masso puso una mueca—. Su mente, su naturaleza, lo que es ella. Es... no lo sé. —Se encogió de hombros—. Se mueve más rápido que tú.

—Pero dijiste que por fin he encontrado a alguien que puede seguirme el ritmo.

—Sí, lo sé, y así es en muchos aspectos, pero también se mueve demasiado rápido para ti. Estoy preocupado. —Exhaló una bocanada de aire con renuencia; con reticencia, como si no quisiera ser él quien pasara el mensaje, pero, eh, mira a tu alrededor, no hay nadie más—. Me preocupa que te consumas si intentas seguirle el ritmo, Rinaldo.

—No te entiendo.

El pulso de Aldo parecía haberse acelerado demasiado, notaba la boca demasiado seca, y Masso se volvió para mirarlo.

—Rinaldo, los dos sabemos que no eres como los demás —comentó con tono suave—. No hablamos mucho del tema, pero lo sabemos, ¿verdad? Que tú eres, no sé. Más frágil —dijo, encogiéndose un poco, y Aldo sintió de pronto que se tensaba, como si fueran a astillársele los huesos si se movía—. Necesitas estabilidad. Necesitas a alguien fiable, predecible. Regan es impulsiva.

Sí, papá, lo sé. Si fuera menos impulsiva, no estaría conmigo y yo nunca habría sabido cómo es ella ni qué se siente al abrazarla. Nunca habría sabido cómo es importar por una vez; por primera y única vez, que yo supiera.

—Tal vez necesito impulsividad —indicó.

Masso negó con la cabeza.

—No esa clase de impulsividad.

—Eso no lo sabes.

—No, puede que no, puede que tengas razón. —Su voz era seria—. Yo solo sé que una vez amé a una mujer como ella, que veía el mundo como lo ve ella: como una llama que no puede sostener entre los dedos. Solo sé que una mujer como esa no teme arder, que te arrastrará con ella, y sé que ella emergerá riendo y tú no. Solo sé que no sé qué voy a hacer si alguien te lastima, Rinaldo...

—Papá, eso... No hablas en serio.

Pero Masso siempre hablaba en serio.

—¿Va a sentar la cabeza, Rinaldo?

—Yo... —Por un momento se sintió mareado—. Papá, pensaba...

—Estamos en el *ahora*, Aldo. —Su padre se estaba mostrando inusualmente insistente—. Mira a tu alrededor, oriéntate. Eres un hombre adulto, ella es una mujer adulta, y tienes que protegerte a ti mismo porque ella no va a protegerte. Es inteligente, es preciosa, tiene talento, sí. Es intuitiva y amable, maravillosa. Así era tu madre, y Regan es inquieta como ella. Lo veo en cómo se mueve, cómo te mira, me resulta muy familiar.

De inmediato, el cerebro de Aldo empezó a racionalizar, compartimentar, a colocar las cosas en cajas de me gusta y no me gusta.

—Regan no es mamá.

—Por supuesto que no, no hay dos personas iguales. Pero recuerdo lo que era sentir todo de golpe y tengo que decírtelo, nunca volví a recomponerme. Y ahora no sé, no sé. No sé si puedo verte a ti hacer lo mismo.

En alguna otra parte del restaurante, alguien pronunció el nombre de Masso y una risa resonó cerca de donde estaban. Aldo miró por encima del hombro y atisbó la silueta de Regan; había salido del baño, sonreía mientras alguien la tomaba de la mano y la admiraba, posiblemente diciéndole: Qué guapa eres, y Regan probablemente diciendo: Oh, no, no digas tonterías, como si hubiera escuchado lo mismo cada día, cada hora, cada minuto de su vida.

Levantó la mirada y lo vio, sonrió. Lo señaló y separó los labios diciendo algo como «Ahí está».

Ahí está ella, pensó Aldo.

Masso carraspeó al seguir la mirada de su hijo.

—Rinaldo, escucha…

—Te equivocas con ella —lo interrumpió, volviéndose hacia él—. Bueno, tienes razón, es impulsiva. —Pero es una conclusión fácil, demasiado fácil, no es la suma de todas sus partes—. Pero ella no es como mamá.

Estaba diciendo, con tono amable: No te preocupes, papá, te he escuchado, pero es diferente.

Sin embargo, con una certeza férrea, pensaba: *Me he pasado toda la vida encontrando problemas que arrasaban mis habilidades, papá, y aún no me ha destruido ninguno. Si sigo aquí, seguro que es por algo.*

Si sigo aquí, papá, por favor, deja que sea por algo.

—Me gusta, Rinaldo, de verdad, pero…

—Estás preocupado, lo sé —terminó él e hizo un gesto a Regan desde lejos—. Pero no tienes por qué.

Ella se unió a ellos y Aldo le rodeó la cintura con un brazo. Regan sonrió y él le besó la mejilla.

—¿De qué estáis hablando?

Si esto es arder, pensó, entonces valgo más como cenizas en el aire que cualquiera de mis partes ilesas.

—De ti —dijo y ella sonrió, apoyándose en su hombro como diciendo «vale».

Vale, hagámoslo.

Regan, siempre consciente de que no debía quedarse más del tiempo justo, volvió a Chicago una semana antes que Aldo. Retomaría la práctica de la normalidad, haría cosas como la colada, comprar verduras, encargarse de recados. Pediría cita para su revisión ginecológica anual. Volvería al Instituto de Arte, organizaría de nuevo sus visitas guiadas. Pensó en la posibilidad de devolverle las llamadas a Marc. Podía devolvérselas a su madre. Realizaría de forma responsable las tareas necesarias para comenzar la aproximación a las actividades normales.

Al final solo hizo una de esas cosas. Las llamadas quedaron sin devolver y la prueba ginecológica tendría que esperar. Sin Aldo, Regan sentía desasosiego, inquietud, algo que se asemejaba a la insensatez y la emoción la superaba. Notaba una sensación vibrante de vacío, como el zumbido de una señal fluorescente. Cerrado, abierto, habitaciones libres, completo. Se sentía como una puerta que se abría y se cerraba, entraban y salían cosas, y ella era meramente la operadora que decía: Espere, por favor. Se sentó en el suelo de su estudio con sus escasas posesiones y pensó: *Debería subirme a un avión, no recuerdo cómo se vive sin él, puede que si le pregunto amablemente me diga que sí.*

Una parte de ella vibraba de emoción ante la idea de una *emergencia*. Sí, una emergencia, pensó, eso lo traería de vuelta a casa. Pensó en pescar una neumonía, sería muy sencillo. Solo tendría que caminar por la calle, quedarse en la nieve unos minutos hasta que se pusiera azul. Se imaginó a sí misma en el momento en que la encontraran, inconsciente, llamarían al contacto de emergencia, pobre chica, Aldo sentado con su padre, recibiendo la llamada, el teléfono cayendo de su mano mientras gritaba a su padre: Tengo que irme, tengo que irme, me necesita y yo la necesito a ella.

Regan no quería *morir*, obviamente, no quería algo *tan* grave. Solo quería algo razonablemente convincente, algo que le hiciera pensar en lo preciado que era el tiempo, que debería pasar cada momento a su lado, los dos juntos. Sin embargo, al final su capacidad de pensamiento racional regresó y se recordó a sí misma que lanzarse al tráfico y que la atropellara un coche (MASSO, TENGO QUE IRME, ESTÁ EN LA CAMA DE UN HOSPITAL Y SI LA PIERDO AHORA, ¿QUÉ VOY A HACER? ¿QUIÉN VOY A SER SIN ELLA?) sería una experiencia desagradable y probablemente ni siquiera valdría la pena. No, puede que sí valiera la pena, pero ¿cómo iba a ser el sexo con una pierna rota? Espera, se dijo a sí misma, espera.

De todas las cosas que se dijo que haría, lo único que le resultó viable fue regresar al Instituto de Arte, más que nada porque pensó que podría entrar en la sala de armas y ver allí a Aldo, un holograma fruto de su memoria proyectado en el suelo vacío. No puedes sentarte aquí, diría en sus pensamientos, y él se volvería hacia ella y diría: ¿No? y ella diría: Por favor, esto es un museo, y él se levantaría y la arrinconaría contra la pared. Tendría sexo con ella despacio, de forma atormentada, no apartaría la mirada de su cara. Le diría: He venido a ver arte, a maravillarme con algo, y aquí estás tú, así que voy a hacerlo.

La realidad, para su disgusto, dejaba poco tiempo a la fantasía. Muchos de sus colegas voluntarios seguían de vacaciones, igual que los turistas, por lo que Regan tenía que hacerse cargo de grupos más grandes, más visitas, y se veía obligada a hablar sin cesar sobre esta pintura o esa otra. Era monótono, como siempre, una tarea que había elegido con el propósito de tener monotonía. Fue para ella confortante en el pasado, aunque ahora estaba contaminado por la extraña e infundada esperanza de que miraría a la multitud y vería allí a Aldo con el ceño fruncido. Empezó a hacer las visitas como si él estuviera allí de verdad, respondiendo preguntas que pensaba que podía preguntar él. Qué muestra esta pintura, qué emoción quiere transmitir, qué hace que sea una obra maestra, por qué es de este tamaño, por qué han elegido esa luz, por qué este marco. Percibía que lanzaba tecnicidades a su público, que en general no estaba interesado en ellas. Esas personas querían chismes, datos, hechos del tamaño de una tarjeta que pudieran contar a sus amigos y familiares, como ¿sabías que el artista no pintó nada más que paja durante *meses*? Karen, ¿sabías que era un adicto a las *drogas*? En serio, Jennifer, el arte es para los enfermos.

Y Regan solo podía pensar en Aldo; cosas que solo él vería y solo él echaría en falta, todas las cosas que quería enseñarle. No, no, Monet no pintaba la mundanidad solo por el bien de la mundanidad, Aldo, era para mostrar la *transitoriedad de la luz*, ¿no lo ves? Pintaba lo maravilloso, pintaba… joder, Aldo, ¡pintaba el TIEMPO! Quería gritarle, quería llamarlo justo ahora: Monet estaba obsesionado también con el tiempo, pero pensaba en él como la luz, el color. Mira sus montones de paja, Aldo.

¿Quién haría esto? ¿Quién haría esto a menos que, como tú, intentara entender cómo pasa el tiempo, plasmarlo en términos que les costaría toda la vida comprender?

Se sentía diferente por él, inmensamente cambiada, y le frustraba que sus reflejos fueran los mismos. Le enfadaba que siguiera buscando al más atractivo del público, o quién tenía más probabilidades de tener un pene que mereciera la pena valorar. De vez en cuando se sentía ella misma, agobiada, pensando que ese hombre que la estaba mirando sin disimulo desde el pasillo podía ofrecerle una forma aceptable de pasar el tiempo, de calmar las reverberaciones de su cabeza. Seguía imaginándose empujando a un hombre anónimo a un lugar oscuro, solo que ahora le susurraba: Más te vale hacerlo bien, no me decepciones, no tienes ni idea de cuál es el precio de esto.

Ahora, en sus fantasías post Aldo, ella era la dura, la tosca. Ella era la que les decía: Más te vale que lo disfrute o habrá sido una pérdida de tiempo. Entonces aparecería Aldo y la señalaría con el dedo, disgustado, y le diría: Lo sabía, sabía cómo eras, ¿cómo te atreves, Regan? Y ella lo perseguiría, se aferraría a él, suplicando perdón. Él la empujaría sin piedad e incluso eso le gustaría de forma perversa. Él la empujaría y se iría corriendo y ella, como una yonqui, lo desearía todavía más.

Tras una semana, sus fantasías, grotescas como eran, empezaron a girar en torno a él abandonándola. Regan, ¿cómo has podido hacer esto? Aldo, por favor, por favor, lo siento mucho. Regan, me has decepcionado. Aldo, ¡no puedes decirlo en serio! Regan, eres tóxica, me pones enfermo. Aldo, Aldo, si te vas, ¿qué pasará conmigo?

Quería gritar, necesitaba sufrir compulsivamente. *Por dios*, pensó, *tienes un problema de verdad*, y por ello dejaba toda su locura fuera de las conversaciones telefónicas con Aldo. Cuando hablaba con él, intentaba que todas las palabras fueran bonitas, sensuales, como si estuviera pintando con la voz para él. No le contaba la depravación de sus imaginaciones, ni la repulsión que sentía por estas, o por ella misma.

—Te echo de menos —le dijo, como si echar de menos fuera sexy. Invocó con la voz la imagen de ella sobre unas sábanas de satén, las piernas abiertas, seductora. Convirtió la imagen de ella añorándolo en algo menos feo de lo que era. (Se sentía sola, necesitada, nostálgica. No era bonito).

—Yo también te echo de menos. Volveré pronto a casa. —Él echándola de menos era cálido, como un golden retriever. «Volveré pronto a casa». Cuando dijo eso, pudo relajarse al fin e incorporarse, quitarse el vestido de seda imaginario y volver a sus pantalones de yoga, el jersey de cachemira, los calcetines enormes porque joder, en Chicago hacía frío en invierno.

Terminaría su proyección astral con un retorno a la corporalidad, y entonces diría: «Aldo, envíame una foto de tu pene o algo», y él se reiría.

«Regan, empiezo a sentirme un poco usado», respondería, y ella sonreiría y lo lamentaría y lo imaginaría apuñalándole el corazón con unas tijeras desafiladas.

Salió en Año Nuevo, más que nada por aburrimiento, y se encontró con Marc. El problema de compartir la misma porción de la ciudad con alguien tanto tiempo era que ya no había lugares que te pertenecieran exclusivamente a ti. Los compartías y después te olvidabas de repartirlos cuando te separabas. Conocías las cosas que conocía él, él conocía lo que conocías tú, por lo que, por supuesto, estaba en el mismo bar, ¿por qué se había molestado en salir?

Marc la vio y se dirigió hacia ella.

—Ya veo que estás aquí sola.

—Sí, pero no estoy sola.

—¿De verdad te estás acostando con el matemático?

—No me estoy acostando con él. Marc, estoy con él.

—¿Y dónde está entonces?

—En Los Ángeles, con su padre.

—¿Te ha dejado sola en Año Nuevo?

—Hay cosas más importantes que el sexo el primer día del año.

—Discrepo.

—Pues que te den.

—¿Te gustaría a ti?

—Santo cielo.

—Admítelo, Regan, él no puede darte lo que puedo darte yo.

—¿Crees que tu pene es especial, Marcus? Porque no es así, es solo un pene.

Si Aldo estuviera aquí, pensó, diría algo como que el sexo era una fórmula sencilla. Ni siquiera eran matemáticas complejas, esa locura con funciones. Era penetración más estimulación de clítoris, fácil. No había nada más fácil. Marc se dedicaba a cuidar de capullos ricos. Aldo resolvía los misterios del universo. ¿Qué comparación era esa?

—Pensaba que querías que las cosas acabaran de forma amistosa. ¿No me dijiste que querías que fuéramos amigos?

—Eso es lo que suele decir la gente, Marc. Nunca en toda mi vida he sido amistosa.

—Mira lo loca que estás, es adorable. ¿Ya tienes inseguridades sobre tu relación, Regan?

Estupendo, ahora la estaba psicoanalizando.

No dijo nada.

—Te lo dije, Regan, él solo parece una buena idea. Te gusta la *idea* que tienes de él. Pero al final recordarás que no somos una idea, que somos reales. Al final te cansarás de esforzarte tanto por ser lo que ese profesor quiere que seas.

—No quiere que sea nada.

—Ya, claro. —Marc se echó a reír—. Te quiere tal y como eres, por supuesto. Porque no sabe lo que eres.

—¿Y qué soy?

—No lo sé, nadie lo sabe, pero está claro que él no lo sabe.

Regan sintió una rabia que no comprendía, una rabia que no sabía cómo gestionar.

—Espera a que se dé cuenta, Regan. Al principio eres complicada, impredecible, excitante, pero al final eres solo un patrón. Sientes algo, atacas. Eres suave de nuevo, no quieres estar sola, luego eres de nuevo la Chica de sus Sueños. ¿Crees que quieres sexo? No lo *quieres*, Regan, lo *necesitas*. Necesitas que el sexo te recuerde que alguien te ama, y no vas a creértelo a menos que haya sexo de por medio. Ahí está, eso es todo, ¿verdad? Necesitas que te quieran, necesitas que alguien piense que eres perfecta, odias que te recuerden que tienes defectos. Yo ya lo he descubierto, por eso necesitabas a otra persona. A alguien nuevo. Y cuando *él* lo descubra, encontrarás a otra persona. Te encanta la estafa, Regan. Te encanta la estafa, pero tú no le encantas, no se te da bien. Tu juego es mucho menos divertido cuando se repite la misma mierda una y otra vez.

Marc dijo todo eso, o eso pensó ella. Las palabras entraban y salían de su cabeza y cuando Marc se fue, ella no había dicho nada. Salió a la calle, buscó el teléfono y llamó a Aldo.

—No soy un juego —le dijo.

—Ya sé que no eres un juego —respondió él, confundido—. ¿Dónde estás?

Había creado una emergencia, entendió, de pronto avergonzada. Lo había hecho, la había representado, tal y como dijo que haría. Mierda, era muy predecible.

—Me voy a casa. Estoy bien, estoy bien. Solo quería oír tu voz.

Había apaciguado la situación. Buen trabajo, Regan. Otro día en el que cree que te acercas a la cordura.

—Te quiero —le dijo Aldo.

Marc solía decirle eso, pensó.

—Te quiero. Vuelve pronto.

—Volveré mañana si quieres. Mi padre está bien y, además, está ocupado con el restaurante.

—No, yo... Estoy bien, Aldo, no pasa nada.

Aldo, lloro cuando llueve, a veces comienzo discusiones, no sé por qué. Miro el cielo y siento una inexplicable avalancha de miedo. Tengo miedo de que todo acabe, ¿alguna vez te da miedo a ti? No, tú nunca tienes miedo, tú tienes números y pensamientos y tu ingenio que te dan calor. Tú no me necesitas, yo sí te necesito a ti, y siempre será así, así de desigual. Siempre me aferraré a ti, agradecida, y tú siempre serás amable, tú eres así. Dejarás que lo haga, pero al final te hará infeliz y entonces tendré que ser yo quien se vaya, porque tú eres demasiado bueno para darme el final que ambos sabemos que merezco.

—¿Puedo volver yo allí? —preguntó con timidez, y él se rio.

—Por supuesto. ¿Echas de menos a Masso?

—Sí, echo de menos a Masso. —Él es más hogar que mi hogar, es más amable que mi padre—. Quiero queso.

—Puedo comprarte queso.

—Podría subirme a un avión ahora mismo.

—Sí, pero es tarde. ¿Seguro que estás bien?

Se quedó un momento en silencio.

—No creo que quiera volver a Los Ángeles —murmuró—. Creo que solo quiero volver a la semana pasada.

—Ah. —Se quedó pensativo—. Vale, entonces estamos en la semana pasada.

—¿Juntos?

—Claro, es la semana pasada, ¿no?

—¿Qué momento de la semana pasada?

—Dímelo tú.

—Vale, vale. —Se puso a juguetear con las cuentas del vestido que llevaba puesto. Hacía frío en la calle y empezó a caminar, porque subirse a un taxi en Año Nuevo en River North era imposible—. El día que me llevaste a la playa. —Pasadena no estaba muy cerca del mar, fue una actividad de un día completo, y el agua no estaba particularmente buena. No estaba lo bastante templada como para meterse, pero ella se metió, más o menos—. Estoy de pie, con los pies en el mar, y tú me sonríes como si fuera una idiota.

—No sonreía así.

—Sí, Rinaldo, lo hacías.

—No, yo solo intentaba mantenerte allí, prolongar el momento en mi cabeza. Supongo que no sabía que estaba sonriendo.

La idea de que no reconociera la felicidad cuando la estaba sintiendo era reconfortante en cierto modo. Le confortaba saber que era igual de estúpido que ella, otro caso perdido.

—¿Quieres saber qué estaba pensando?

—Sí.

—Estaba pensando que el sexo en la playa probablemente estuviera sobrevalorado.

Aldo se rio.

—¿Sí?

—Sí, seguro que se te mete la arena por todas partes y, además, fue la primera vez que no quise tener sexo contigo.

—*Auch*.

—No... no es eso. —Se ajustó el abrigo más—. Estaba pensando en cómo chocaba el agua con mis tobillos, en que podría arrastrarme fuera de allí. Pensaba en lo fácil que sería desaparecer, dejarme llevar bajo las olas y perderme para siempre, pero tú estabas allí y pensé... lo único que tengo que hacer es levantar el brazo.

Notó su silencio. Lo imaginó trazando la sombra de algo extraño e incomprensible en su piel, letras antiguas para conceptos antiguos.

—Voy a buscar un vuelo para mañana.

Ella espiró sonoramente, parecía un sollozo.

—No tienes que hacerlo.

—Bueno, no sé si lo encontraré, pero quiero intentarlo. Te echo de menos. —Todo lo que salía de la boca de Rinaldo Damiani era un hecho y, con el mismo grado de autoridad factual, añadió—: Sigue hablando conmigo hasta que llegues a casa.

Sigue, sigue, sigue.

Regan caminó por la calle, vio las luces resplandecer en la humedad del asfalto. Ese día había caído una nevada precipitada que había dejado a su paso charcos y sal. Todos los bares tenían el suelo lleno de barro, carteles de precaución, el chapoteo del clima y las bebidas derramadas bajo el estruendo de voces clamorosas. El brumoso brillo rojo, amarillo, verde parpadeaba y resplandecía a sus pies, los reflejos de los faros de los coches la cegaban temporalmente.

—Aldo, ¿qué es el éter?

—La gente creía que era de lo que estaba lleno el universo —respondió—. Creían que la luz necesitaba pasar por medio de algo, pero Einstein demostró que la luz puede ser partículas, que no necesita un medio por el que viajar. Y antes de eso —añadió—, éter era como llamaban al aire en el reino de los dioses. Una sustancia fluida, brillante.

—¿Y cuando la gente decía que estamos solos en el éter...?

—Solos en todo. En el tiempo y el espacio, en la existencia, en la religión.

—Pero —dijo, y se quedó callada—. Las abejas.

Estaba segura de que lo sentía sonreír.

—Sí —confirmó—. Las abejas. —Y notó que el peso del pecho se aligeraba un poco, el mar que había subido hasta los tobillos retrocedía con la marea.

Esa noche, mientras cambiaba el año, Regan tomó un pincel, se recogió el pelo y miró un lienzo sin usar; observó el vacío como si fuera un objeto. Se movió por la habitación, empujó la cama a un lado, reordenó las cosas alrededor del lienzo, que estaba en el centro de todo.

Muy bien, se dijo a sí misma, ¿ahora qué?

(Espera a que se dé cuenta, Regan).

Cerró los ojos.

No soy un juego, pensó, exhalando un suspiro e implorando al tiempo que avanzara más lento.

La noche la complació amablemente.

Aldo siempre había pensado que los hábitos eran la antítesis del tiempo lineal. Por ejemplo, una existencia habitual suponía vivir el tiempo en círculos, como persiguiéndote la cola, esta vez igual a aquella vez, igual a la otra. Antes de Regan, cada uno de los días de Aldo eran precisamente iguales, casi un duplicado de otros que podría crear. El lunes y encima el martes y encima el miércoles; el jueves era un calco de los otros y así siempre, con solo ligeras modificaciones por los bordes (cuando comía algo diferente para desayunar o se saltaba un semáforo en rojo de camino a casa del trabajo) para atestiguar el paso del tiempo. Podía viajar hacia delante y hacia atrás meramente existiendo en el halo del hábito. Vivía cada día una y otra vez, y se levantaba cada mañana para demostrar que su existencia seguía las mismas reglas de movimiento que el resto de las cosas. No supo que estaba vacío hasta que su nueva vida se vio rebosante, repleta, la sensación de estabilidad perdida por el esfuerzo de encaminarse hacia ella. Cuando ella se movía, él se movía, y era inestable, debilitante a veces.

Sospechaba que Charlotte Regan nunca en toda su vida había vivido un mismo día dos veces.

Entendía ahora por qué había aceptado tener seis conversaciones con un extraño. No fue porque sintiera curiosidad por él igual que él la había sentido por ella. No fue por él, en realidad. Fue por ella, la vida se encaminaba a algo por la recompensa de... ¿de qué? No estaba seguro, de *algo*. Podía mirarse a sí mismo en el pasado, viajar en el tiempo por medio de la retrospectiva, y ver que se enamoró de ella enseguida, aunque en ese momento le dio otros nombres: curiosidad, interés, atracción. Para ella, sin embargo, él había sido otra pausa en sus hábitos, una disrupción, y esas eran las cosas que anhelaba como sustento. Se demostraba a sí misma que estaba viva probando que ese día nunca antes había sido vivido, que esta cosa nunca había sido experimentada, o probada, o querida, y ahora, como existía, las cosas eran distintas, estaban cambiadas.

Aldo comprendió que a Charlotte Regan le encantaba el cambio, de una forma poco sana. Era una obsesión, un encaprichamiento. Tenía una aventura con el cambio y tal vez se había visto neutralizada por un tiempo con las pastillas y la psicoterapia, pero debajo de todo eso, el pequeño monstruo que era su alma lo arañaba, y Aldo lo había sacado de nuevo. Había desatado a un titán, la había liberado a ella, se había enamorado de ella y por mucho que deseara que fuera algo manejable, no era así.

—¿Sabes lo que pienso? —le susurró una noche Regan. No dormía a horas normales. Él tampoco, pero lo fingía. Seguía un horario, aunque su mente se negaba a descansar dentro de los parámetros que él le prescribía—. Pienso que cargas una tristeza de otra vida. De hace siglos. —Le acarició la boca, las mejillas, los ojos, practicando para algo que él nunca entendería—. La has estado cargando tanto tiempo que no puedes deshacerte de ella, ¿verdad? Ahora es tuya. Tienes la tarea de cuidar de ella. Eres como Atlas —añadió con una risita—. Aldo, pobrecito, menuda maldición. Me pregunto a qué dios habrás enfadado.

Aldo tenía la boca seca y no porque le hubiera metido los dedos dentro y hubiera enganchado uno detrás de los incisivos centrales. Ella hacía eso, le encantaba explorarlo de forma invasiva como se exploraban los fondos marinos.

—No creo en la reencarnación —repuso él.

—Yo tampoco, pero es una hipótesis. A veces —comentó, en un triste giro de la conversación— pienso que es inútil que nunca sepamos nada. Nunca *probaremos* nada porque no podemos, es imposible estar aquí el tiempo suficiente. —Murmuró algo para sí misma, algo irreconocible, probablemente la naturaleza melódica de sus pensamientos. A Aldo le gustaría poder poner la partitura completa sobre el papel, ver qué tocaban los violines cuando ella estaba ocupada canalizando el contrabajo—. Simplemente tenemos que creer lo que parece estar bien, ¿no?

—Entonces estoy... ¿maldito? —le preguntó y ella volvió a reírse, pero se puso seria rápidamente.

—Tienes que recuperar tu vida, Aldo —indicó, de pronto con tono reprobatorio—. No puedes vivir en tus vidas pasadas.

—No era consciente de que lo estuviera haciendo.

—Por supuesto que sí. ¿No lo ves? Si haces la trayectoria un poco más larga, todo es un poco diferente. La felicidad es posible que sea algo que te hayas estado ganando poco a poco, a lo largo de muchas vidas, y ahora es algo que tienes. Tal vez todas las matemáticas que sabes son la semilla de algo que por fin da sus frutos. Igual no eres así desde siempre, te has *convertido* en lo que eres —terminó triunfante, y entonces Aldo lo comprendió.

«Yo soy así», le había dicho él, y ahora ella lo estaba liberando, le estaba quitando las restricciones de una realidad aburrida. Convirtió su vida en magia como un favor hacia él, sin que él se lo pidiera, y ahora entendía también qué era lo que deseaba decir: Yo no lo creo, pero puede que sea así. No es real, pero tal vez sí. Porque quizás ella necesitaba despojarlo de algo y no lo hacía, pero ¿no era su carga menor ahora?

La amaba con fiereza por ello.

No veía ningún problema en quererla de ese modo, con una ferocidad que parecía tan antigua como sus penas, hasta que comprendió que ya no podía recordar una vida sin ella. Como si la antigua versión de sí mismo se hubiera borrado y ya no pudiera existir. Su relación con el tiempo, fuera cual fuera en el pasado, se había visto alterada para siempre.

Lo llevó de vuelta a los recuerdos de su abuela, su *nonna*, que murió de un coágulo sanguíneo cuando él tenía veintipocos. Su padre y él se quedaron con ella toda la noche, en silencio excepto por las oraciones que ella había pedido. Ojalá se despierte, dijo Masso con voz ronca, los ojos rojos e hinchados, y Aldo, un científico, un *matemático*, pensó en cómo explicárselo. Mira, papá, le dijo con tono amable, ha perdido ya mucha sangre, ya ha sufrido un daño irreparable, el cuerpo humano es frágil. Un minuto, incluso solo un segundo sin lo que necesita para sobrevivir lo deja lisiado, débil, sin saber cómo funcionar como lo ha hecho siempre. Sí, podría abrir los ojos, podría empezar a respirar por ella misma, se ha oído hablar de milagros. Pero el cuerpo no puede regresar, no puede reconstruirse. No puede sufrir una pérdida y volver a ser lo que era antes, no, no funciona así. Si vuelve, le dijo a su padre, será diferente. ¿Será menos? Quién sabe (sí, definitivamente, pero ella era su *nonna*, y Masso no quería oírlo), pero, en cualquier caso, no será la persona que recuerdas. No puede ser, ni siquiera en la resurrección, quien era en vida.

Esto fue lo que Regan ocasionó en Aldo: un daño irreparable a la persona que era antes. Regan era Regan, pero era también la pérdida de una vida anterior a la que Aldo ya no podría retornar. No quería hacerlo, pero esa no era la cuestión. Nunca existiría una segunda vez. Consideró lo que le había dicho (*Si todo falla, Aldo, vuelve atrás y bórranos, haz que nunca haya sucedido*) y lo entendió: aunque fuera una crueldad, sería en la misma medida amabilidad. Porque su yo pasado estaba muerto y lo que existía de él ahora podía morir también, sufrir una muerte dolorosa, si era capaz de hacer lo que ella le había pedido. Lo que era ahora, el chiquillo de un hombre aprendiendo a respirar de nuevo, desaparecería. Su vida antes de ella, su vida sin ella, el Partenón... serían ruinas antiguas. Solo quedarían historias que les darían valor. Charlotte Regan lo mató una vez y podía matarlo de nuevo fácilmente. Podía matarlo y eso era lo que temía Masso, aunque no lo sabía. Podía matarlo y ahora Aldo lo comprendía.

Conque esto es amar algo que no puedes controlar, pensó. Se parecía mucho al terror.

La estudió, era su naturaleza hacerlo. Para Aldo, amar algo era estudiarlo; dedicar cada pensamiento libre a comprenderlo. Sabía estudiar y lo había hecho durante años; aprender estaba más en su ser que enseñar. La investigó, tratando de identificar sus leyes y constantes, empezando por qué representaban para ella las relaciones.

—¿Por qué no te gusta el marido de tu hermana?

—No lo sé, son muy convencionales los dos.

—Parece una palabra fea para referirte a normales.

—No, «normal» es una palabra bonita para aburrido.

—Supongo que se te dan mejor que a mí las palabras.

—Bueno, es así, ¿no? Carter es muy poco especial y Madeline no. Me parece un desperdicio.

—¿Qué tiene eso que ver conmigo y las palabras?

—Ah, solo que eres terrible con las palabras, pero muy bueno con los números. Perdona, imagino que no te he explicado eso.

(Regan explicaba muy poco. La mitad de lo que decía existía en los silencios que Aldo se esforzaba por interpretar).

—Entonces, ¿no soy poco especial?

—Por supuesto que no.

—Y desde luego tú no eres poco especial.

—Qué dulce.

—Entonces, ¿solo la gente que no es poco especial merece a gente que tampoco lo es?

—No lo sé, simplemente no me gusta Carter. Pero a Madeline sí, ¿por qué tiene que gustarme a mí?

—No tiene por qué. Solo quería saber el motivo.

Le preocupaba que se pusiera nerviosa, pero se calmó enseguida.

—Ah. —Le acarició la arruga del entrecejo, tratando de alisarla—. ¿Intentando resolverme de nuevo?

—¿Qué te hace pensar eso?

—Solo que conozco ya muy bien tu cara de ecuación.

Aldo se sintió desesperadamente desinformado.

—¿Cara de ecuación?

—¿Sabes lo que es? Es ese pequeño gemido que sueltas —comentó como si fuera un detalle de él tan ordinario como el color de su pelo—. Ese sonido tiene una cara, y esa cara es muy similar a tu cara para resolver ecuaciones. Es frustración y limitación —aclaró, más segura ahora después de haber creado expectación—, como si quisieras la satisfacción del resultado final, pero no demasiado rápido, no demasiado fácil. Si lo sacas demasiado fácil, no merece la pena. Sabes lo bien que te sentirás al resolverlo, pero no quieres hacerlo enseguida, por lo que sigues retrasándolo.

Regan hablaba siempre de sexo con una facilidad pasmosa, incomprensible. Para Aldo el sexo había sido siempre un poco sucio, un poco tabú, desde luego no un tema del que hablar. Ella sacaba el tema con desenvoltura, sin pestañear. Para ella el sexo era parte de su humanidad. Era parte de cómo experimentaba el mundo.

—No creo que se pueda conocer de verdad a una persona sin haber tenido sexo con ella —comentó en una ocasión, una frase moderadamente desagradable—. No necesito conocer a todo el mundo —añadió al ver cómo le cambiaba la cara y se rio—. No merece la pena conocer en profundidad a *todo* el mundo, solo digo que no puedes conocer a alguien hasta que no hayas tenido sexo con esa persona. Fíjate en todas las manías que puede tener una persona, las cosas por las que puede sentirse atraída, si puede enamorarse o no. Si disfruta del sexo o no. En lo que respecta a cómo es una persona, todo es muy vasto. ¿Puedes entender de verdad a alguien sin saber qué le proporciona placer? No, no puedes, así que tenemos que resignarnos con saber que no conocemos a la mayoría de las personas que hay en nuestra vida. —Y entonces añadió, con tono conspiratorio—. Pero eso no significa que no pueda hacer suposiciones.

Le confesó que sus relaciones con los hombres, que él ya había comprendido de un modo abstracto que tenían defectos, eran así porque ella pensaba en sí misma constantemente como un objeto sexual.

—Creo que es así desde que era muy joven. Para los chicos el sexo forma parte de la vida, un rito del camino. Los chicos ven porno cuando tienen doce años, ¡trece! Los chicos tienen sexo por lo que es, solo sexo. A las chicas les cuentan historias fantásticas, les dicen que hay un «felices por siempre», que el sexo no es un derecho, sino un peldaño en una escalera. Tenemos que soportar eso, ¿te lo puedes imaginar? Porque es tan descerebrado y simple que, si los hombres se dan cuenta pronto, se irán. Porque ¿qué tiene de diferencia mi condenada vagina con la de otra mujer? No, lo que me hace diferente está en otra parte, en cualquier otra parte, literalmente, pero no puedo disfrutar del sexo sin un riesgo sociológico arcaico. Y si lo piensas, eso es todavía peor, porque mira la vagina, Aldo. Puede tener *infinitos* orgasmos.

No necesita un tiempo de recuperación. Puede correrse y correrse y correrse, y ¿qué? Como mucho se seca. Lubrícala de nuevo, es fácil. Si hay un órgano sexual omnipotente, es la jodida vagina, pero no, los penes son los que deciden si una mujer tiene valor. ¿Quién permite que eso suceda? En serio, Aldo, ¿quién? Puede que por esto sean los hombres los que gobiernan el mundo, porque fueron lo bastante listos para convencer a las mujeres de que la virginidad es preciada, de que el sexo debería ser un secreto, de que la *penetración* es sagrada. Menuda idiotez, es más estúpido que cruel, y eso es lo peor. La idea de que debería querer el sexo menos que tú, ¿por qué existe?

Sus relaciones con las mujeres no habían ido mucho mejor. Regan le contó casi enseguida que no tenía muchas amigas y Aldo fue descubriendo que tenía razón, o que al menos había sido honesta. Por supuesto, era interesante. Regan no tenía mucho tiempo ni energía para la clase de amor que requería la franqueza, y eso hizo que Aldo comprendiera que lo mejor que podía haber hecho para ganarse a Regan era identificar de inmediato su verdad primaria: que estaba más cómoda cuando se mostraba falsa. Regan no disfrutaba con la honestidad. La odiaba, le repugnaba, en especial sus verdades. Las verdades de otras personas simplemente las recogía como si fueran artículos brillantes, las desechaba o se las llevaba, preguntándose dónde colocarlas.

En el caso de Aldo, sin embargo, las recopilaba. ¿Qué pensaba él de esto? ¿Por qué le encantaba esto? ¿Por qué era el sexo mejor para él de esta forma? ¿Por qué la había elegido a ella? Su compulsión por saber resultaba familiar (física, mental, procedimental), pero también suponía una pausa significativa en lo que él comprendía de ella. ¿Por qué era ella honesta con él y no con otros? ¿Por qué deseaba saber sus verdades mientras que rechazaba de forma inmediata las de otras personas que había en su vida? No era insensible en lo más mínimo. Hablaba de un buen número de personas, pero detestaba poseer cualquier realidad de quiénes eran.

Tal vez fuera porque la gente estaba inclinada de forma natural a ser honesta con ella. Tenía un aspecto inocente, sus ojos grandes eran engañosos. Tenía sus estrategias para hacer que la atención pareciera interés. Era una maga, ágil. Medía los silencios, usaba las pistas físicas para guiarlos al resultado que ella deseaba; elige una carta, cualquier carta, pero ella la estaba señalando de forma sutil con la inclinación de la cabeza o con el movimiento de las manos: elige esta. Cuéntame tus debilidades, tus inseguridades, tu vida sexual; sí, cuéntamelo, ¿no quieres que lo sepa? Siempre caían, no reconocían sus intenciones.

Más tarde, Aldo cayó en por qué era él diferente.

«Porque te quiero», le dijo ella.

La había visto ignorar una llamada telefónica, silenciar la vibración, y le había preguntado por qué no quería saber de sus padres, hermana y amigos, pero siempre quería conocer hasta el más mínimo detalle de lo que había hecho él en el día. Estaba hambrienta de las migajas de Aldo. ¿Qué has enseñado hoy? ¿Quién es tu alumno preferido? ¿Qué te ha dicho tu tutor de la tesis? ¿Has boxeado hoy, o has corrido, o las dos? ¿Cuánto tiempo, cómo ha ido, qué músculos te duelen? ¿Qué ha sido lo que más te ha gustado de lo que ha pasado hoy? ¿Por qué? ¿Qué quieres que pase mañana? Él respondía todas sus preguntas, divertido, pero quería entender: ¿por qué me preguntas esto cuando llevas diez horas sin verme, pero no te importa lo que ha hecho tu madre en los últimos diez días?

«Porque te quiero».

Tan simple y fácil y crudamente inimaginable como eso.

Fue más o menos por esa época, cuando, al entender que Charlotte Regan era capaz de asesinato, Aldo tomó una decisión. Tendría que poseerla, a toda ella, como no poseía ni había poseído nada nunca. Tendría que ser capaz de mirar todo lo que era ella al mismo tiempo; abrir todas las puertas que mantenía cerradas dentro de ella y después recorrer toda la casa, apropiarse de ella. ¿Cuánto tardaría? Seguramente años, eones, muchas vidas diferentes y, mierda, tendría que empezar pronto, inmediatamente. Regan tenía razón, ¿no?, los humanos eran inherentemente defectuosos, entorpecidos por sus expectativas de vida insustanciales, por la propia mortalidad. No tendría nunca tiempo suficiente, pero, así y todo, tendría que tenerlo todo, la mayor parte. No podía recuperar el tiempo que había perdido, pero, si no era él, ¿quién tendría entonces el resto?

Tendría que conservarla de algún modo y eso significaba resolverla. Eso significaba convertirla en su problema imposible. Los viajes en el tiempo ya no le interesaban en absoluto, solo Regan y lo que necesitaba para hacerla fija en su vida. Conocerla significaba conocerlo todo, no solo sus pensamientos o sus verdades o cómo le gustaba tener sexo. Conocerla significaba conocer su futuro, tenerlo para él. Era conocer qué aspecto tendrían sus hijos, qué aspecto tendría *ella* en el futuro, cuando la juventud desapareciera de su rostro y fuera remplazada por otra cosa, ¿por qué? Un misterio. Era un jodido misterio y Aldo no podía quedarse sentado mientras había misterios en pie. La inseguridad era algo con lo que convivía, sí, pero ya no. Frustración y limitación, lo había dicho ella, igualar su amor por las matemáticas con su amor por ella.

Soy Atlas, pensó, sosteniendo el peso del cielo. *Seré resistente, tengo que resistir.*

—¿En qué piensas? —le preguntó Regan.

—Pienso que deberíamos mudarnos juntos.

Ella sonrió.

—Umm. Y yo que pensaba que ya te habrías cansado de mí.

A principios de febrero, Aldo y Regan entraron de la mano al pequeño estudio de ella, colocaron las cosas en cajas, pidieron un taxi en la calle y entraron en él, cargados de posesiones que olían al perfume de ella. Pasaron dos horas desechando piezas de la vida de Aldo para hacer hueco a las suyas: un cepillo de dientes al lado del suyo, su maquillaje en el botiquín de él, sus vestidos colgados junto al traje de Aldo. Él se encogió para hacer espacio para ella, le prestó los rincones de su cordura. Tuvieron sexo sin prisas en la cama, que antes era de él y ahora era de ellos; Regan pasó las manos por las sábanas y pensó en cambiar cosas. Se implantaría a sí misma en Aldo con el tiempo, fuera o no su intención. Le compraría unas sábanas más bonitas, le haría probar su suavidad, que nunca lo dejaría insatisfecho. Ocuparía su frigorífico con la comida que le gustaba, las cosas que le encantaban y diría: ven y prueba esto, y entonces él lo haría y ella también disfrutaría. Aldo acabaría compartiendo sus alegrías hasta que ya no pudiera separarlas de las propias, y entonces, un día, tal vez volviéndose hacia ella en una fiesta o apresurándose a preguntarle en un mensaje, diría: ¿cuál es esa cosa que me gusta? Y ella conocería la respuesta. Ella lo conocería todo. Al final, todas las respuestas a todo lo que era él estarían en la palma de sus manos.

¡Qué peligroso! Qué ingenuo era Aldo, qué corto de miras, qué inexperimentado al no haber sentido el temor de ella como lo había sentido ella. Para Regan, era un terror informado, entrar de nuevo en una casa encantada, reproducir una muerte frecuente. Lo besó; lo siento por tu estupidez. Regan quería decirle, quería enseñarle: Cada vez que amas, se desprenden piezas de ti y las reemplaza algo que le has robado a otra persona. Da la sensación de que es el lugar correcto, pero cada vez es ligeramente distinto, te transformas en algo irreconocible, y pasa tan despacio que ni siquiera te das cuenta, como mudar la piel y que te salga una nueva.

Él le sonrió como diciendo: ¿No es maravilloso?

Sí, pensó ella con pena. Sí, es peligrosamente maravilloso sufrir tan dulcemente contigo.

Regan lo interpretó como una especie de persona nómada con hábitos dispersos, pero no era verdad. Aldo trabajaba duro, trabajaba con diligencia, trabajaba a menudo. Iba a clase a aprender y a enseñar, tenía constantemente reuniones con profesores y colegas, trabajaba sin descanso en su tesis. Su trabajo, al contrario que el de ella (el de ella era lo contrario), se desarrollaba casi por completo dentro de su cabeza. Acabó entendiendo que Aldo podía sentarse relativamente quieto durante una hora y escribir solo una o dos cosas antes de acabar.

Se unió a él en sus rituales, se sentó a su lado, con los hombros pegados a los de él, y le pidió que le contara en qué estaba pensando mientras él jugueteaba con un porro entre los dientes.

—¿De qué va tu tesis?

Su respuesta era ensayada.

—Las matemáticas tras la física cuántica.

—¿Y eso es...?

—Dimensiones, funciones de realidad. Tiempo. Inseguridad; las matemáticas tras Heisenberg, Schrödinger...

—¿El gato?

—No exactamente, pero sí, también el gato.

—¿Está muerto o vivo?

—Ambos.

—¿Y eso tiene sentido para ti?

—Es solo un experimento mental. Y mi trabajo es hacer que las cosas tengan sentido.

—Pues no vas a hacer muy buen trabajo —respondió con tono juguetón.

—Probablemente por eso no me han dado aún un título— respondió él.

—¿Qué tiene que ver nada de eso con los viajes en el tiempo?

—Todo, la mayoría de las cosas encajan dentro de los parámetros del tiempo. Si comprendiéramos cómo funciona el tiempo, tal vez podríamos usarlo.

—¿Te encanta?

—¿El qué?

—Lo que haces, lo que estudias.

Aldo se quedó un instante callado antes de responder.

—Las matemáticas me resultan muy sencillas —acabó diciendo.

—¿Y si no fuera así?

—¿Qué?

—¿Y si no te resultaran sencillas? ¿Seguirías haciéndolo?

Solo entonces pareció comprender la pregunta.

—Es complicado que te encanten las matemáticas. Son precisas, implacables, son evasivas y nunca me van a corresponder, pero no tengo mucha elección, ¿no? Es lo que puedo hacer yo y otras personas no, o lo que a otras personas les falta paciencia para hacer. ¿Hay cosas más valiosas, más gratificantes?

Sí, probablemente. Pero no sé lo que son, nunca se me han presentado. Solo las matemáticas.

—Qué poco romántico —comentó Regan y lo dijo como una broma, pero por un momento pensó que lo decía de verdad.

—No tanto —contestó él y Regan recordó de pronto que, si bien él se creía fijo de forma segura, eran las matemáticas las que le habían salvado la vida. Su respuesta, que de primeras no parecía una respuesta, era que se había entregado a las matemáticas porque estas lo habían encontrado. No podía imaginar otra vida para él porque, para él, no era una elección, era sencillamente el destino.

Ah, el destino, pensó Regan. Sí había romance, después de todo.

—Charlotte —dijo la doctora—, ¿estás escuchando?

Regan devolvió la atención a la doctora, que estaba sentada frente a ella.

—Perdón —respondió y la mujer puso mala cara.

—¿Entiendes que estas sesiones son orden del juez? Si informara de que ya no estás cumpliendo los términos de tu sentencia…

—Estoy aquí, ¿no?

—No estás aquí como debes. No participas en nuestras sesiones.

—¿Qué quieres exactamente de mí?

—Algo, Charlotte, cualquier cosa.

Regan se miró las manos de mal humor.

—Me he mudado con mi novio.

—¿Con Marc? Pensaba que ya vivías con él.

—No, Marc no. Aldo. Rinaldo.

La doctora frunció el ceño, confundida.

—¿El... matemático?

—El genio, sí.

—¿Por qué lo llamas así?

—Porque lo es. —Y lo era. Había visto la prueba en numerosas ocasiones. Estaba segura de que él tenía tanto tiempo para ella porque podía hacer su trabajo más rápido que sus colegas. En raras ocasiones tenía que hacer las cosas dos veces, nunca tenía dificultades. Era un genio y ella, lamentablemente humana, regularmente maravillada.

—¿Y la pintura?

—Sigo pintando. —Aldo solía estar ocupado durante el día y ella conservaba su estudio. Estaba lleno de materiales de pintura y lienzos, obras que dejaba allí secándose mientras ella dormía en casa con Aldo—. Estoy trabajando en algo nuevo. Una colección.

—¿En qué estás trabajando?

—Aún no lo sé.

—Charlotte.

—Aún no lo sé —repitió, irritada—. No te estoy ocultando nada. Es solo que aún no sé qué es.

La mujer se quedó mirándola un momento.

—Llamé a tu farmacia, pensaba que seguramente necesitaras una autorización para la renovación de las medicinas, Charlotte. Me dijeron que te quedan tres renovaciones.

Regan no dijo nada.

—Te escribí una prescripción para seis meses y han pasado nueve.

Regan sabía suficiente sobre la culpa y la inocencia como para no moverse.

—No te estás tomando las pastillas —dedujo al fin la psiquiatra y Regan se cruzó de brazos, molesta.

—No, no me las estoy tomando. No quiero hacerlo. No me gustan, no me gusta lo que me hacen, y no puedo pintar cuando estoy tomándolas. Ahora soy más feliz.

—¿De verdad?

—Sí, las cosas son diferentes. Muy diferentes.

—¿Porque no estás con Marc?

—Porque estoy con alguien mejor que Marc.

—Pensaba que era un amigo.

—Yo no tengo amigos —repuso con una carcajada que le sonó superficial incluso a ella—. Aldo no fue nunca solo un amigo. Yo no quería admitirlo.

—¿Engañaste a Marc?

—¿Qué importa?

—Solo pregunto.

—No lo engañé. Aldo no es el chico malo en todo esto. Y desde luego Marc no es el chico bueno.

—Entonces, ¿quién es? El chico malo, digo.

Regan volvió a reírse.

—Yo, supongo. Yo soy la delincuente, ¿no?

Fue capaz de ver las señales de alarma en la mente de la psiquiatra, seguro que este era un tema en todos los exámenes de psiquiatría. Seguro que esta doctora convenció en un momento a una junta de profesionales que podía lidiar con esto. Un paciente reticente dice que no va a medicarse más, se autoidentifica como un problema o una enfermedad, ¿qué haces?

—No me gusta la idea de que no te estés tomando las pastillas, Charlotte.

Excelente, imaginó Regan a un profesor diciendo como respuesta. Amable, pero discreto, directo, pero justo. Humano, pero no excesivamente. No olvidemos nuestros papeles en este despacho. No olvidemos las partes que todos hemos aceptado representar.

—Odio que me llamen Charlotte —se quejó, de pronto sentía que empezaba a deshilacharse por los bordes—, y no me conoces. No sabes nada de mí. Solo conoces mis prescripciones, mi diagnóstico, cosas que has escrito en tus notas. ¿Por qué debería hacer lo que crees que es mejor solo porque has ido a Harvard? Porque mi familia me quiere tranquila, me quiere atontada, ¿por eso no te gusta?

La doctora permaneció callada un momento.

—Si no sé nada de ti es porque nunca me cuentas nada. Me has contado lo mínimo, los detalles menos informativos de tu vida, y no tengo forma alguna de saber quién eres, o cómo te sientes, a menos que me lo cuentes. Si no participas en la terapia, estás desperdiciando el tiempo de las dos.

La voz de Regan fue amarga, cruel.

—¿Debería de ir a prisión entonces? ¿Eso es lo que crees que merezco?

—¿Es eso lo que tú crees que mereces? —replicó la mujer y a Regan le entraron ganas de romper algo. Una ventana, un codo, cualquier cosa.

—Antes de conocer a Aldo, era una falsificadora.

—Lo sé.

No, pensó, *no lo sabes*.

—La falsificación no es arte, es precisión. Es un proceso más que un oficio. Es interpretación, traducción. Pero es un talento, y es el único que tenía. No hay mucho más sobre mí aparte de eso.

—No es tu único talento, Char...

Se calló al ver la mueca de Regan.

—¿Y ahora? —le preguntó la doctora y Regan se volvió.

De pronto se sentía completamente desligada de todo, incluida de ella misma.

—Aldo creía que era una artista, así que lo hice real —comentó—. Creía que era una persona honesta que mentía de vez en cuando en lugar de una mentirosa que a veces contaba la verdad, así que lo fui. Creía que podía amarlo, y eso hice, eso hago.

Él me despertó, quería gritar. Él me despertó y por ello siempre confiaré en él. Seré para él lo que es él para las matemáticas, ¿no ves lo frágil que es eso? ¿No ves que existo de forma intangible, arriesgada? ¿No ves que yo... que el yo que soy ahora, aquí sentada en este momento, es un producto de su imaginación? Él soñaba con que yo fuera así. Siempre puede dejar de soñar conmigo, dejar de creer en mí. Puede desenmascararme y ¿qué quedará entonces? ¿Lo temeré siempre tanto como lo amo? ¿Seré siempre la mitad de su yo completo? ¿Qué son las almas gemelas? ¿Soy yo una o soy un parásito, una sanguijuela, un cáncer que se extiende y se afianza y disfruta ahogándonos a los dos?

La doctora descruzó las piernas, pensando, y volvió a cruzarlas.

—Cuéntame por qué no deberías medicarte. Convénceme.

Regan levantó la mirada hacia la mujer.

—¿Qué te parece esto? —comenzó—. Tendremos seis conversaciones reales. Si al final de ellas sigues creyendo que necesito medicación, entonces bien, me tomaré las pastillas. Pero si no, no volveré a tomarlas. Puedes vigilarme si quieres, y seguiré viniendo cada dos semanas, pero si después de seis conversaciones me crees, entonces se acabaron las pastillas. —Se detuvo en busca de una reacción, pero no halló ninguna—. ¿De acuerdo?

—¿Por qué seis conversaciones?

Regan carraspeó y pensó que esta era una respuesta muy larga y muy reveladora. Seguro que dejaba entrever las grietas. Pero ya funcionó una vez, ¿no?

—Tiene que ver con... —Hizo una pausa—. Las abejas.

La mujer se retrepó en el asiento y asintió.

—De acuerdo. Háblame de las abejas.

SEXTA PARTE

GIROS

Aldo no estaba seguro de en qué momento volvería para arreglar todo lo que había ido mal.

Normalmente, identificar el nexo de cualquier acontecimiento era una de sus habilidades. Podía planear casi cualquier cosa una vez que identificaba las secuencias. A pesar de ello, o tal vez por ello, se esforzó por recomponer la noche. La experimentó como si estuviera sucediendo de nuevo, solo que por partes, por fragmentos.

Estaba la voz de Marc diciendo: «No lo ves, ¿no? Y yo que pensaba que eras una especie de genio. Ella elige a personas a las que no aprueban sus padres, los problemas clásicos con los padres, nada nuevo ni excitante, y luego estas personas pierden el atractivo y de pronto se vuelve misteriosa. Empieza a hacer yo qué sé qué a todas horas, a buscarse a sí misma o algo así, y, oh, ahora no es feliz, pero ella le da la vuelta a todo, ahora es culpa tuya, y tú le crees, pero esa es la cuestión: *Regan no quiere ser feliz*. No puedes hacerla feliz, y ¿sabes por qué? Porque algunas personas saben cómo existir y Regan no, ella no quiere, no querrá nunca. No sé por qué he venido aquí, en serio, creo que necesitaba verlo por mí mismo. Quería verla aquí, fingiendo que tú eres la mejor novedad de su vida, y ¿sabes qué? Puede que dures más que yo, porque sus padres te odian tanto que me pidieron que viniera y soy muy consciente de que no me soportan. Joder», dijo en la mente de Aldo con una carcajada, «pobre de ti, ni siquiera te culpo. Solo eres el último escalón en el que subirá para llegar adonde quiere ir a continuación».

A partir de aquí, solo hay líneas, colores, texturas. Una fiesta y escenas propias de una fiesta. Nada remarcable, hasta que su mirada encuentra algo sorprendente, eso es. Un hexágono dorado diminuto en la esquina de una pintura, con el mismo brillo metálico famoso de Klimt, que es un artista que sabe que a ella le encanta. Una vez le contó que podía quedarse horas mirando *El beso*, solo mirando el rostro de la mujer e imaginando cómo sería ser ella, que la abrazaran como a ella, que la tocaran así.

¿Por qué apartaba la cara de su amante?, preguntó Aldo. Regan pensaba que era para mostrar la expresión de la mujer, para capturar su emoción con la feliz contorsión de su rostro, pero Aldo no lo creía así. Él pensaba: *Entregarse a algo de golpe era perderte a ti mismo por completo, y resistirse era intercambiar un momento fugaz de placer por un dolor más exquisito, abundante.*

Y ahí estaba Regan: «No, aquí no», le dijo, sujetándole las manos. Ella ya le había desabrochado el pantalón, tenía el vestido subido, pero él apartó la cabeza. «Aquí no, ahora no». Le siguió el dolor o la ira, no sabía cuál. ¿Qué vino primero, la rabia porque la había apartado o porque su madre la había traicionado? ¿Sintió Regan una necesidad compulsiva de tener sexo para recordar que la amaba, o simplemente anhelaba el amor que nunca recibió dentro de la casa donde nunca lo había recibido? Aldo tuvo pensamientos sobre compulsión y anhelo, sobre las diferencias entre las dos sensaciones, y ahora qué era él, pensó.

¿Era amor lo que había entre ellos o era necesidad?

Líneas, colores y texturas. El pequeño hexágono y luego el vestido amarillo-no-amarillo de Regan.

¿Dónde podría deshacerlo, si es que podía?

—¿Dónde está la verdadera? —le preguntó a Regan, ¿y era eso lo que lo había hecho?

(¿Deshecho?).

No, ahí no. Aún no. Cerca, pero no mucho...

Ella estaba llena de inocencia, murmurando:

—¿A qué te refieres?

—Estás mintiendo. —Ya había hecho las investigaciones. La había estudiado.

—Aldo, escucha...

Espera, pensó, volviendo a reproducirlo. Espera a que bulla la sangre en sus venas tristes y patéticas. Espera a la confusión, la sensación de pérdida. Espera a que ella lo mire, mintiendo como solo ella podía mentir, y espera a que él piense, por primera vez, que ella nunca había contestado de verdad una pregunta. Al principio era encantadora, ¿verdad? Una excentricidad, un detalle artístico, un pequeño hexágono dorado en la marca de lo que era ella. Fue obsesivo aprender a leerla, pero ella no es solo un problema sin una solución, es una trayectoria circular rota que no puede arreglarse. Espera a que él se dé cuenta, a que coloque las cosas en categorías en su cabeza, y espera a que luego se pregunte si, mientras él estaba experimentando algo especial, ella había sentido de verdad lo mismo.

Espera a que piense: Dios mío, es una estafa. Es una ladrona, replica cosas. Espera a que se diga a sí mismo: No solo soy igual que Marc, Marc es igual que el hombre que hubo antes que él, y el hombre que hubo antes, y puede que seamos todos billetes falsificados, recreados una y otra vez mientras ella abarata nuestro valor, nos drena de significado, nos gasta como si fuéramos dinero y nos deshecha. Espera a que piense: Es demasiado rápido, todo va demasiado rápido... y seguro que ni siquiera *cree* esto, pero ¿cómo no va a hacerlo, si las señales están todas ahí? Se supone que él reconoce los patrones. Él es quien llama por su nombre a las cosas que son siempre verdaderas, él entiende la diferencia entre las constantes y las variables, él asigna lógica a excepciones y reglas. Espera a que la mire como si no tuviera ni idea de quién es, o de quién es él, o de lo que son los dos.

Espera...

—No has cambiado de verdad, ¿no? —le pregunta a ella.

Al final, una versión tardía de Aldo reconocerá los detalles. Aquí está, piensa, y el pensamiento no es satisfactorio, pero sí concluyente.

Aquí está. Este es el momento.

Es este.

ESTO ES LO QUE LE PASÓ A ALDO

La primavera que precedió a esa particular noche fue al mismo tiempo familiar y desconocida, como era siempre la primavera en Chicago. Un día era invierno y al siguiente el hielo se había derretido y perdían los abrigos, o se los olvidaban en casa cuando salían a hacer recados rutinarios, sin importancia. Vamos a tomar café, sí, vamos, ¿hace frío fuera? Sorprendentemente no, vamos; y fuera brillaba el sol, y ellos decían ¿gafas de sol?, sí, gafas de sol; y así la primavera se les metió en el cuerpo. Las personas empezaron a emerger de donde sea que habían estado escondidas, a llenar las calles de nuevo y a recordar al resto de los habitantes de la ciudad que *sí* había gente viviendo allí. Cada año era una sorpresa lo largo y desolador que podía ser un invierno y cada año recibían con entusiasmo la primavera. Parecía un suspiro colectivo de alivio, la exhalación de la melancolía monocromática. Incluso para Aldo y Regan, que habían estado más cálidos ese invierno por haberlo pasado en los brazos del otro, la llegada de la primavera fue el recuerdo de que todas las cosas tenían una temporada.

Para Aldo en particular, la primavera fue como era siempre. Sus alumnos siempre lo hacían mejor en la segunda mitad del año; la llegada de los días más largos y el tiempo más cálido era suficiente para motivar incluso al más ambivalente de los estudiantes. Normalmente también él trabajaba mejor en primavera, podía regresar al fin a sus patrones usuales de visitas al parque, a su búsqueda de espacios abiertos. Subía a su moto, limpia de sal y de óxido, iba al parque de siempre, se dirigía al banco y dejaba que los rayos de sol, viejos pero nuevos, le empaparan los hombros.

Sus pensamientos eran iguales que siempre. Eran constantes y frenéticos y aburridos y estancados, como habían sido siempre sus pensamientos, y en busca de un problema imposible, como siempre. Ese día en particular sacó un porro recién liado del bolsillo y lo giró entre los dedos, como solía hacer.

Solo que esta primavera las cosas fueron ligeramente distintas. Por una parte, el pelo de Aldo, que normalmente le caía sobre los ojos hasta que se lo apartaba de forma descuidada, estaba recién cortado. Tenía la ropa limpia y ya no olía a hierba. Por el contrario, olía un poco a pintura acrílica, vino y madreselva. La camiseta que llevaba puesta era nueva, comprada para él y almacenada en su armario sin ceremonias.

El problema también era algo diferente a anteriormente.

—Pareces un poco distraído —observó su tutor.

—¿Hay algún problema con mi tesis?

—No, no es eso, tu trabajo está bien, y, bueno, siempre has sido…

(La gente solía ser demasiado educada para terminar esa frase).

—Distante —continuó el profesor, carraspeando—. Pero ¿va todo bien?

—¿Conmigo? Sí, por supuesto —contestó Aldo, que, al contrario que Regan, solo podía mentir de forma selectiva.

Su problema era este: a finales de marzo, Regan dejó de dormir. Sus patrones de sueño siempre habían sido erráticos, a menudo fácilmente alterados, pero esa fue la diferencia: la previsibilidad de su imprevisibilidad. Durante el invierno a veces se mostraba reacia a salir de la cama, se acurrucaba bajo las sábanas hasta que Aldo regresaba de clase por la tarde, o se mostraba inclinada a quedarse toda la noche despierta, divagando sobre el universo. Regan no solía cocinar, pero cuando lo hacía era toda una producción, un espectáculo; usaba todas las ollas y sartenes de los armarios y creaba muchos platos de diferentes calidades. En esos días, Aldo se fijaba en las copas de vino al entrar y comprendía, basándose en su experiencia superficial pero fiable, que sería otra noche de sexo y conversación.

Sus días eran un proceso de pistas sutiles reconocibles: ¿había salido Regan de la cama de forma voluntaria o perezosamente? ¿Había saltado o se había arrastrado? ¿Había comprado algo, muchas cosas, y había salido durante horas o no había abandonado la casa? ¿Estaba sonriendo, llorando, gritando? Las lágrimas de Regan casi nunca eran de tristeza, sino de rabia o de frustración, parte de la cual iba dirigida a él. Más a menudo estaba en guerra con otra cosa diferente; alguien a quien había visto ese día o un pensamiento de injusticia que acababa de tener. Podía despertar la pasión por casi cualquier cosa y Aldo aprendió a reconocer las señales, los patrones: ¿qué películas había estado viendo? Tenía películas felices, películas tristes, unas catárticas, y lo mismo pasaba con los libros. Leía con voracidad, muchos libros a la vez o ninguno. Consumía música como si mantuviera una conversación con su alma; ¿has oído eso, Aldo, estabas escuchando? ¿Cómo puedes quedarte ahí como si no hubiera cambiado nada cuando o bien no estás vivo o todo lo que eres ahora es inconcebiblemente distinto?

Se acostumbró a la turbulencia hasta que, de forma abrupta, cesó. Marzo avanzó, llegó el primer día de la primavera y se marchó, y en abril Regan había empezado a integrarse en la regularidad. Aldo se dio cuenta cuando llegaba a casa por la tarde y ella no estaba; Regan llegaba por la noche, tarde, y le daba un beso en el cuello o se subía en su regazo y le decía cosas, cosas típicas de ella, como: Aldo, he estado todo el día pensando en ti; Rinaldo, me gustaría meter los dedos entre tus costillas, quiero recorrer los riscos de tu estómago con los dientes, me gustaría besarte la punta del pene y mantenerte dentro de mí hasta que los dos veamos las estrellas.

Él no le preguntaba qué estaba haciendo porque ya había descubierto que no le gustaba que le preguntaran casi nada. No seas chismoso, le decía, te lo contaré cuando esté preparada, y él le hacía caso porque confiaba en ella, porque le temía, porque la quería.

—La amo —le dijo a Masso y él suspiró.

—Lo sé, lo sé, Rinaldo, pero todo va demasiado rápido. Primero te gusta, luego la quieres, después vives con ella, ¿y después qué?

Las llamas lamían los pensamientos de Aldo, danzando en la forma de las caderas de Regan.

—¿Y? A veces las cosas se mueven rápido, papá. A veces sucede.

No le dijo a Masso que tenía razón, que en mayo Aldo ya estaba seguro de que Regan era muy rápida para él. Demasiado rápida, y a él le costaba tomar aire, porque incluso respirar para aclarar la cabeza suponía vacilar y quedarse atrás. Aldo no le dijo a Masso que estaba muerto de miedo ahora que entendía lo que era amar algo. Que amar a una persona era abandonar la necesidad de poner límites entre ellos y amar era existir en una constante amenaza paralizadora.

En secreto, Aldo creía que, si reducía la velocidad, Regan se perdería de vista. Nunca volvería a ver más de ella que la nuca. Tal vez un vistazo de su hombro, puede que una sonrisa pesarosa de Aldo, oh, Aldo, gracias por tu tiempo, fue bonito mientras duró, pero entonces se retiraría, desaparecería entre sus dedos y las grietas de la calle y caería a un mundo del revés donde pudiera encajar y donde él nunca, jamás la seguiría.

Los pensamientos sobre el tiempo persistían, aunque ya no deseaba transportarse a través de él, sino que sentía la desesperante necesidad de detenerlo, de pararlo. Suspendería el hexágono del tiempo y diría ¿ves, Regan? Sigues viva aunque las cosas no se muevan de forma borrosa, y entonces ella le acariciaría el pelo y le tocaría las mejillas con las yemas de los dedos, y diría: Rinaldo, eres un genio.

La gente pensaba que la adicción era ansia. Las personas estaban siempre diciendo que eran adictas a cosas como el chocolate o los programas televisivos y, como resultado, Aldo se sentía un vagabundo del léxico. No es eso, quería decirles. No lo entendéis, deseaba gritar, porque ahora él lo entendía. Había una diferencia entre el ansia y la compulsión. Sabía esto por las pastillas, *sus* pastillas, que le prescribieron un día y había estado tomando de forma responsable. Pero el problema con el dolor de la mente es que es fácil engañar a la mente con casi cualquier cosa: placebos, sondeos, información sesgada; la lista de lo que podían hacer creer a su cerebro era infinita. Del mismo modo, el cuerpo hará casi cualquier cosa para no sentir nada. El grado al que aspiraba Aldo a ser insensible fue en un tiempo vasto, y su desesperación por el silencio apenas mucho menor. Qué omnipotencia había poseído su medicación hasta que dejó de tenerla; con qué obediencia se acallaba su mente hasta que se enamoró del silencio y se defendió.

La gente pensaba que la adicción era ansia, pero la diferencia era esta: el ansia eran deseos que se podían cumplir, la compulsión eran necesidades que había que satisfacer.

Una vez le dijo a Madeline que Regan era infinita, y lo era. No había forma de constatar dónde empezaba y dónde terminaba. Aldo podía pensar ¿dónde ha estado? ¿Qué ha estado haciendo? Y ella podía contestarle y él seguiría sin entender, porque dónde estaba en un momento concreto no era necesariamente dónde estaba, y qué había estado haciendo era otra cuestión completamente diferente. Por ejemplo: ¿estaba cocinando o llenando un vacío? ¿Estaba pintando o invocando demonios? ¿Estaba durmiendo o estaba soñando? ¿Estaba transportándose por los reinos?

¿Qué era todo eso? ¿Y lo entendería él algún día?

Giró el porro entre los dedos, sacudiendo la cabeza. ¿Por qué había elegido la rama pura de las matemáticas? Porque las matemáticas no tenían interés en las consecuencias. Las matemáticas tenían que ver con la explicación, no con la aplicación. Nunca le había importado ver si algo funcionaba de verdad, solo si podía resolverlo, arreglarlo, convertirlo en algo comprensible. Que otros *crearan* las partículas; que otros descubrieran de qué estaba hecho el universo y lo reconstruyeran después, que moldearan la vida a partir de arcilla proverbial. Él solo quería tomar algo que nadie había resuelto y transformarlo en algo que pudiera verse en una página, solo para que alguien dijera algún día *oh*. Oh, sí, ahora lo veo. Y entonces luego esa persona haría lo que deseara con esa información, pero eso no era asunto de Aldo. Él nunca se había responsabilizado de nada antes de conocer a Regan, y ahora parecía que lo único que podía hacer era aceptar responsabilidades.

Le vibró el teléfono en el bolsillo. Lo sacó y se lo llevó a la oreja.

—¿Preparado?

Bajó la mirada y contempló el porro.

—Casi.

—Estás en el parque, ¿verdad?

—El museo es tu espacio.

—También es tuyo. —A ella le gustaba pensar en cosas compartidas. Era una de sus virtudes.

—Sí, pero se está bien fuera.

—Ya, pero vas a tener que venir a casa, tenemos que irnos.

—Vale, ¿ahora?

—Sí, ahora. —La paciencia, por otra parte, no—. Me han asegurado que no va a ser terrible.

—¿Madeline?

—Sí, Madeline.

—Miente, ¿verdad?

—Sí, casi seguro. Pero creo que probablemente sea mejor así.

Sí, pensó, *probablemente sí*.

—Vale, voy.

—Haré que valga la pena, te lo prometo.

Siempre lo hacía.

—Siempre lo haces.

—¿Nos vemos en cinco minutos?

—Nos vemos en cinco minutos.

Se metió el porro en el bolsillo con el teléfono, miró la hierba que brotaba en el parque y contuvo la respiración, prolongando el segundo.

Entonces agarró el casco y se dirigió a casa, cumpliendo las promesas que había hecho.

La semana anterior Madeline no llamó a su hermana Charlotte, sino a Aldo.

—Lo siento, pero voy a tener que pedirte que hagas algo muy muy desagradable.

—¿Sí?

—Necesito que convenzas a mi hermana para que venga a casa para la fiesta de cumpleaños de nuestro padre. No tenéis que quedaros el fin de semana entero —añadió Madeline rápidamente antes de que él pudiera responder—, pero venid al menos la noche, ¿vale? Cumple setenta años, es un número importante.

—¿Cómo tienes mi número?

—Me lo dio Charlotte para casos de emergencia.

—Ah ¿sí?

—Sí.

—¿Y esto es una emergencia?

—Sí, y no quiero tener que explicar a mi madre por qué no va a venir mi hermana.

—¿Has probado con preguntarle a ella?

—Aldo —dijo, resoplando—, ¿estamos hablando de la misma Charlotte Regan?

Para su sorpresa, Regan aceptó rápidamente. Parecía con ganas, de hecho, como si esta visita pudiera de algún modo salvar la última. Le eligió una corbata a Aldo y se compró un vestido para ella. Hablaba del tema como si se tratara de un evento normal: «La fiesta de cumpleaños de mi padre es la semana que viene, no lo olvides», y no parecía impregnar sus palabras de ninguna incomodidad profética. A pesar de saber que posiblemente este evento («como todos los eventos que organizan mis padres») sería un desastre, descartaba esa idea con un casual «estarás tú».

Un «todo irá bien, estarás tú».

O «no me preocupa, estarás tú».

Regan había elegido un vestido de un tono amarillo tan pálido que casi parecía blanco, y se había dejado el pelo suelto, peinado en ondas que caían de forma romántica por encima de los hombros. Era una elección inusual, suave, y Regan no solía ser dada a la suavidad. Se había disfrazado de Charlotte y lo había hecho con aparente facilidad. Sonreía a Aldo mientras conducía por el tráfico de Chicago, hablando con él igual que siempre.

—Creo que es mi oportunidad para arreglar las cosas —iba diciendo, posiblemente tratando de convencerlo, de convencerse a sí misma, o a los dos—. Además, tienen que volver a conocerte.

Él estaba menos seguro.

—¿Lo saben? Lo nuestro, quiero decir.

—Imagino que Madeline se lo ha contado. —Se encogió de hombros—. Saben que vienes conmigo.

(Masso no había sido de ayuda: claro que les gustas, Rinaldo, ¿cómo no vas a gustarles? Papá, creo que no, oh, bueno, pues peor para ellos, no importa, pero sigo pensando que estás equivocado. Papá, creo que sobrestimas cuánto gusto a las personas, mis alumnos me odian y la mayoría de mis colegas también. Lo que ven, solo lo que les enseñas. Muéstrales otra cosa, le dijo, como si fuera tan fácil, y probablemente lo fuera. Para Masso).

Aldo permaneció la mayor parte del tiempo en silencio mientras Regan conducía, pensando en otras cosas. Y en que posiblemente, probablemente sus padres lo odiaban y en que no lo odiaban, y que él podía creer fácilmente que las dos cosas eran verdad hasta que llegara y abriera la caja. Regan extendió el brazo sin pensar, con la seguridad de algo practicado con frecuencia, y entrelazó los dedos con los de él. Aldo le rozó los nudillos con los labios. Buscaba presagios y no encontraba ninguno, aparte de los de siempre.

—¿Por qué me llevaste la última vez? —preguntó.

—¿En lugar de a Marc, quieres decir? —dijo ella a la ligera, y luego—: Porque prefería que estuvieras tú.

Aldo negó con la cabeza. Lo estaba recordando mal.

—Fue porque no les gustaba Marc —le recordó, queriendo decir: *y ahora no les gusto yo.*

Un ciclo. Un patrón. (Deberías saber lo que viene a continuación, le avisó su problemático cerebro).

Ella lo miró fugazmente.

—Eso fue una excusa.

Lo fue y no lo fue, pensó Aldo. Una mentira y una verdad contenidas paradójicamente dentro de una caja todavía cerrada que tal vez ni siquiera Regan tenía interés en abrir.

—No me importa si les gustas o no —le aseguró.

Por un momento se le aceleró el corazón y se le revolvió el estómago. La pérdida momentánea de aliento fue dura, todo iba demasiado rápido de repente.

—Vale. —Optó por no almacenarlo bajo el cartel de SEÑALES.

❧❦❧

—No has cambiado de verdad, ¿no? —dijo Aldo con su tono neutro habitual.

Más tarde, Regan reproduciría la tarde en su cabeza, volviendo atrás en el tiempo e identificando sus errores, pero en ese preciso momento se sintió atrapada, incapaz de moverse.

Solo veía a Aldo de espaldas a ella, con los ojos verdes fijos en la pintura.

—¿Dónde está la verdadera? —preguntó, tenso.

Su primer pensamiento: era de verdad un genio. Había dejado la firma original del artista, la había falsificado a la perfección, pero había tomado una mala decisión, por arrogancia tal vez, o por la necesidad de dejar su marca en algo, cualquier cosa, solo para demostrar que había formado parte del arte de un modo pequeño, insignificante, que su padre posiblemente nunca vería. Había añadido un adorno diminuto. Una marca casi invisible, un pequeño defecto solo para demostrar su existencia en el mundo. Para demostrarse a sí misma su localización en el tiempo, en la consecuencia.

Y Aldo lo había visto.

Contar la verdad parecía demasiado vulnerable; viejas costumbres.

—¿A qué te refieres? —Esperaba que lo dejase, pero no le sorprendió que no lo hiciera.

—Estás mintiendo —contestó, solo que esta vez, por primera vez, era una acusación, no una observación.

—Aldo, escucha…

—No has cambiado de verdad, ¿eh?

Dolió, supo lo que quería decir antes incluso de que lo dijera.

—¿Qué significa eso?

—Esto, la pintura, es una falsificación. Te llamaste ladrona a ti misma cuando nos conocimos —le recordó y Regan notó que algo se apoderaba de ella.

Tal vez pánico. Tal vez el miedo que llevaba mucho tiempo esperando sentir.

(*Siempre puede dejar de soñar conmigo, dejar de creer en mí…*).

—¿Por qué lo hiciste? —le preguntó y ella sacudió la cabeza.

—Ya te lo dije, no lo sé. Porque se me daba bien, porque se me metió la idea en la cabeza, porque…

—¿Porque necesitabas hacerlo?

De pronto se sentía demasiado cansada para discutir con él, o para reexplicar algo que su madre le había preguntado en numerosas ocasiones; que le había preguntado un juez; que le había preguntado su psiquiatra; que todos le habían preguntado y nunca habían averiguado, pero Aldo, solo Aldo, siempre había confiado en ella.

—Sí —respondió. Comprendió al tiempo que lo decía que era la respuesta que él llevaba todo ese tiempo temiendo.

—¿Y sigues necesitando hacerlo?

Esa pregunta era ligeramente diferente, pero la misma.

—No, Aldo. —Exhaló un suspiro—. Solo…

—No estás bien, Regan —la interrumpió, de pronto agitado, y ella parpadeó—. Esto no es normal.

—¿El qué?

—Nada. —Se rascó la sien como si ella fuera un dolor de cabeza, una fórmula que no cuadraba, y eso le molestó. Ella, al igual que sus pensamientos, lo había drenado, y saberlo le provocó un dolor en el pecho a Regan.

Parecía injusto que las cosas que con tanta facilidad habían compartido entre ellos (soy rara, no, yo soy raro, vale, los dos somos raros, nadie nos entiende, solo nosotros) eran ahora solo de ella.

—¿No *estoy* bien?

Aldo la miró.

—Tú *nunca* has estado bien —contratacó Regan y Aldo volvió la cabeza, ni sorprendido ni no sorprendido por su tono, y eso fue muchísimo peor—. ¿Crees que tú te has arreglado a ti mismo, Aldo? —espetó, buscando desesperadamente una posición más ventajosa para ella, pero encogiéndose en el camino—. No es así. Cuando te conocí estabas vacío, no arreglado. ¡Estabas intentando encontrar sentido en nada!

—¿Crees que no sé que hay algo mal en mí? —Parecía curiosamente desencantado, como si hubiera despertado de algo. (*Siempre puede dejar de soñar conmigo, dejar de creer en mí*)—. Es lo único que me dice mi padre, Regan. Mi cerebro está roto —dijo de forma mecánica—, y tu cerebro está roto, pero no podemos estar rotos los dos. Uno de nosotros tiene que poder arreglarse. No, uno de los dos tiene que *arreglarse* o si no…

—¿Si no qué? —Sonó demasiado duro—. ¿Qué pasará si no puedes arreglarme, Aldo?

Él se quedó un largo rato mirándola, sin responder.

—No soy una sobredosis que puedas solucionar con un doctorado —le recriminó, dolida, aunque ella quería mostrarse enfadada—. No soy un problema que puedas resolver. Pensaba que lo entendías.

—Lo entendía. Lo entiendo.

—Pues parece que no. Parece que tienes condiciones para estar conmigo.

—No es… no es eso. No son condiciones.

Se le ralentizó el pulso.

—Pero es algo.

—No lo sé —dijo y sonaba como si fuera a decir más, pero entonces tendió las manos con impotencia—. No lo sé.

Regan se quedó mirándolo en silencio. Notó que el suelo cedía bajo ella como la arena, se oía una marea en la distancia.

—Tenía la teoría de que podría salvarme con el tiempo —comentó Aldo—. Que lo solucionaría y entonces un día giraría una esquina y todo sería diferente. Ciento veinte grados distinto de lo que era antes. —Hizo una pausa—. Ahora, por supuesto —murmuró, más para sí mismo que para ella—, entiendo que no puedo salvar nada.

Las lágrimas le picaban en los ojos.

—¿Por qué? ¿Solo porque he falsificado un cuadro?

Parecía arrepentido, pero no dijo nada.

—Porque… —Exhaló un suspiro, cansado—. Porque creo que me necesitas más que quererme, Regan, y creo que tal vez…

Oyó un zumbido, ensordecedor por un momento.

—… Creo que tal vez eso significa que debería irme.

La reacción la embargó en oleadas, arremetidas.

Primero, como si hubiera metido los dedos en una toma de electricidad, llegó la chispa del pánico, enfado y pérdida sin saber cuál de esas sensaciones sufría con más intensidad. Se sintió herida y vacía de rabia. Después la roció, empapó, sumergió. La invadió una oleada de desesperación, dejándola helada, y cayó de rodillas, como si lo agarrara por los tobillos. Como si le besara los pies, como si le abofeteara la cara.

Después llegó la violencia. Quería agarrar las palabras y metérselas a la fuerza en la boca, cuya forma conocía como el Dios en el que nunca había creído, y empujarlas hacia su hígado.

Quería apuñalarlo y apuñalarse y apuñalar a su madre y, sobre todo, apuñalar a Marc; no podía evitar las imágenes de ella apuñalando y apuñalando y apuñalando hasta acabar con las manos empapadas de lágrimas y sangre.

Lo haría todo, pensó, y entonces usaría la violencia para pintar algo nuevo, algo brillante, y con la sangre de Aldo especialmente, la de sus heridas encantadoras, pintaría un cielo mezclado con dorado y salpicado de constelaciones. Después diría: ¿Ves lo que he hecho, lo que he creado? Le haría una promesa a Aldo, besando sus ojos sin vida con reverencia, y la promesa sería esta: Ahora tú y yo viviremos para siempre.

Pero después de la violencia vino el entumecimiento, la calma insensible.

—Tal vez deberías irte entonces —dijo con tono neutro y Aldo se quedó paralizado, vacilante por un momento.

Entonces asintió, se metió las manos en los bolsillos y se dirigió a la puerta.

Durante mucho tiempo después, Regan pensó en lo que había salido mal, le dio vueltas y más vueltas en la cabeza. No podía evitar la sensación de que había juzgado mal algo en el marco, en algún lugar del paisaje de la Discusión, y que tal vez no había sido algo de su cosecha, sino de la de los dos. Pensaba que, como su amor había sido rojo (había sido pasional e indómito, magnético y disruptivo), la Discusión tenía que ser también roja, pero cuanto más pensaba en ello, más claro tenía que ellos, ninguno de los dos, sabían realmente lo que era pelear así por cualquier cosa. Podrían haber discutido solo en azul, en tonos melancólicos, porque las relaciones eran azules para ellos. La vida era para Regan un ciclo de llegada y de salida, de pasar por una puerta. Cuando ella salía, y era algo que hacía siempre, lo hacía en silencio; no era una ráfaga de viento, sino una pequeña brisa, apenas perceptible. Aldo le contó que él era un maestro alargando sus amistades, que aguantaba hasta que ya no quedaba nada, y entonces se desvanecía. ¿Debería haber gritado, haber hecho exigencias? Sí, probablemente, pero había perdido la práctica, estaba desentrenada. Muchas personas habían dicho que no cuando ella deseaba que le hubieran suplicado que se quedara y ahora, por culpa de esas personas, ella lo había soltado demasiado fácil, abriendo todos sus dedos a la vez.

ESTO ES LO QUE LE PASÓ A REGAN

—Y bien —dijo la doctora la semana anterior—, ¿cómo va todo?

—Muy bien, la verdad —respondió Regan.

—¿Las clases en el Instituto siguen bien?

—Sí. Han elegido mi obra para la muestra estudiantil, ¿te lo había dicho?

—¡No! Pero no me sorprende, tienes mucho talento.

Regan resopló.

—Solo has visto una pintura.

—Acepta el cumplido —le sugirió la doctora—. Es mejor para las dos que lo hagas.

—¿Son órdenes de la doctora?

—Considéralo una valoración profesional —respondió, aunque cambió de tema rápidamente—. ¿Qué tal los estados de ánimo?

—Bien, casi siempre. He estado trabajando mucho, intentando terminar mi obra para la muestra.

—¿Y los patrones de sueño?

—No duermo mucho. Pero por decisión propia —añadió rápidamente—. Solo hasta que termine la obra. Lo haré pronto.

—Ah, ya veo. ¿Y qué me dices de la fiesta de cumpleaños de tu padre? ¿Te preocupa algo?

—Nada nuevo. —Regan se estremeció—. Estoy intentando mostrarme positiva con el tema para tranquilizar a Aldo. Además —decidió optar por enfundarse un optimismo desenfadado, como una capa a juego con su blusa—, creo que tienes razón. Que él esté allí será de ayuda.

—¿Y por qué lo piensas?

Regan había pasado meses adaptándose a esas preguntas y ahora le parecían menos molestas.

—Cuando está él me siento más... yo misma, supongo. Como si hubiera encontrado por fin algo de lo que estar orgullosa. Estoy enamorada de alguien a quien admiro y voy a presentar mi arte en una exhibición. Una de verdad, no una que ha pagado mi padre. —Exhaló una bocanada de aire—. Es algo nuevo, supongo. En el buen sentido.

La doctora esbozó una media sonrisa.

—¿Te gustan las cosas nuevas?

—Sí, casi siempre, pero no es eso. Esto parece algo nuevo-viejo.

—Explícame eso.

—No es nuevo de un modo *sorprendente*. ¿Tiene sentido? Creo que antes anhelaba las novedades... No, espera —se corrigió, sacudiendo la cabeza—, no las anhelaba. Aldo dice que hay una diferencia entre los anhelos y las compulsiones, y creo que tiene razón. Antes tenía una compulsión por las novedades —explicó, y la doctora asintió—, pero esta novedad en particular es más lenta, más estable. He trabajado en mi técnica, ¿sabes? —Se encogió de hombros—. He creado algo de lo que estoy orgullosa. Estoy con alguien que me hace sentir, no sé. Bien.

—Tiene sentido. ¿Cuándo es la fiesta?

—La semana que viene.

—Ah, pronto. ¿Y la exhibición de arte es...?

—El lunes de después.

—¿Y se lo has contado ya a Aldo?

—No, aún no. Quiero sorprenderlo. —Se detuvo un instante, sonriendo—. Es la primera vez en mi vida que me siento una artista de verdad.

—Ah, ¿sí?

—Sí. Aldo me lo dice a todas horas —señaló con una risa—, pero no significa nada cuando lo dice él. Bueno, no —corrigió—, eso no es verdad. No creo que hubiera empezado si él no lo hubiera dicho.

—¿Y por qué quieres que sea una sorpresa?

—Porque... —Puso una mueca—. Sinceramente, no sé si estoy preparada para contárselo. Mientras sea un secreto, es mío, ¿sabes? Un logro o un fracaso mío.

—¿Tienes miedo de fracasar?

—Yo... no exactamente. Creo...

Se quedó callada un instante.

—Creo que es la idea de un final —prosiguió—. Tengo la sensación de que he ido en círculos la mayor parte de mi vida, repitiendo los mismos patrones. Esta es la primera vez que parece diferente, y no es que tenga miedo exactamente, es que no sé cómo voy a sentirme. Nunca antes lo había hecho —admitió—, y da miedo, supongo, pero no temo.

—¿Crees que Aldo lo sabe?

Regan lo pensó varios segundos.

—Puede.

Recordó decirlo porque fue la única mentira que contó ese día. Usaba menos las mentiras últimamente. Había descubierto que eran mecanismos de defensa viejos, como unas muletas que había usado cuando tenía ocho años; algo que conservaba por si acaso hasta que su madre limpió el sótano y decidió tirarlas.

Fue la madre de Regan quien invitó a Marc a la fiesta de cumpleaños de su padre, un movimiento clásico de Helen. Cuanto más pensaba Regan en ello, más se daba cuenta de que tendría que haber sabido que eso pasaría. No debería haber llevado a Aldo a la cena. Cuanto más reproducía sus elecciones, más egoísta le parecía la decisión. Sabía, por ejemplo, que a Aldo no le gustaban las aglomeraciones. La introversión de él era más fiera que la extroversión de ella, y eso lo había aprendido rápido y, por ello, debería de entenderlo teóricamente. A Aldo no le gustaban el conflicto ni la confrontación porque, por supuesto, no los vivía; lo había criado *Masso*, que era amable, bueno y hablaba con tono suave. ¿Habría gritado alguien alguna vez a Aldo? ¿Le habrían alzado la voz? Lo dudaba y eso, como todo lo demás, era algo que tendría que haber sabido.

También sabía que Aldo estaba preocupado por algo. Era increíblemente transparente y ahora comprendía que cuando estaba pensando, pensando *de verdad*, lo hacía tan rápido que los pensamientos iban más acelerados que sus labios. Cuando estaba en silencio era porque algo ejercía presión en el interior de su cerebro, como un tumor, lo pudría por dentro. Regan se dio cuenta de que era fácil mantener en secreto la exhibición de arte porque si no era ella quien se presentaba ante Aldo con toda la información, él no la acosaba con más preguntas. Sencillamente parecía aliviado de verla llegar. Ella le preguntaba por su trabajo (¿cómo iba la tesis?, ¿qué tal la enseñanza?, ¿iba todo bien?) y él siempre respondía con hechos. Sí, va bien, y no, no pasa nada. Regan tardó más de lo que debería en comprender que probablemente estaba formulando las preguntas equivocadas.

No debería haber dejado nunca que Marc hablara con él. Marc era así de escurridizo, se metía en la cabeza de las personas. Sus habilidades eran muy diferentes de las de Aldo, él era persuasivo, egoísta de una forma que le hacía parecer autorrealizado, posiblemente incluso amable al principio. No parecía nunca tener un plan detrás de su obsesión por las verdades duras, pero sí que lo tenía. Regan le había ahorrado a Aldo el drama de saber las cosas que le había dicho Marc desde que habían roto, crueldades y descortesías que parecían honestidad y amor incluso cuando estaban juntos. No había pensado que a Aldo le hubiera gustado saberlo, pero tampoco había pensado en protegerlo de ello.

—¿Qué has hecho? —le siseó a Marc después de verlos hablando, pero él se encogió de hombros.

—Nada que no fueras a acabar arruinando tú misma.

Regan decidió que sería la última vez que hablarían, y así fue.

También olvidaba de forma rutinaria que, aunque Aldo disfrutaba del sexo, no pensaba mucho en ello cuando no lo practicaba. A veces parecía que quería apaciguarla con ello, dándole lo que ella quería con tal facilidad que parecía que le había pedido un vaso de agua o que le estaba pasando la sal. Regan gritó a su madre y después empujó a Aldo al baño, le llevó los dedos al tanga sin costuras que llevaba puesto, pero él se mostró apático, impasible, resistente incluso. El rechazo producido por su desinterés era un sentimiento viejo, más suyo que de él, y oía la voz de su madre en la cabeza: ¿Lo ves, Charlotte? Nadie te quiere, nadie te ha querido nunca, eres irresponsable con el amor y por eso pierden el interés por ti, siempre lo harán.

Fue un error que tan solo entendió en retrospectiva, al ver las cosas con más claridad una vez que la voz de su madre se apagó en sus pensamientos.

—¿Dónde está? —le preguntó a Madeline, siguiéndola. Estaba discutiendo con Carissa—. Necesito disculparme con él —dijo, y añadió a regañadientes—. He hecho una estupidez.

—Sí, necesitas hacerlo —confirmó Madeline, abandonando los esfuerzos por reñir a su hija—. Mira, Char, no sé en qué estaba pensando mamá...

—Estaba pensando en que no le importa una mierda si soy feliz o no —murmuró—. No le ha importado nunca.

—No sé si eso es verdad, pero... —Exhaló un suspiro—. La cuestión es que Aldo está muy molesto. —Carissa se había soltado de los brazos de su madre y le lanzaba una sonrisa sin dientes a Regan. Madeline sacudió la cabeza antes de añadir—: Lo he enviado al despacho de papá.

Regan parpadeó.

—¿Al despacho de papá? ¿Por qué?

—No lo sé, porque es un lugar tranquilo. Creo que quería estar solo.

La idea le produjo un escalofrío.

—No quiero que esté solo. Estoy preocupada. —Llevaba preocupada por él meses, no lo dijo en voz alta, pero Madeline no parecía necesitar que lo hiciera.

—Entonces ve a buscarlo.

Regan subió corriendo las escaleras y encontró la puerta medio abierta. Aldo estaba dentro con una mano en la boca y los ojos verdes fijos en la pintura.

¿Se había acabado? No parecía que no se hubiera acabado y, para Regan, así era como solían encontrar las cosas su final. No estaba roto, pero tenía una fisura de dolor, una grieta que podía engullirlos si no eran cuidadosos. No le sorprendía que se hubiera ido (normalmente Aldo respetaba sus deseos y ella había sido quien había sugerido que lo hiciera), pero ¿era el final entonces? Supongamos que ella no regresaba a casa al día siguiente, ni tampoco el lunes. Supongamos que Aldo se iba a clase y a trabajar como siempre; ¿debería regresar él a casa y encontrar el lado del armario de Regan vacío, un hueco para que tratara de llenar él? Puede que pensara: Es posible que hoy regrese a casa y sea como si ella nunca hubiera existido, y entonces no sabré dónde estoy en el tiempo.

La idea la dejaba aturdida, en un estado en el que estaba medio despierta, medio dormida. Si recogía todas sus cosas (colándose en la casa como la ladrona que era y recuperando la vida que había compartido con él), ¿sentiría Aldo alivio? ¿Le parecería un favor? Por una parte, Regan quería cargar con toda la tristeza por él, lastimarse doblemente solo para que él no sufriera, ¿era eso enfermedad o amor? ¿Estaba de verdad tan rota que quería sufrir para ahorrarle el sufrimiento a él? Y si eso era verdad, ¿siempre estuvo él en lo cierto? ¿Quería que él olvidara? (¿Quería olvidar *ella*?) ¿O era su dolor algo que se había ganado, que merecía puramente por el privilegio de existir?

¿Era para él más justo volver a casa y encontrar un vacío que pudiera trazar con los dedos como las cicatrices de sus hombros? ¿Deberían de permanecer los ecos de ella más allá del dolor?

Era algo nuevo, pensó Regan: la posibilidad de perseguirlo o liberarlo, y lo que hiciera o no era enteramente cosa suya. La inmensidad de la idea era abrumadora. Cargar con la responsabilidad de lo que sucedía cuando dos personas se quebraban y sangraban no era algo que hubiera intentado antes, y se sentía débil ante la perspectiva. Le había dado flechas a Aldo y él había disparado, y ahora tenía el cuerpo agujereado, desollado y fileteado, heridas abiertas. ¿Por qué no lo había seguido? ¿Por qué no lo había detenido? ¿Por qué no le había contado la verdad? ¿Por qué se había marchado? ¿Por qué esta vez no le había dicho «Me encanta tu cerebro incluso cuando lo temo»? ¿Por qué, por qué, por qué? El esfuerzo de hacerse tantas preguntas era la parte más solitaria de todas, y el silencio que les sucedió era ensordecedor.

Regan se imaginó acunando las piezas de su cerebro roto en las palmas de las manos, mirándolas, uniéndolas y sacudiéndolas como si fuera una bola mágica. «Pregunta de nuevo más tarde», decía, y, obedientemente, volvía a agitarla. ¿He destruido ya este polluelo que intentaba alimentar? «Seguro. Respuesta vaga, prueba de nuevo». ¿Regresaría? «Decididamente. El panorama no pinta bien». ¿Tendría que ir a buscarlo? «Puedes confiar en ello. Muy incierto».

La adivinación no servía de nada. El futuro era incierto y el pasado era una serie de ciclos que solo podía ver una vez que habían pasado. Pensó en Aldo, en el tiempo, y que no era el tiempo lo que no se podía arreglar, eran *ellos* (era la humanidad en general), porque el tiempo era lo que daba forma a las cosas. No podían verse a sí mismos a menos que pudieran existir fuera de sí; *ipso facto*, sin que el tiempo pasara, nunca podrían saber lo que habían tenido.

El multiverso es imposible de entender, dijo una vez Aldo, porque no podemos saber dónde nos encontramos dentro de él, y si no sabemos dónde estamos, ¿qué base tenemos para comprender cualquier otra cosa?

Tienes razón, Rinaldo, pensó Regan, calmada por la mente de él en retrospectiva, por un pasado que le había dejado para poder consolarse.

Dale tiempo, se dijo. Deja que respire, que tenga espacio para encontrar las formas.

Un final es solo un final cuando las dos partes están de acuerdo en que han alcanzado el fin, pensó.

Poco después de la discusión, Aldo se dio cuenta de que Regan le había dejado algo. No sabía si había sido la Regan reciente, que había entrado mientras él no estaba, o una Regan pasada, que lo había dejado ahí para que lo encontrara un Aldo del futuro. En cualquier caso, vio uno de sus vestidos en el armario, como si estuviera ahí colocado de forma deliberada, en su línea de visión, sobresaliendo un poco entre el resto de prendas de ropa con el propósito de captar su atención. Era la clase de prenda que se ponía para trabajar y le recordó ese espacio sagrado en su diagrama de Venn de existencia: el museo.

Ya había considerado la posibilidad de que habían hecho lo correcto, lo más inteligente, lo mejor. En cierto aspecto, estaba muy seguro de que estaban ahora más seguros, mejor protegidos. Él era libre para entregarse a otras cosas, para encontrar algo nuevo, una teología de supervivencia menos frágil. Había en ello comodidad, simplicidad, ¿y no era semejante estabilidad valiosa? Podrían volver fácilmente a las culturas antiguas de ellos mismos, no portar nada, reanudar su veneración a las estrellas sin sentido.

El Instituto de Arte estaba como siempre, tranquilo un lunes, excepto por una exposición que normalmente habría repelido a Aldo porque había mucha gente. No tenía intención de verla, captó la charla que significaba que era asunto de otras personas; pero se detuvo entonces de forma involuntaria cuando algo llamó su atención.

Era una imagen que le resultaba familiar y desconocida al mismo tiempo. Era nueva en el sentido de que no la había visto antes, pero también le resultaba reconocible, pues tenía la sensación de que había existido previamente dentro de su cerebro. Los colores, pensó, parecían algo que había visto una o dos veces en el tejido de sus murmuraciones, y por ello gravitó hacia allí, se deslizó entre la multitud.

Desde la distancia era una pintura, pero al inspeccionarla de cerca vio que se trataba en realidad de un tríptico de tres segmentos individuales que comprendían un paisaje completo que se hacía más menudo conforme se aproximaba. De cerca Aldo veía las diminutas líneas hexagonales, fisuras doradas tan delicadas que hacían que pareciera que la pintura tenía escamas, escindiendo su contenido en piezas más pequeñas.

Al principio no parecía que tuviera un tema. No había nada estrictamente identificable, ni como escena ni como objeto, pero Aldo sentía que se había transportado en el tiempo y el espacio. No estaba ya dentro de un museo blanco mirando un cuadro, estaba en el tejado de su apartamento mirando el cielo.

—Me parece increíblemente humano lo que haces —le dijo Regan ese día, volviendo la cabeza para mirarlo. (Él estaba fumando y murmurando sobre el espacio euclídeo).

—¿De verdad? —preguntó, vacilante—. Porque según mi experiencia, otros seres humanos están en desacuerdo.

Regan emitió un ruido que hacía a menudo, normalmente para indicar que Aldo estaba siendo ridículo; para, calla.

—Buscas explicaciones —señaló—. Hacer preguntas forma parte de nuestro código fundamental, ¿no crees? Los babilonios las hacían y también tú.

—Sí. —Exhaló un suspiro—. No obstante, las aventuras de Zeus son más conocidas que las matemáticas babilonias.

—Bueno, el sexo también es humano. Pero son dos formas de contar las historias de la existencia. Tú usas un lenguaje que solo tú y... —Se detuvo para pensar—. Puede que otras diez personas comprendéis.

—¿Y el arte? —contratacó él—. ¿Eso no es contar una historia?

—En realidad no. —Regan se agachó y le dio una calada al porro que tenía él entre los dedos—. El arte no trata de explicar cosas —dijo, tosiendo una vez—. Trata de compartir cosas: experiencias, sentimientos. El arte es algo que hacemos para *sentirnos* humanos, no porque lo seamos.

—¿Te sientes humana?

—¿De un modo interconectado, como si formara parte de una especie común? No mucho. ¿Tú?

—Casi nunca.

—Bueno, ha sido un buen intento.

Dio otra calada, apoyando la mejilla en su hombro, y él pensó, con una repentina claridad, sea lo que sea de lo que estás hecha, Charlotte Regan, yo estoy hecho de lo mismo.

—¿Para que se usa esto? —le preguntó más tarde alguien en clase. Era una variante de las típicas preguntas sobre ecuaciones diferenciales lineales en derivadas parciales de las que estaba ya harto, pero ese día se dignó a contestar. Tal vez porque estaba cansado y sus defensas estaban bajas, o puede que porque la noche anterior había recostado la cabeza junto a una mujer cuyos pensamientos y materia deseaba desesperadamente conocer. Si ella hubiera estado allí, le habría preguntado alguna variante de la misma pregunta.

Aldo, ¿qué es la Verdad?

La respuesta sencilla y la que habría dado de no haber estado cansado o enamorado era simplemente que las ecuaciones diferenciales lineales en derivadas parciales se usaban para describir cambios en el tiempo en el ámbito de los mecanismos cuánticos. La respuesta que dio, sin embargo, fue algo así:

—Esquematizamos cosas y representamos cosas en gráficas, observando y modelando y prediciendo, porque no tenemos otra opción y este es el lenguaje que hemos aceptado usar colectivamente. Hemos aceptado de forma colectiva que proceder sin conocimiento o compresión es una osadía estúpida, una especie de ceguera impulsiva, pero estar solos sin preguntas ni curiosidad es ahuyentar cualquier valor posible que podamos encontrar en la existencia.

La estudiante que había hecho la pregunta fue después la única que dio a su clase una valoración de cinco estrellas, y escribió: «La mayor parte del tiempo no entiendo de lo que está hablando Damiani, pero tengo la sensación de que le importa de verdad y eso es genial. A nadie le importa ya. Seguramente suspenda su asignatura, pero me ha gustado, más o menos. Siempre que te gusten las ecuaciones diferenciales».

En el presente, Aldo notó un golpecito en el hombro, alguien quería pasar por su lado para mirar otra pintura. Volvió al momento, asintió y se acercó para leer la placa que había debajo del tríptico.

Contigo en el éter, decía, seguido de: *Óleo y acrílico.*

Debajo, en letras pequeñas: *C. Regan.*

—Oh, este es bonito —comentó alguien a su lado, señalando la obra de Regan, y Aldo volvió la cabeza, de pronto irritado.

No es bonito, quería decir, es solitario, es desolador, es un retrato escalofriante de la vastedad. Eres un ignorante al mirar esto y reducirlo a una especie de baratija, ¿acaso estás muerto? ¡Es la condición humana! ¡Es el propio universo! Son las profundidades del espacio-tiempo, maldito fariseo, y ¿cómo te atreves? ¿Cómo demonios te atreves a quedarte ahí parado y no ponerte a llorar? ¿Qué clase de vacío triste y anodino has vivido para que puedas contemplar el esplendor de su existencia y no caer de rodillas por haberla pasado por alto, por haberlo entendido mal todo este tiempo? Bonito, ¿eso es lo que crees que es? ¿Crees que eso es lo único de lo que es capaz? Qué ingenuo, ella ha hecho lo imposible. Ha explicado todo lo que hay que saber sobre el mundo en menos del tiempo que han tardado tus ojos en focalizar, ¿y te das cuenta de que voy a pasar toda una vida tratando de hacer lo mismo sin acercarme siquiera? ¡Esto es una obra maestra! ¡Es un triunfo! Es el significado de la vida y tú pensarás que la respuesta es sátira, pero no, es Verdad. Ha contado la Verdad como nunca soñarías con que pudiera contarse, y te compadezco, compadezco que hayas podido ver el interior de tu alma y la hayas reducido así, tan descuidadamente. Con la vacua deficiencia de «oh, este es bonito».

Pero Aldo no dijo eso, no dijo nada. En cambio, asintió y se dio la vuelta, sacó el teléfono del bolsillo y corrió afuera, más y más rápido cuanto más se acercaba a la puerta.

—Papá —dijo en cuanto Masso respondió a la llamada. Quería gritar, o tirarse del pelo, histérico al comprenderlo—. No se parece en nada a mamá.

—Rinaldo, llevo dos días sin saber de ti, ¿dónde has es...?

—Estás equivocado y tienes razón —explicó, bajando las escaleras del museo—. Me quema, me enciende, tienes razón. Pero es diferente, son cosas diferentes. —Estaba pensando más que hablando, no sabía siquiera qué era lo que salía de su boca. La ciencia sin fe está maltrecha, Masso, y la vida sin ella no tiene alma. Ella es mi esperanza y por eso es peligrosa, indiscutiblemente, pero también está viva, sin reservas. He tardado todo este tiempo en comprenderlo al fin.

Masso se quedó callado un buen rato.

—¿Qué vas a hacer entonces, Rinaldo?

Aldo se rio y sobresaltó al extraño que había sentado tranquilamente en los escalones, que presenciaba, sin saberlo, una escena del declive existencial. ¡Somos tú y yo ahora mismo, Extraño!, quería decirle. Somos tú y yo en el éter y ni siquiera lo sabes, no te importa, pero estás igualmente ligado a esto, y a mí. Que así sea.

Que así sea. Esto es lo que significa vivir.

—Haré lo que ella quiera que haga —le dijo a su padre, que contempló su respuesta en una duración de tres latidos de silencio desde el otro extremo de la línea.

—De acuerdo, Rinaldo, parece un plan.

Aldo se quedó mirando la obra más de quince minutos.

Durante ese tiempo Regan estuvo imaginando escenarios de lo que pasaría después. Al principio fue muy sencillo, tal vez incluso aburrido, un poco programado. Durante el primer minuto o así, se imaginó acercándose a él, dándole un golpecito en el hombro, diciendo como si nada: ¿Cómo lo sabías?

Entre los minutos tres y cinco, sus proyecciones fueron un poco más lejos. Se imaginó disculpándose con él, diciendo: Tendría que haberte detenido, no debería haber dejado que te fueras, esta es mi carta de amor para ti y espero que te guste, adiós si es lo que quieres. Sería dulce y también masoquistamente generoso. Probablemente podría vivir consigo misma si decía eso.

Pero Regan nunca antes se había martirizado con elegancia, por lo que en algún momento del minuto seis (la situación ya rozaba lo impío), se enfadó. ¡Ya ves que es mi obra!, quiso gritarle. ¿Por qué sigues mirándola?, ¡ven a buscarme! En el minuto diez, estaba furiosa, considerando darle una patada en la espinilla y marcharse después, sin decir nada. ¿No le estaría bien merecido? No podía quedarse ahí, mirándola así, juzgando su obra. ¿Cuándo se había mostrado él tan vulnerable? Probablemente nunca, y míralo ahora, ahí parado, contemplando. Ni siquiera se había fijado en cuánta gente lo había empujado, ni en la chica que se ponía detrás de ella en la clase de anatomía de la figura humana; la chica y su abuelo tenían dificultades para ver porque Aldo estaba en mitad y no se había movido de allí.

En el minuto doce Regan había abandonado su pose santurrona y había empezado a pensar: Aldo, oh, Rinaldo, te echo de menos, solo tú observarías tanto tiempo y tan de cerca, solo tú te molestarías en tratar de ver lo que otros no ven. Quería acercarse por detrás, pegar el pecho a las escápulas de él y los labios a su cuello: gracias. Gracias a ti, le susurraría al oído, he hecho la primera cosa real que he hecho nunca, ¿te lo puedes creer? Soy una artista por primera vez, sí, una artista, lo he dicho, ¡me has oído! Y es solo porque he pintado el mundo como lo ves tú, así que ha sido un robo, más o menos, pero no, no lo ha sido, porque lo hemos hecho juntos. Este es nuestro amor, ¿no lo ves? Este es el aspecto que tiene quererte; parece un abismo, pero no lo es, ¿lo entiendes? Todas las caídas son peligrosas, Aldo, pero nosotros no. Nosotros flotamos.

En el minuto catorce le dieron ganas de arrastrarlo a algún lugar privado. La invadía una necesidad desesperada de estar cerca de él, de sentirse conectada, beatíficamente vulgar y armoniosamente obscena. Contigo, jadearía cuando se corriera, ¿entiendes por qué lo he llamado así, lo que significa? Porque tú y yo somos muy diferentes, ¿verdad? Y, sin embargo, nos parecemos más entre nosotros que al resto del mundo, y por eso te bendigo, te condeno, te santifico, te conservo. Esta pintura, Aldo, es sobre Dios. No pueden colgarla en el Louvre, tendrán que ponerla en el Vaticano, porque lo que somos nosotros es sagrado, y esto, tú y yo como uno solo, es transustanciación en su máximo grado. Somos tú y yo convirtiéndonos en la consagración de nosotros; amén, por encima de todo, yo creo.

En el minuto quince empezó a ver fragmentos de sus vidas, juntos y separados, reproducidos como si fueran parte de una película. Una boda tal vez, probablemente. Aldo no querría, pero probablemente Masso sí, y Regan invitaría feliz a Madeline y menos feliz a sus padres. Pero podrían asistir, porque ella ya les había arrebatado la habilidad de ejercer ningún poder sobre su felicidad (vale, era un esfuerzo todavía en activo, pero había empezado ya y eso contaba), y podrían verla decirle a Aldo: Sí, quiero. En otra diapositiva, rompen y ella se muda a Italia. Se tira a una serie de chicos cada vez más jóvenes, en la veintena, hasta que estos la agotan y entonces vuelve con su vida hecha pedazos y encuentra que el profesor Damiani está ocupado, ¿quiere dejarle un mensaje? Y ella dice: No, no, no importa, ha sido un error. En otra diapositiva se vuelve hacia Aldo y dice: ¿Sabes? Una de las peculiaridades de mi prisión mortal es que puede crear a otros seres humanos si quiere, y él sonríe de una forma que significa «sí». En otra diapositiva ve cómo la deja en un bucle temporal, en modo repetición, y tiene los pies atrapados, parece una pesadilla (lo es, ¿verdad?), y piensa no, esta no, siguiente. En la siguiente diapositiva está dormida al lado de él, eso es todo, duerme. Él se acerca y le da un beso en la frente mientras sigue durmiendo, ignorante y estúpidamente tranquila. Está libre de tiempo, no pertenece a ninguna hora en particular. Esta, piensa. Esta es.

En algún lugar del universo había explotado una estrella, o había nacido alguien, o había muerto, mientras Regan permanecía allí añorándolo, mientras lo lloraba, y entonces pensó, con una violencia igual de silenciosa, a lo mejor no tengo que hacerlo sola.

Al final del minuto quince él se fue al fin. Se volvió de forma abrupta y se apresuró medio corriendo hacia la puerta. En su ausencia Regan se quedó vacía, contemplando todas sus vidas alternativas marchitándose. Las lloró como si fueran hijos suyos, sosteniendo sus cuerpos sin vida contra el pecho, y entonces se olvidó de ellas, despacio, cada una se desvaneció sin dejar huella, hasta que ya no tenía nada entre los brazos.

Miró las manos vacías y pensó: *Mierda.*

Mierda, lo amo.

Después, cuando el humo se disipó, ya no podía ver nada.

ESTO ES LO QUE PASA A CONTINUACIÓN

Aldo responde al teléfono al segundo tono, no piensa que ella vaya a llamarlo.

No lo había planeado, pero aquí estaba.

(Silencio).

Aldo deseaba que lo hiciera. Pero, una vez más, no estaba dentro de sus habilidades desearlo.

Ella no está de acuerdo. Su profesión se basa en la esperanza, ¿no?

Es curioso que ella diga eso. Aldo empezaba a pensar que podía tener razón.

(Silencio).

Bueno, da igual, no tenían que volver a hablar de eso. Aún no.

¿Aún?

No. En realidad, ha llamado para decirle algo.

Ah, ¿sí?

Bueno, concretamente ha llamado para hablar con él de algo. Quiere tener (otra pausa de un segundo): una Conversación.

Vale. (¿Está sonriendo? Sí, está sonriendo). Vale, está libre, puede hablar. ¿De qué quiere hablar?

Quiere hablar del tiempo.

¿Del tiempo?

Sí, del tiempo.

Él creía que el tiempo era algo suyo.

Bueno, sobre sus pensamientos del tiempo, sí.

De acuerdo, di.

Estaba pensando en lo que dijo, que podría girar una esquina y encontrarse con otra situación que fuera casi la misma, pero diferente. ¿A qué se refería exactamente?

(Una pausa).

Cree que el tiempo es una especie de ciclo, o bucle, ¿de acuerdo? Pero ya que es más probable que sea un hexágono en lugar de un círculo, porque la naturaleza etc., etc., eso significa que el tiempo debe de tener esquinas.

Entonces ella podría girar una esquina y acabar... ¿cómo, exactamente?

Seguiría siendo ella, solo que sería ella tal y como habría sido en la dirección que se estaba moviendo el tiempo *en ese punto.*

Vale, digamos que giraba una esquina y tenía... dieciocho años, por ejemplo, pero digamos que tenía un recuerdo vago de quién había sido antes. ¿Podía hacer eso?

Puede hacer cualquier cosa que quiera. (Parece que lo dice de verdad).

Vale, bien, entonces gira una esquina, tiene dieciocho años, es un pasado que no es su *pasado* real, por lo que está enamorada de él, pero no lo sabe todavía.

Si tiene dieciocho años, entonces no se conocen.

Ya, *aún* no, pero puede que se conozcan de una forma distinta en ese tiempo. Digamos que se conocen en una fiesta, por ejemplo.

¿Una fiesta? (Se muestra escéptico).

Sí, ya lo sabe, síguele la corriente...

Vale, si ella lo dice...

Ella sostiene una cerveza y mira a su alrededor en plan, vaya mierda, y, naturalmente, él la ve.

¿Porque tiene una energía?

Sí, exactamente, porque tiene una energía y él la reconoce. Ya la ha visto antes.

¿Quieres decir en el pasado que es también el futuro?

Correcto.

Vale, ¿qué más?

Bien, esa es la cuestión. Él la ve y ahora tiene que decir algo para que ella sepa que es él de verdad.

¿Como en un bucle temporal?

Sí.

Pero ¿cómo va a saber ella que es él?

Lo sabrá. Pero esa no es la cuestión, es que ella quiere que él diga algo muy específico.

Vale, ¿como qué?

Puede que quiera que diga: Ha estado esperando mucho tiempo por ella.

Pero ella va a odiar eso. Pensará que es una frase hecha.

No, no, sabrá que lo dice de verdad. Lo conoce, ¿recuerdas?

Pero no lo conoce.

Pero sí lo conoce.

¿Cómo?

Sencillamente lo conoce. Y él dirá eso y ella sabrá que él no diría eso. Él no dice cosas como esas.

No, no las dice, pero bueno. Parece un poco cursi, ¿no?

Vale, bien. Entonces debería mencionar a las abejas.

¿Abejas? ¿De primeras?

Por supuesto. Ella ya sabe de abejas, aunque no sea así, ¿recuerdas?

Esto se está poniendo complicado, piensa.

No, no, es… Mierda, ella sabe lo que es. Es un jodido círculo perfecto.

No hay círculos perfectos, Regan.

Sí, hay uno, y es este: se enamoran porque siempre han estado enamorados.

Eso es circular, no un círculo.

Puede creer lo que quiera, ella sabe que es un círculo perfecto.

Vale, bien. Digamos que él acepta su suposición, ¿qué significa eso?

(Con tono triunfal:) Significa que ellos, igual que ahora mismo, podrían ser *las versiones pasadas de sus versiones futuras*.

(Una pausa).

Está muy perdido.

Vale, mira. Está intentando decir que puede que una versión mayor de ellos *haya girado* ya una esquina, y entonces se conocieron de nuevo en la sala de armas del Instituto de Arte, sabiendo, pero sin saberlo, que el momento en el que se encontraron ya había sucedido antes. ¿Tiene sentido?

(Emite un sonido como diciendo «tal vez»). ¿Cuántas veces?

¿Qué?

¿Cuántas veces han hecho esto antes?

No puede saber eso, Aldo, y, además, esa no es la cuestión. Tal vez funcione o tal vez no, pero ellos siguen intentándolo y haciéndolo una y otra vez hasta que funcione. ¿De acuerdo?

Eso parece mucha inseguridad.

¡Por supuesto! *Todo* es inseguro, él y ella lo saben, pero hay una seguridad pequeña dentro de toda la inseguridad, y es: la Verdad.

¿Y qué es la Verdad?, pregunta él.

Que ella sigue girando esquinas hasta que lo encuentra.

(Se queda un momento callado antes de decir): Vale.

¿Vale qué?

Vale, acepta su suposición.

¿Y?

¿Y qué?

¿Cómo se siente?

Le alegra que lo diga. Lo ha explicado mejor de lo que podría haberlo hecho él. Él lo habría intentado con una gráfica.

Un recordatorio: si hace una gráfica, será un círculo perfecto.

Ciclo.

Es un círculo, Aldo.

Vale, bien, ya ha abierto suficientes agujeros en sus teorías por un día, acepta.

¿Cede así sin más?

Acepta, sí. Así sin más.

Vale, bien, de todos modos ya está demasiado cansada de explicarlo. Ha sido un día largo.

¿Sí? Para él también. Ah, y ha visto su obra, por cierto.

¿Qué le ha parecido?

Que siempre supo que era una artista.

(Gruñido. Pero con cariño). Primero, solo es una artista porque él ha dicho que es una artista.

¿Significa eso que él es un genio porque ella ha dicho que es un genio?

Mira, sean lo que sean, es irreversible. Ella es esta versión de sí misma por él, y viceversa. Ya no hay forma de cambiarlo.

¿Sí?

Sí.

¿Estás segura?

Sí.

Vale, bien.

¿De verdad?

Sí.

(Silencio).

(El viento aúlla de fondo cuando un conductor grita a un peatón. Los Chicago Cubs han ganado y el metro va con retraso, la línea está atestada de gente, parecen sardinas enlatadas; una ciudad comenzando a sudar mira el sol del cielo y se regocija).

¿Tiene hambre, por cierto?

Dios, sí, está muerta de hambre. ¿Va a casa ahora?

Sí, va a casa, ¿la verá allí?

(Ella espera un segundo, la mitad de un latido; el tiempo que tarda el titilar una llama).

Sí, lo verá en casa.

LA NARRADORA, LA AUTORA: Aldo y Regan cuelgan al mismo tiempo sin decir adiós, porque no necesitan hacerlo. Han abierto hoy una puerta oculta y, aunque la de ella es diferente de la de él y viceversa, el contenido de una no es menos valioso que el de la otra.

Desafortunadamente, él sigue sin ser un profesor particularmente bueno. En breve elegirá cambiar su investigación por algo con más matemáticas y menos gente. El tríptico de ella, valorado en una reseña como «visualmente agradable, aunque le falta claridad narrativa o sustancia» no es ni de lejos tan bueno ni tan valioso como ninguno de ellos está dispuesto a creer. Su trastorno clínico del estado del ánimo no desaparece porque no puede, y «saludable» siempre será para ellos un término relativo. Aún quedan facturas por pagar y cosas que decir, y discutirán en tonos morados mañana mismo, pero son diferentes ahora; están cambiados. Cuando cuelgan el teléfono, él se limpia el sudor de principios de verano de la frente y ella se ajusta la tira pegajosa del bolso, él girará a la derecha hacia Harrison Street mientras que ella lo hará a la izquierda, a Michigan Avenue, y los dos optarán por caminar apresurados, como si tuvieran que estar en un lugar, y así es.

Porque cuando continúen, cada uno habrá girado una esquina.

Y todo será como antes, solo que ligeramente distinto.

AGRADECIMIENTOS

Dejad que empiece diciendo que, aunque esta historia es sobre una mujer con un trastorno del estado de ánimo que aprende a vivir sin medicación, no pretende ser prescriptiva. Yo, que soy una persona con un trastorno del estado de ánimo, puedo aseguraros que no poseería la estabilidad para existir con los límites de un trabajo «normal» sin medicación, ni soy capaz de ponerme en funcionamiento sin ir de forma regular a terapia. Este no es un libro sobre que las pastillas son malas, sino sobre hallar la aceptación que necesitamos para sentirnos bien y vivos.

Me diagnosticaron trastorno bipolar en mi primer año en la facultad de derecho; ya sabía que me pasaba algo desde la adolescencia, pero, como método de supervivencia, elegí cerrar los ojos. Todo el mundo tiene días malos, me decía. Entonces conocí al hombre que se convertiría en mi marido, y él no merecía mis días malos. De pronto mi cerebro roto iba a pasar a ser el problema de otra persona. Me ocupé de ello, pero solo de forma superficial: dame unas pastillas hasta que esté bien. No había recibido ningún tratamiento antes, aunque mis síntomas eran médicamente identificables. Me mediqué para calmar la intranquilidad, la rabia, sufrí durante días una depresión, estuve postrada en la cama, me dije que estaba afrontándolo. Pero ahora que había conocido al hombre que sería mi marido, no bastaba con vivir apagando mis propios fuegos. Necesitaba una versión de mí misma que pudiera resistir la vida con el resto del mundo.

La verdad fundamental sobre las enfermedades mentales, sean manejables o graves, es que es complicado coexistir. La gente me suele preguntar cómo conozco la diferencia entre lo que hay en mi cabeza (entre el desequilibrio químico que me pueda estar mintiendo en un día determinado) y lo que es real, pero la verdad es que no tengo más elección que aceptar que lo que hay en mi cabeza es lo real. El dolor de mis clientes era mi dolor. El dolor de todos era mi dolor y me faltaba la habilidad para cargar con él. Al final dejé la facultad de derecho y debido a una suerte de error administrativo, me quedé sin pastillas. No estaría escribiendo esto no si fuera porque mi psiquiatra no me volvió a recetar las pastillas y su recepcionista no respondió al teléfono. Me quedé mirando los frascos vacíos, aterrada. Me fui a la cama. Me quedé mirando el techo. Salí de la cama. Me senté a la mesa y encendí el ordenador. Escribí un relato corto y luego otro. Durante cuatro noches no dormí. Empecé a escribir de forma obsesiva, compulsiva. Escribía porque era algo que podía hacer, porque me había quedado sin pastillas, porque no podía dormir.

Después pasó algo. Dejé de sufrir cambios de humor violentos. Ahora pensaba a todas horas en historias, mundos, personajes, tramas. Escribía ocho horas al día, después diez o doce. Escribía como si mi vida dependiera de ello, y creo que era algo instintivo, atávico. Encontré a una terapeuta y le pedí severamente, asustada, que me viera, que me dijera si necesitaba tomar pastillas de nuevo, y aceptó. Me relajé un poco.

Escribí libro tras libro tras libro, cuatro millones de palabras de ficción, novelas gráficas, guiones de cine, antologías de historias. Por primera vez en mi vida no me sentía maniática ni deprimida, no me preparaba para otro altibajo, sencillamente contaba la verdad con forma de ficción. Usaba mis historias para ayudar a otras personas a entenderse a sí mismas.

Al final pensé: no puedo volver a una oficina, no puedo volver a tomar pastillas. A lo mejor puedo hacer esto.

Y gracias a que muchos de vosotros habéis elegido mis historias, pude escribir este libro.

Lo hice, por supuesto, para dar las gracias, y seguiré haciéndolo muchas veces. Gracias a Aurora y Stacie, mis queridas editoras, por ser de las primeras lectoras y seguidoras de este manuscrito. Gracias al señor Blake, que me deja utilizar y reutilizar nuestra historia de amor para escribir otras nuevas y que aguantó mis hipótesis poco sólidas sobre la teoría cuántica. (Mi marido no es Aldo, yo no soy Regan; él es un profesor increíble y con mucho talento, y también es el artista de nuestro hogar).

Gracias a Nacho, más importante con cada libro, por decir las cosas correctas y por empujarme de vez en cuando fuera de mi zona de confort. A Elaine y Kidaan, por acoger no solo mi ficción, también mi voz. A Little Chmura, que siempre lleva mis historias a la vida de una forma que nunca nadie entenderá. A mi familia, cuyo apoyo no debería de sorprenderme, pero que siempre aparece para animarme cuando menos me lo espero. A mi madre, mis hermanas KMS, mi suegra por dejar que llene vuestras estanterías, por hacerme siempre sentir que mis historias encuentran un hogar en vuestros corazones. Por los brindis en la distancia y los mensajes de ánimo; por creer que voy a conseguirlo, incluso cuando ni siquiera yo estoy segura. A mi terapeuta, que no reaccionó de forma adversa cuando le dije: «Eh, tengo en la cabeza a un chico fingiendo que fuma, y lleva ahí apostado como una semana». Me ayudaste a encontrar a Aldo, y la salud.

Gracias a mi marido, cuyo cumpleaños es hoy, que me abrió las puertas a su mundo un mes de septiembre en Chicago y me dijo que podía quedarme. Gracias por cambiarme la vida, por darme una. Gracias por hablarme del tiempo y por amar tanto mi mente que hasta yo he aprendido a quererla también. Si encontré un día las palabras correctas, no hay duda de que no podría haberlo hecho sin ti.

A vosotros, mis compañeros mortales con vuestras maravillosas fracturas: vuestra locura es vuestra magia. Vuestra extravagancia es lo que os hace ser quienes sois. La resiliencia es vuestro talento. Arded, pero no os consumáis. Espero que hayáis disfrutado la historia y, más que nada, espero que os haya enseñado algo real.

Olivie

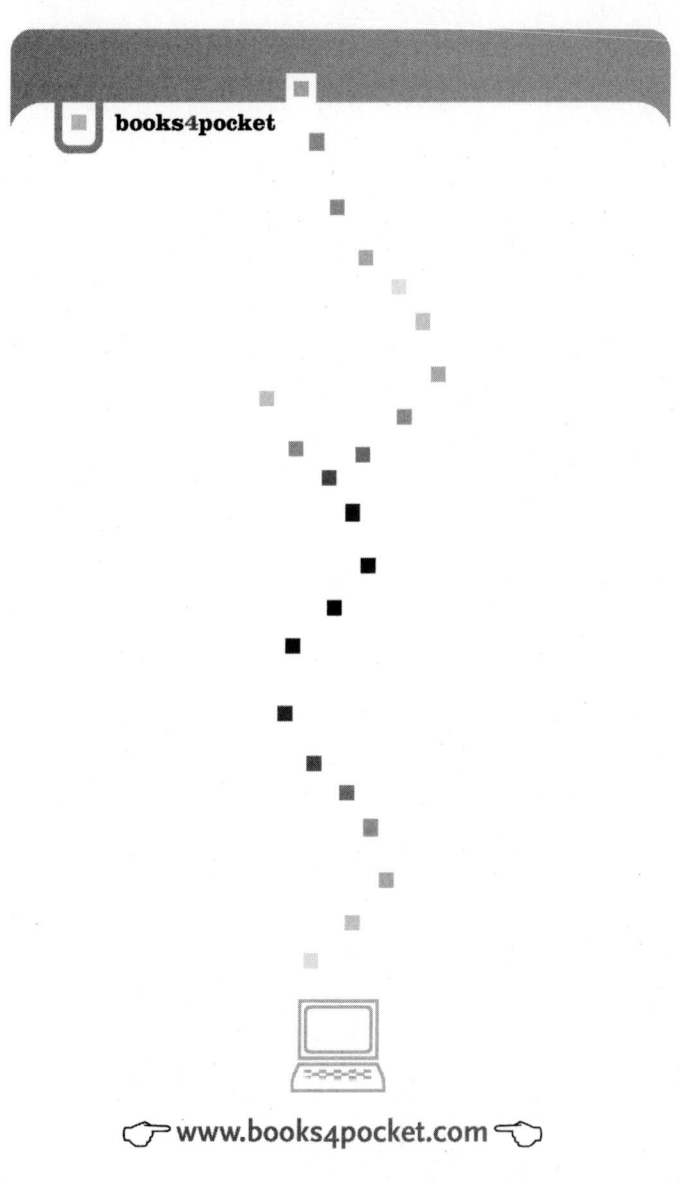

books4pocket

www.books4pocket.com